A Letter From Home

一封家書

道盡複雜人性的美善與醜惡
牽連出平凡的幸福與戲劇化的悲淒

(Óscar Ribas)
奧斯卡・里巴斯 著
尚金格 譯

民族風俗

歷史演變

土著文化

安哥拉現代文學主要奠基人奧斯卡・里巴斯
講述殖民地時期，社會底層百姓的生活故事

偉大的巫師與無所不能的巫術
真的可以為浮沉於不幸世道中的人們
帶來安穩與幸福嗎？

目錄

- 從前 …………………………………… 007
- 婚禮之日 ……………………………… 015
- 一封家書 ……………………………… 079
- 復仇 …………………………………… 123
- 月夜 …………………………………… 157
- 破鏡重圓 ……………………………… 183
- 贖罪 …………………………………… 199
- 報復 …………………………………… 209
- 致敬 …………………………………… 241
- 巫術 …………………………………… 259

獻給

你們,

安哥拉的兄弟們,

我決定把從我的故鄉和你們森林中

收集的微不足道的故事

書寫在乾淨的白紙上。

奧斯卡・里巴斯(Óscar Ribas)

從前

從前

　　在 1882 年，盧安達（Luanda）沒有這麼多的豪華別墅，只是一座很樸實無華的城市。城市的規模也不大，街頭道路旁還長有大大小小的仙人掌樹和灌木，它們生長得很茂密，為我們提供了新鮮的氧氣。

　　後來，一座座大樓拔地而起，這座城市像是一座新城一樣巍然屹立，它讓我回憶起自己的童年時光。那時候，孩子們性格沒有定型，無憂無慮。他們享受著自己的農村生活，享受著自己沒有奢望的生活。時間讓他們變得健壯，附近村莊的變遷也為孩子們講述著所有發生過的故事。相信，未來孩子們仍會擁有一份純真的鄉土氣息。

　　在彎彎曲曲的羊腸小路上，成群的豬和母雞圍繞在村民的身邊，所有的一切都是那麼自由、那麼無拘無束。小羊們在那裡高聲叫著，牠們一邊叫一邊跳來跳去，掛在脖頸上的鈴鐺也跟隨著牠們跳動的節奏叮噹亂響。那個時候，每當城市進入黑夜，人們沉睡的時候，便有很多凶猛的動物慢慢地接近這座城市。不管是狼、獵豹、鬣狗，還是成群的野狗，牠們總是靜悄悄地潛入這座安靜的城市，並在這裡徘徊著，尋找牠們鍾愛的食物。有時，凶猛的野獸也會衝進可憐的居民家中尋找食物。

　　不過，在這個城市裡現在最致命的危險不是來自凶猛的動物，而是來自殺人不眨眼的土匪。他們選擇躲藏在濃密的荊棘叢中或高大的仙人掌樹下，趁人不備手拿著刀具突然竄出來攔住過往的行人。他們先對行人進行殘酷的毆打，然後，再把行人身上的財物洗劫一空，有時甚至將行人毆打致死。所以，一到黃昏時分，整個城市的街道都被恐慌籠罩著。

　　不過，令人欣慰的是，一些村子在悄然地改變——當地居民拿起武器開始反抗土匪的洗劫。他們三五成群在村子的四周進行值班巡防，村子裡的每一個人都願意義務保護自己的村子，也願意為了自己的村子和家人

與土匪拚命。在村子的北部，一些歐洲房主的房子大都位於小山的最高處，它們與葡萄牙人弗朗西斯科・華斯可薩羅斯・達庫尼亞將軍 1638 年修建的聖・米格爾城堡一樣，直到現在仍然屹立在那裡，同樣屹立在那裡的還有那所建造於 1575 年的聖・賽巴斯汀大教堂。

一些文明程度比較高的村子的居民水準相對較高。他們建造房屋的時候喜歡依山而建──像卡祖諾村子的房子一樣。經濟不是很富裕的人家選擇把自己的房子建在山坡上或者是山腳下，這樣的建築模式和印孔博塔地區的房子一樣，而且房子的地基也非常牢固。

在蔚藍大海的盡頭，我們看到深藍色的天空。每天很多人停留在海邊不願離去，他們喜歡在這裡享受一份安逸；然後，再回到城市中屬於自己的地方。如果他們願意，他們可以拋棄自己的工作，在這裡盡情地逍遙自在。人們在這裡你來我往好不痛快。但是，有時的情況卻並不如此，因為在這裡仍存在大片的荒地以及堆成小山似的垃圾堆。不過，這裡的人們已經習慣了垃圾成山，這絲毫沒有擾亂他們盡情快樂的欲望。

浩瀚的大海擁有廣闊的胸懷。以前，它炫耀著自己的光環，現在它仍然炫耀著自己的美。一些文化古蹟像是一條白色的紐帶點綴著美麗的小島邊界。那裡生長著高大的椰子樹，這些樹是在古老的剛果古王國時期種植在這裡的。那時的剛果王國財力十分雄厚。古老的剛果貨幣是一種來自大自然的貝殼，名叫恩津布。這些貝殼成為古剛果王國的流通貨幣。所有人都對這種貝殼有種狂熱的占有慾，擁有貝殼便等於擁有了大量的財富。

在小島和大陸之間有一個非常美麗的港灣和一個港口，很多年前，這個港口的主要業務是運輸黑人奴隸。幾百年前，大量的黑人奴隸從這個風景美麗的港口被販賣至其他國家，特別是當時的南美洲巴西等地。從此出

從前

發的黑人就此踏上了成為奴隸的生活道路。這裡除了運輸大量奴隸前往歐洲港口外，還是珍貴木材黑木原材料的集散地。

由於大量的財富被當局蒐羅進鋼筋製成的大門內，可憐的人們為了得到所謂的財富只能背井離鄉四處奔波。這片土地上痛苦無處不在，從大地到大海總是有人在飽受磨難。無休止的痛苦一定能夠激發人們消除災難的決心，讓痛苦的生活見鬼去吧！朔望月引發的潮汐掀起巨大的海浪，奴隸們在大海上也飽受顛簸的苦楚。一些奴隸主用死亡做鋪陳促成新的政權，他們用骯髒齷齪的手段腐蝕著人類文明的光芒。非洲雄獅的心中充滿了憤怒和疑惑：數以百萬計的奴隸們被他們用無恥的思想束縛著，很多非洲國家的人民仍然篤信可惡的陳規陋習；直到現在，人們也沒有得到平等和自由—— 在農村，人們需要文化教育並且迫切地等待著真實的變革。而那些奴隸主卻認為非洲是他們的後花園，他們總想擁有更多的黑人奴隸。

安哥拉這個國家，在長達數百年的時間裡，存在著太多的不公平，包括貿易不公平。不公平一直在刺痛著安哥拉，而我們的盧安達城就是這個國家的拋錨地。有數以百萬計的安哥拉兒女從這裡開始了他們的奴隸生涯，這裡就是殘酷生活的開始！今天的奴隸主們卻想用一點點的補償來清洗他們的罪惡歷史，用一些微不足道的安慰來抹去他們的汙點，以此證明他們自己的偉大。

這些奴隸主的行為讓人們覺得很荒唐，甚至有些令人啼笑皆非。在城市裡，奴隸們揹著奴隸主逛街；在山村裡，奴隸們肩膀上扛著重重的轎子，裡面坐著奴隸主，後面還跟隨著大量的僕人和隨從，奴隸們的口中歌唱著奴隸主愛聽的歌曲。在出行方面，起初那些蠻橫的奴隸主還端正地坐在轎子上面；後來，他們坐在安穩的轎子上面打起了瞌睡，轎伕們四平八穩地抬著重重的轎子不敢有一絲馬虎。

當轎伕們的肩膀被重重的轎子壓痛的時候，他們的疾病隨之而來。安穩地坐在轎子上的奴隸主卻像白痴一樣無憂無慮地四處遊蕩。如果金錢對你產生了誘惑，你看到金錢會像觸了電一樣，你想成為金錢的主人，那麼你就要像一匹馬一樣為高高在上的紳士卑躬屈膝。很多事情有它自己本身的理性存在，但是，我們仍然要戰勝不和諧的理性。如果你問為什麼，因為在長達數百年的時間裡，人性之間的差距卻沒有發生任何的改變和縮減；而自從1888年10月31日開始，火車便能帶著我們在遠離海岸的叢林裡穿行，後來汽車的出現讓生活變得更加方便快捷。

　　後來，這裡發生了很大的變化，人們可以駕駛風馳電掣的汽車。隨著時間的推移，人們的出行方式也發生了改變。奴隸主們開始慢慢地剝去自己身上的那層獸皮，並且開始救贖那些讓他們無地自容的無恥行為，曾經的奴隸舞臺劇慢慢地落下了帷幕。

　　由於歷史的美好傳承，當地原住民女性穿起自己本民族的服裝：一塊肥大的布料包裹著自己的身體，從她們的腋窩一直到腳踝部位。很少能看見本地的婦女穿著歐洲女性的時髦服裝。最近，在這裡我也能時不時地看到一些不同款式的女士襯衫。有一個女人不喜歡土得掉渣的傳統服裝，她一直鍾愛歐式服裝。這個女人是我的母親瑪利亞・達・孔塞伊紹・本託・娃利亞女士。她是當時第一個穿著歐式服飾的安哥拉女人，而且她總能購買到最新款式的衣服。心裡特別鍾愛歐式服裝的她，成為這裡一個引領時尚的安哥拉婦女。諾頓・德・馬託斯將軍在安哥拉執政時期，曾大力推動引進歐洲本土的服裝。

　　在我漫長的童年回憶裡，盧安達總是充滿了骯髒、土匪、灌木叢，但後來我領悟到我們的首都盧安達也擁有它獨特的魅力和風格。起初，城市發展建設非常緩慢，隨後進度才慢慢有所提升。最後，城市的建設也達到

從前

很高的水準，大片荒蕪土地上的灌木叢和雜草被清理，村民慢慢地組織起來保衛自己的村莊。大家都開始喜歡穿著漂亮的衣服了。村莊裡那些庇護土匪的灌木叢被連根拔起，從此村子裡沒有了恐嚇和搶劫。

今天的盧安達充分展示著自己的魅力，它與其他現代的城市建立了合作關係。城市慢慢變得漂亮，人們工作在優美的城市中感覺到很幸福。當然，一些小村鎮仍然存在著貧窮和飢餓的狀況！為了更好地消除這些不安全因素，只能痛下狠心從根源上剷除它們。

你曾經看見的和你現在看到的，以及你未來預見到的盧安達，是由諾瓦斯先生開創（保羅‧迪亞斯‧諾瓦斯 Paulo Dias de Novais，是盧安達開拓者第一人，安哥拉第一任總督）的盧安達！今後，你眼前會出現一幅壯麗的景色。

也許，解決土匪侵擾的辦法便是把村莊裡所有的灌木叢全部連根剷除。但是，我們所有的人都知道灌木叢是我們的朋友，我們是它們直接的受益者。它們能夠抵抗惡劣的氣候和太陽曝曬，它們的存在讓這個城市也變得浪漫。抒情的詩句並不會改變這個城市，不過，城市仍然會被詩人的飛翔詩句包裝起來。城市中心高高的大樹、矮矮的灌木叢保護著棲息在這裡的小鳥。這是文明社會的表象。

盧安達城是一個非常漂亮的地方，它有著千萬不能錯過的美麗的自然風景。如果你生活在雨林當中會感覺到自然的美和情趣，你會因此成為大片土地的親人。天空中又一次響起因樹葉碰撞而產生的動聽樂章。每一棵大樹都擁有自己的舞臺，每一個舞臺上都有它自己的鳥兒歌手。聽到小鳥的鳴叫，你會變得充滿青春活力。牠的鳴叫會成為一首經典的歌曲。茂密的樹木給我們帶來一個龐大的小鳥家庭，比如斑鳩、白尾錐鸚鵡、梅花

雀、挑額錐鸚鵡、長尾霜鶊、鸚鵡、金絲雀、安哥拉紫藍飾雀等。你的小家反而成了綠色家園的裝飾。生活在一個空氣清新的環境裡，心情自然會更加舒暢。美麗的環境會讓你的孩子們著迷，也會讓遊人流連忘返。

從前

婚禮之日

婚禮之日

一

　　遙遠的 1882 年，在卡祖諾村子裡有一所小房子，房子裡居住著一個名叫若阿金的年輕人。他是一個有著二十五年年資的泥瓦匠。他的房子和其他當地人的房子一樣，有兩個房間和一條小走廊。房間裡沒有任何上等家具。一間房是臥室，裡面有一張床和一張小桌子。桌子被他當成了床頭櫃。一個行李箱上放著一個紙盒子，地上擺放著一個土陶罐。另外的一個房間是他的餐廳，餐廳裡擺放著一張桌子和一把少條腿的凳子以及幾個小馬扎。牆上的泥巴好些都脫落了，站在屋內就可以看到屋外的風景。

　　晚上八點鐘的時候，若阿金正和他的四位好友在餐廳裡聚餐。一盞陶製油燈發出昏暗的亮光，燈芯吃力地吮吸著棕櫚油並散發出黑色的煙和一股刺鼻的氣味。雖然，沒有人指責棕櫚油燈的缺點，但人們的鼻黏膜卻一直在「強調」刺激氣味的危害。

　　若阿金非常高興 —— 他每天晚上都願意和自己的好朋友聚會，他們幾個聚在一起談天說地，旁邊擺放著幾個用來盛放葡萄酒的大碗和陶瓷杯子。前來聚會的朋友們都喜歡喝點小酒高聲暢談，直到酒終才算罷休。今天和以往不太一樣，他們前來這裡是為了祝賀若阿金，因為今天是他和未婚妻訂婚的日子。

　　「嘿，若阿金！」一個朋友慢慢地點上一根香菸，又一口喝完了杯中的紅酒，然後問道，「那個和你談戀愛的女孩子是若昂娜嗎？」

　　「不是，我曾經和她在一起過。不過，很久之前已經分手了。」

　　「你們為什麼分手啊？」朋友追問道。

　　「哎呀呀，那個女人是個拜金女啊！今天向我要錢，明天還向我要

錢！哎呀，那個女人太麻煩了！」

突然有人敲門，若阿金急忙起身去開門。他認為是卡塔麗娜來了，所以整個人像一個彈簧般從凳子上彈了起來，直接朝著房門跑去並拉開了房門。

「兄弟！你過得怎麼樣啊？」一個男人的聲音。

真倒楣！並不是他的女朋友卡塔麗娜。若阿金滿心歡喜地等待自己女朋友的出現 —— 他的心被那個女人俘虜了，但這個時候站在他面前的卻是一個男人。

「哦，是你啊！你是什麼時候回來的？」若阿金掩飾著自己的失望。

「是我啊！我今天下午剛剛到這裡。」

這個人是安東尼奧・塞巴斯汀，是安巴卡地區一個有名的生意人。他直接走進屋子，接著，向在座的人們大聲打招呼：「嗨，老少爺們，晚安啊！」安東尼奧個子高䠂，皮膚有些發黃，他的鼻子很大，兩隻眼睛圓圓的。他開始和在場的人們一一擁抱。擁抱問候之後，他脫下身上的外套和腳上的長筒靴。靴子上的褶子很多，上半部分還有些變形。他的白色襯衫領上繫著一條黑色的領帶，頭頂上戴著一頂椰子殼製成的帽子。

一旁的朋友遞給安東尼奧一把歪腿凳子，他坐下去開始吃桌子上的東西，並向人們講述一些逸聞趣事以及村子裡的一些事情。他邊講邊擺弄手指上的金戒指，還不時地整理一下西裝。

他講述的是「卡伊蘇厄運事件」。這是在現實生活中發生的事情嗎？在場的很多人都很疑惑。

故事是這樣的：

在仙人掌樹和高高的蘆葦邊上有一塊小水塘，那裡的風景美得彷彿一

婚禮之日

幅天然的畫卷。一棵棵大樹枝繁葉茂，生機盎然。大樹上居住著斑鳩、小鸚鵡、紫藍飾雀等鳥類。牠們的存在使得此處的風景更加美麗。大樹的後面有一些小山包，小山上有著大大小小的用雜草建成的茅草屋——這種美麗的風景在廣薩河流域任何一個地方都可以看到。

有一個酷愛釣魚的年輕人叫卡伊蘇。有一次，卡伊蘇想弄點下酒菜，儘管天空飄著毛毛細雨，他還是跑到小河邊釣魚，他釣到了一條巨大的鱷魚。

不知道發生了什麼狀況，卡伊蘇和那隻巨大的爬行動物廝打起來。小河並不深，鱷魚張開大嘴，長長的尾巴從水中露出來，試圖吃掉牠眼前的卡伊蘇。年輕人和鱷魚貼身抱在一起扭打，他揮動拳頭用力敲擊大鱷魚。卡伊蘇和鱷魚都努力捍衛著自己的生命權益，相互用嘴巴撕咬著對方。當時的場面一定是令人膽顫心驚的！

最終，卡伊蘇因體力不支敗下陣來，整個人彷彿失去了意識，他被鱷魚撲倒在小河裡。根據鱷魚的習性，鱷魚是一定會騎在受害者的身體上把他當成美餐帶走的。

當卡伊蘇逐漸恢復知覺的時候，他已經被鱷魚拖到了河邊的一塊小石板上。那個河岸是一個堆滿碎石頭的石子灘——起初，很少人知道這個地方，慢慢地，開始有人了解這個死亡之地了。

卡伊蘇感覺渾身乏力，大腦裡閃過一個念頭——自己是不是快要死了？當時和卡伊蘇廝打的鱷魚並不在他的身邊；因為，牠把卡伊蘇拖到河邊之後，就趕快去招呼其他的鱷魚朋友前來享用這頓人肉大餐了。牠和牠們屬於一個「利益團隊」。聽到自己同伴的招呼，鱷魚們迅速趕過去，牠們身上散發著生命和死亡的氣息。

生命是一種猛烈的吶喊，給我們能量，激勵著我們；它又像冒著熊熊黑煙的烈焰，為我們展示了一個美好而火熱的前景。

　　死亡是一個張牙舞爪製造不幸的魔鬼。在地獄的大門口，它們展示著長長的獠牙，肆意地啃咬著人的肉和骨頭。

　　這些不懂語言的鱷魚只知道狼吞虎嚥地吃，就這樣，人的身體到了牠們的肚子裡。太可怕了！這便是死亡，這便是殘忍的死亡！

　　清醒過來的卡伊蘇意識到自己必須趕快逃跑。他試著站起來，可是，不可能——鱷魚們不肯輕易丟掉這頓大餐！那隻瘋狂撕咬卡伊蘇的鱷魚已經回來，牠又一次撕咬住年輕人的腿。一瞬間，卡伊蘇腿上又多了很多傷口，血流如注。儘管他連連後退卻依然不能逃脫被鱷魚撕咬的命運。

　　卡伊蘇躺在石頭上大聲哭泣，此時此刻，他又產生了繼續反抗的勇氣。急促的呼吸使得他的胸部上下起伏，兩隻眼睛也睜得圓滾滾，整個身體也不斷劇烈地抖動著。很快，他看見幾條鱷魚從河裡游出來爬上了河岸。每條鱷魚都露出自己鋒利的牙齒。卡伊蘇知道牠們是來吃自己的，並且一定會把他吃得乾乾淨淨，一塊不剩。他想大聲呼救，卻沒有力氣喊叫，只是不停地打冷顫。卡伊蘇從未感覺到這條河是那麼的可怕，此時此刻，這河灘像是用撕咬方式處死囚犯的刑場。

　　卡伊蘇使出全身的力氣試圖離開河灘，他想依靠自己的聰明才智離開死亡之地。他忍受著全身的疼痛慢慢地匍匐前進，抓住地上能借力的東西往前拖行自己的身體，最終，他克服了劇烈的疼痛爬到河岸的最高處。他心裡既高興又激動，開始大喊救命，向過往的行人請求幫助。

　　也許是他命不該絕，小河旁邊有不少住戶，居民們聽到他的呼叫聲便開始四處尋找。沒多久，人們在河岸上發現了呼喊救命的卡伊蘇。他們聽

婚禮之日

到年輕人的慘叫聲，看到他被鱷魚撕咬得血肉模糊，心裡都格外難受。

年輕人運氣非常好！

與卡伊蘇廝打的鱷魚後面，又出現了四條鱷魚。牠們像從遠方請來的客人一樣，準備前往主人家裡享受人肉大餐。

趕來的鱷魚並沒有看到自己朋友炫耀的戰利品，牠們之間立即陷入了「內戰」。那種殘忍血腥的場面是你從來沒有見過的！牠們像魔鬼一樣暴露出醜惡的嘴臉，瘋狂地相互撕咬對方的身體。

一瞬間，恐懼在在場的民眾中蔓延開來。鱷魚們憤怒而肆意地在河中翻滾，濺起大大的水花，河水冒著氣泡發出巨大的響聲。鱷魚們用巨大的尾巴相互拍打著對方的身體，牠們像惡魔一樣被憤怒沖昏了頭──凶猛的動物相互對抗的時候只剩下殘忍和死亡。「客人們」集體攻擊撕咬卡伊蘇的鱷魚，慢慢地，有一隻鱷魚沉入水底，還有一隻鱷魚只剩下頭部露出水面。

鱷魚的世界裡，夾著尾巴逃跑是一件不可思議的事情。即使一隻從未參加過戰鬥的小鱷魚也會一直陪在自己同伴的身邊，絕不選擇逃避。在牠們準備攻擊、捕捉獵物時，小心翼翼地躲藏在水下面，一動不動地隱蔽、偽裝，就像牠們已經死了一樣，很長時間牠們都不隨意晃動，也不探頭觀察。因為任何小失誤便會失去捕捉獵物的機會。

鱷魚之間的火藥味沒有散去。牠們還在滑動雙腳追逐撕咬卡伊蘇的鱷魚。

客廳裡的人聽完故事便開始發表自己對鱷魚的高論。他們的高談闊論就像黑夜中撲向燈光的飛蛾一樣多。安東尼奧・塞巴斯汀有些鑽牛角尖，他一心想弄清楚卡伊蘇奇遇的每個細節。但根據他的講述，大家一致認

為：卡伊蘇的故事比「木塔卡隆布霍亂」事件出名。為什麼這麼說呢？因為卡伊蘇與自己的妹妹關係非常差勁，從來不說話。木塔卡隆布先生和他的妻子放棄了以前的工作，現在，他們總是和修女們待在一起，遇到問題的時候向修女們請求幫助。卡伊蘇是因為自身的原因才招致厄運的。卡伊蘇成功地逃脫鱷魚之口後，木塔卡隆布教授了他一些通靈的方法，後來，卡伊蘇從事了通靈這個職業。木塔卡隆布教授他通靈的原因是他曾經和鱷魚在小河中上演過生死之戰，還活著逃出鱷魚的魔爪。那時，卡伊蘇的妹妹親眼看到哥哥被鱷魚攻擊，她奮不顧身地衝上去救自己的哥哥，從那以後兄妹之間的關係也逐漸好轉。

後來，關於通靈的傳言在人們中間蔓延開來。若昂大叔便是傳言的傳播者之一。他說，他知道當一個人需要通靈的時候，必須事先了解逝者的生活習慣，否則便達不到通靈的效果，而且，召喚的靈魂會缺魂少魄；如果通靈期間摻雜一些壞的習慣和惡劣行為，還會很容易地將通靈者置於死地。

人們開始紛紛議論卡伊蘇的身分。據說，他現在成了鱷魚的傳話筒。牠們和卡伊蘇是不打不相識，鱷魚們給予他神奇的力量，他擁有了和鱷魚對話的能力，還可以與蛇溝通。鱷魚和蛇向他講述了很多屬於牠們世界的離奇故事。

流言在人們中間傳播的時候會無限地被人為誇大，像滾滾不停的波濤瘋狂來襲並伴隨著轟隆的巨響。流言蜚語帶來的負能量無比的驚人，甚至為很多人帶來不幸和死亡，但人們卻依舊在喋喋不休地討論著。最後，每個人講述卡伊蘇故事時都有自己的版本。即便一件虛無縹緲的事情，講述的人多了，假的也變成真的了。誇張的大話成了愛慕虛榮者的虛偽外衣。

婚禮之日

酒過三巡之後，幾個人的討論慢慢地平靜下來。若阿金聽著幾個人的議論有些不高興，他站起身來又為所有人倒紅酒。而安東尼奧·塞巴斯汀則坐在那裡整理著頭上的帽子。

「嘿，兄弟，為什麼不把你頭上的帽子摘掉？」一旁的人看著他笑瞇瞇地說。

「不用，我戴著還不錯。再說了，戴在自己頭上不會弄丟啊。以前，一個大官說如果我摘掉自己的帽子便會給我一大筆錢，可是他被我拒絕了。」

客廳裡瞬間安靜了下來。一種神祕的微笑在每個人的臉上露了出來：沒有人相信他的話。安東尼奧和他那頂用椰子殼做成的帽子搭配起來十分好笑。

短暫的沉寂之後，一個人站起來打破了平靜，他說：

「我們這裡誰賺錢最多？是總督大人還是軍人？我覺得軍人賺錢多，特別是那些肩上扛軍銜的軍人。若阿金曾經是一名軍人。」

「當然是軍人賺錢多，要說這個話題可長啦……」

問題引發了大家長時間的辯論：一些人理所當然地認為是總督大人賺錢多，他是安哥拉法律的締造者和監督者；另一些人卻篤信軍人的口袋更飽滿。不過，客觀來看，後者的想法和事實有很大的差別。

女朋友卡塔麗娜的遲到，使得若阿金非常緊張。他覺得時間太晚了，他沒有興趣聽狐朋狗友的八卦消息，他的大腦早已恍惚不定；雖然人坐在這裡，但心早已飛到九霄雲外。他強壯的身體在蠢蠢欲動，想到卡塔麗娜的時候整個人都非常興奮。他幻想自己和卡塔麗娜行雲雨之事，並猜想女朋友是否依舊是處女之身。

若阿金對於朋友們的言論不屑一顧，他探頭問身旁這群人中唯一擁有手錶的安東尼奧・塞巴斯汀幾點了。

「安東尼奧老哥，現在幾點了？」

這位來自安巴卡地區的商人用手輕輕摸著手腕上的金錶，神情像教堂敲鐘人一樣，看了看手錶說：

「時間已經不早了！」

這是什麼回答！原來他手腕上的金錶早已經壞掉了。自從他買了手錶，總是心花怒放，手錶滴答的聲音，彷彿能為他帶來好運氣。但有天他的手錶停止了，不再滴答響個不停。

他抵擋不住對滴答聲的思念，用一把小刀，小心翼翼地打開手錶的後蓋，胡亂地一頓修理。手錶最終的下場是怎麼樣？結果不言而喻，因為安東尼奧自己學會了解讀時間。每當有人向他詢問時間的時候，他便會裝模作樣地說：「時間已經不早了！」

也可以說安東尼奧像掛鐘上的那隻鸚鵡，每到整點時，它走出自己的鳥籠，大聲歡唱：「咕 —— 咕 —— 咕。」這是鸚鵡自己報時的方法，這種方式有些自娛自樂的樣子，而且，它咕咕的叫聲非常令人沉醉 —— 有朋友出現的時候，安東尼奧也會像鸚鵡一樣走出小屋為他們報時。這樣的舉動的確讓人覺得好笑。

但今天晚上，他卻一反常態地坐在餐廳裡。即使是人們大聲地歡笑，也不會驚動這隻愛報時的「鸚鵡」。這個像鸚鵡的男人其實更像一隻純正的布穀鳥！他的笑聲像布穀鳥的鳴叫聲。

人們的好奇心非常氾濫：也許，我們需要揭露祕密。他們等待著鐘錶裡的「布穀鳥」從巢穴裡出來，以便馬上捕捉牠。手腕上的金錶壞掉了，

021

婚禮之日

不是他說謊的理由。

大家在聊天中摻雜了很多抱怨，話語中有很多的語法錯誤，甚至，還會時不時地冒出一些當地的方言。一位六十歲的老者決定為大家講個故事。他指著安東尼奧·塞巴斯汀說：

「你現在的舉動讓我想起我的一個同鄉。她和一個白人結婚了。她為人十分懶惰，而且要命的是，她聽不懂正宗的葡萄牙語。有一天，她丈夫問她：瑪麗亞，你出去了嗎？大家聽聽，這是我們最簡單的口頭用語吧？她卻聽不明白自己丈夫的話，微笑著用姆本杜語說：先生，我們家裡有乾淨的褲子。丈夫急忙說：我並不是這個意思！瑪麗亞臉上沒有了笑容，覺得自己的回答沒有問題，心裡卻有些許的緊張。她努力回憶葡萄牙語中日常的衣服的常用語，又回答說：親愛的，家裡有外套。我想如果沒有人為她解釋，她很難明白自己老公的意思。」

老者講述的故事，引得在場人們哈哈大笑，並且最終把全場的氣氛推到高潮。

「再說一個笑話！」人們大聲喊叫，要求老者再講一個笑話，因為那是他們聽到的最好笑的事情。老者又開始講一位小女孩的故事。她也不會講葡萄牙語，可是，在聖週期間她總是去教堂做禮拜。但是這一天，當她從教堂返家的時候心裡非常生氣，像被螞蟻叮咬過一樣。家人看到她的樣子很疑惑，便問她發生了什麼事情。可是，她支支吾吾解釋不清。最後，她大聲說道：「以後，我再也不去教堂啦！即使神父親自來請也不去，在教堂裡他怎麼可以對我大聲喊叫責罵！」

家人趕快上前問道：「神父對你大聲喊叫責罵？」

「是啊！張開雙臂對我們大聲喊叫！」

022

所有聽故事的人都問老者神父喊什麼。

老頭說：「你們太無恥！在科格羅斯治安混亂，即使是在城裡人寄居的因孔博塔地區也一樣！有很多地方都有打架鬥毆發生！」

聽完老者的講述，大家又哄堂大笑。老頭名叫若昂，他本身是一位內心開朗的人，從來不關心那些傷心的事情。他走到哪裡，哪裡就總是充滿歡聲笑語。他認為自己心情愉悅就會給自己身邊的人帶來快樂和幸福。他的搞笑小故事為很多人帶來過歡樂，調劑著村民們乏味的生活；運氣好的時候還能給自己換來一頓美味的吃食。

若昂大叔六十歲了，他很受人尊重。因為，他時常提供快樂有趣的故事給大家。在他微笑著的臉上有很多的皺紋，眼皮下垂著，幾乎快要遮住他的眼睛了。

若昂大叔是一個和藹可親的人，誰都尊敬他。他喜歡整日東跑西逛尋找一些娛樂消遣活動。他本人還格外喜歡和小孩子在一起。他獨自一個人躺在床上休息的時候，常常回憶起自己年輕時的歲月。現在人老了，性格也變得極其理性。他可以游刃有餘地掌控自己的思想，並且及時和不健康的思想說「拜拜」。正是由於他完美的自控能力，才使得他能健康長壽。他偉大的身軀像一棵參天大樹為孩子們提供了避風擋雨的港灣，孩子們常學習借鑑他的優點。對於若昂大叔來說，這也使得他常感到格外的滿足。他之所以喜歡和小孩子待在一起，是因為他們這幫小鬼同樣也能為他帶來歡樂。

若昂大叔詼諧幽默的風格，讓所有的人都喜歡聽他講故事。若昂大叔也經常受邀參加他人的節日家庭聚會，經常和年輕人在一起把酒言歡。幾乎他所有的笑話都會引起哄堂大笑！

婚禮之日

　　若昂大叔年輕的時候卻是一位風流不羈的浪蕩人物，整日裡滿嘴汙言穢語，總是與自己的情敵拳腳相向，甚至會動口咬人。類似的囧事在他年輕時發生過無數次。無論是參加葬禮上，還是晚上幫別人守夜，只要有空閒時間，他都會與自己不同的女朋友相聚。他無論走到哪裡總是隨身帶著一張蓆子，這張蓆子成了他手提的床鋪。

　　在美麗的愛情史詩中，若昂大叔的名字是伴隨著木鼓節奏出現在音樂裡的。他從來不為優美的舞蹈煩惱，他非常喜歡跳舞和唱歌，在若昂大叔的世界裡沒有害羞這個詞彙。即使是聽到一些貶義的評價，他仍然覺得讓大家獲得開心才是最重要的。他年輕時還組過屬於自己的合唱團。

　　對於大家的任何評價，他會選擇捂起耳朵。看著眼前的世界，他把人們幻想成可愛的鸚鵡，雖然牠們不會講話，可是，牠們總能消除傳遞仇恨的聲音。

　　若昂大叔是一個這樣的人：在生活中接受快樂的事物，把愚蠢的偏見和低迷情緒全部留在其他世界。他覺得生命僅有一次，應該好好珍惜；這樣至少他在離開這個世界的時候，不會有那麼多的遺憾和不捨。

　　隨著時間的推移，他從令人羨慕的青春時光，一轉眼來到鬢角蒼白的暮年。然而，若昂大叔卻從未改變他的脾氣秉性，從未失去內在的開朗，依舊愛好美食和打打鬧鬧。幾乎所有的時間他都和年輕人待在一起吃喝玩樂，日子過得不亦樂乎。

　　不可否認，若昂大叔是個好色鬼；但是，他的內心裡也確實住著一個真正的君子！那些女人和年輕人們能不喜歡他嗎？他的運氣也非常好，據說他年輕時有過四個情人；即便是現在，他仍然有三個女朋友。

　　「好啦！你們還想聽這類的笑話嗎？我的腦海裡這類滑稽的故事有一

籠筐！」在人們的笑聲中，若昂大叔重複地說著這句話。接著，他又說：「我所講的故事並不全是杜撰！我說的很多事情也曾經在現實中真實發生過。很多故事是我的兩隻眼睛告訴我的。」

若昂大叔清清嗓子，一抬手喝下一杯紅葡萄酒。在座的其他人也跟著他的節奏一飲而盡──直到所有人的舌頭都變直了。接著，他們又像得了傳染病一樣點上香菸。若阿金再一次給大家斟上紅酒。若昂大叔打了一個哈欠對著在座的朋友說：

「曾經發生過一件事情，我記得很清楚。那是一個星期天，我去一個白皮膚男人家裡為他剪頭髮，他的人品不錯。我們的白人朋友特地買了幾隻野雞當午飯。我為他剪完頭髮後，我們便在那裡休息。白人讓自己的妻子去把剛買回來的家禽殺掉做飯，可是，女人只懂很少的葡萄牙語。她不明白我們在說些什麼，我重複說，把那隻家禽殺掉。她卻喃喃自語說，這裡沒有家禽，讓我殺什麼！」

大家的笑聲打斷了若昂大叔的講話。所有在場的人再次歡騰起來，他們心裡都格外感謝老頭若昂，他所傳播的幽默具有感染力。他們都盡情大笑著，紅葡萄酒的助興使得氣氛越發高漲。

「好啦，我繼續講啊。這個嫁給白人的黑皮膚女人厭倦和別人吵架鬥嘴；但是，她卻抱怨自己的哥哥講話不清楚，她的哥哥像她一樣根本不會講正宗的葡萄牙語。『我現在年紀大了，以前，對你總是不聞不問，可是以後，我要常說常嘮叨你。』隨後，女人的哥哥開始長篇大論、滔滔不絕，讓人難以接受的是，他竟然用方言說些無關緊要的事情。當他的嘀咕被妹妹高聲打斷後，他像一塊被人撕碎的布條，一動不動地坐在那裡。混蛋女人看到哥哥被嚇傻了，卻在一旁手舞足蹈。當時我們就在場，她還拿

婚禮之日

自己的哥哥打趣。有一次，我和她聊天，她跟我說她的白人丈夫沒有羞恥心，真想有一天像烤小鳥一樣也把他烤了。」

和若昂大叔在一起能讓大家笑得前俯後仰。老少爺們晚上聚集到若昂大叔身旁一邊抽菸一邊喝酒，一邊聽他講述令人噴飯的笑話真是讓人盡興。

人們高聲歡笑著，評論著剛剛故事中的人物和情節。突然，若阿金聽到屋外有動靜，他感覺到有一些聲音正在接近這裡。他知道這些聲音是來自那些愛說愛笑的女同胞們，她們也喜歡來這裡聊天！但是，今天這幫女人遲到了！

若阿金心情激動，幻想著和自己女友見面的情形，因為，寂寞一直在折磨著他。不過，他卻故作鎮定地端坐在凳子上等待門外的女人敲門——他可以飛一般地跳起來給她們開門。男人們總是用很多犀利的語言來形容其他人，他們覺得這些犀利的語言像辣椒一樣給人一種無比的喜悅之感。聽到女人們的敲門聲了，若阿金卻沒有立即起身去開門，他想讓等在門外的女人們著急。

沒多久，若阿金把凳子準備完畢，打開門，雙手緊握站在門口。

心情蕩漾！若阿金站在門口一直喘粗氣，雙唇也開始發乾，全身微抖。他難以控制看到自己女朋友的喜悅之情！

他哆嗦著大聲問好：「晚安，女士們！」

「大家晚安！」女人們異口同聲地說。

這幫女人共計四個，走在前面的女人便是卡塔麗娜。男士們也都紳士地站了起來，和她們一行人逐一握手，並站在卡塔麗娜的面前習慣性地說：

「歡迎光臨！」

「謝謝！」混亂中一個女人回答道。

其中的一個女人表情謙恭，身材高䠷，穿著十分講究，透出一種儒雅的氣質。這個女人便是卡塔麗娜。她心靈手巧，廚藝精湛，不但懂得製作麵糰、可可乳酪，還會釀造葡萄酒。她性格也十分開朗，很容易和人們相處，還喜歡向大家撒嬌。

二

這幫男男女女是在若阿金家舉辦的一次舞會上相識的。

那次舞會氣氛和諧，充滿了濃濃的愛意，一些人一邊跳著歡快的舞蹈一邊哈哈大笑。男人們在自己的上衣口袋裡插上一枝鮮花，女人們身穿俏麗的衣服並且在頭上紮上黃絲帶。所有在場的人都激昂地展示著自己的歌喉：

我是一顆飛翔的子彈，

我們是打鬥中的主角。

大刀像尊貴而神祕的陌生人，

它像軍人一樣行走在寬闊的大路上。

我們每天要歌唱，

今天終於到來了。

大刀是尊貴而神祕的陌生人，

婚禮之日

像是行走在寬闊大路上的軍人。

女主人散發著光芒，

奴隸的生活一去不返，大刀，

大刀是尊貴而神祕的陌生人，

像是行走在寬闊大路上的軍人。

你購買了一個情人，

她像你的妻子一樣，大刀，

當情人逃走的時候，

家中只剩下了我自己，大刀。

金錢，給了你，

大刀比我的生命還要重要。

大刀是尊貴而神祕的陌生人，

像是行走在寬闊大路上的軍人。

將領們用它指揮戰鬥，

它就是大刀！

大家圍成一個圓圈，並且一起用手掌拍打著節奏。接著，所有人一起向圓圈中心跳去，然後又開始往後退。每個男人都跳到自己喜歡的女人的面前，一隻手放在自己的胸前，用紳士般的禮節向女人們獻殷勤，甚至展開猛烈的求愛攻勢。紳士們和淑女們集中在客廳裡，他們走到屬於自己的位置，手搭手開始展現美妙的舞姿，他們像舞動的圓圈般華美。一些舞伴下場休息的時候，又會有新的舞伴補上空缺。安哥拉傳統的桑巴民間音樂敲擊出獨特的音樂節奏。

兩盞巨大的電池燈照亮了整個客廳，紳士們和淑女們組成的圓圈在舞池中來回跳動。他們先是跳起旋轉式的舞蹈，接著，又跳起盧安達地區最流行的馬桑巴舞蹈。

　　現場的氣氛火熱，伴隨著熱烈的音樂節奏，人們徹底融入了音樂中。和諧歡快的氛圍充滿了整個客廳，產生了一種格外溫馨的意境。彈奏樂器的男人手持竹筒製成的打擊樂器邊走邊擊打，一些人一邊擊打一邊嬉笑打鬧，並像瘋子一樣瘋狂地舞蹈。但沒有一個人在意樂器敲打出的節奏正確與否。敲打竹筒的人十分的愚蠢，只知道哈哈大笑，憑藉幻想，他們的心聽見了和諧的嘆息聲，以及那些聊著的愛情，孕育著的愛情。

　　大家被悅耳的音樂點燃了愛火，若阿金也早已傾倒在卡塔麗娜的石榴裙下——他邀請自己心愛的女神跳起桑巴舞。當他們兩人的身體碰撞在一起時，他輕聲地向卡塔麗娜傾訴甜言蜜語。女人看著若阿金笑了，但是，卻沒有給他任何的回答，只是繼續跟他跳舞。

　　若阿金感覺到精神煥發，心裡非常高興，終於可以和自己心目中的女神傾訴愛慕之情了，並有很大的機會得到女神的回信。跳舞過程中，兩個人的身體相互碰撞，他們享受這種美妙的感覺。若阿金嘟嘟囔囔地說出自己深藏在心的話語：「我迷戀上妳啦！我真的很喜歡妳！妳將永遠是我的全部！自從我看見妳，我的心就一直撲通撲通跳個不停！」他幸福地享受著和她共舞桑巴的美好時光。

　　音樂停頓了下來，打斷了大家跳舞的節奏。一些人拍著手打著節奏走出客廳，他們像剛剛從籠中放飛的翠鳥般一起衝向小院。

　　卡塔麗娜走到房間的角落裡坐下，心裡有種羞澀的感覺。

　　若阿金看著嬌滴滴的卡塔麗娜更加愛在心頭，不知不覺中口水都流了

婚禮之日

出來，滴在他深色的牛仔褲上。現在屋內人很少，他想利用這個機會，再和卡塔麗娜說說話。

「卡塔麗娜，妳知道嗎？我非常喜歡妳啊！」

卡塔麗娜用顫巍巍的聲音說：

「是嗎？我不知道……」

「當然，我非常喜歡妳！我無時無刻不在想念妳，連吃飯走路時我也在想妳……」

「哈哈哈！」卡塔麗娜笑了起來。

「妳別光是笑啊！妳如果願意做我的女朋友，妳送點可可果和生薑給我吧。」

卡塔麗娜回答說：「我沒有錢買可可果和生薑啊，我自己便是可可果和生薑……」

「那好，妳如果是可可果，現在躺在我的盤子裡吧……」

卡塔麗娜怔怔地看著若阿金，心裡起了疑惑。她用一種異樣的眼光看著眼前的男人說：

「在盧安達有那麼多的漂亮女人，你為什麼只喜歡我？」

「是啊，我心裡只喜歡妳一個人，並不是所有的漂亮女人我都喜歡。」接著，他又深情地說，「妳是否接受我的請求啊？妳願意做我的女朋友嗎？說話啊！」

卡塔麗娜躲開了，她沒有聽清若阿金後面的問話，便直接跑到了屋外的小院子裡。

小院子裡有幾對「鴛鴦」聚集著，他們分別是：瑪麗卡斯小姐和西科，

倫芭小姐和貝爾納多，西米尼亞和若昂。他們幾個人一直在院子裡嘰嘰喳喳天南海北地暢談著。一位紳士抽起雪茄菸，他從口袋裡拿出雪茄菸的時候，故意在手裡把玩了很長時間——這是在向其他人炫耀自己的財富。女人們主動要求他在自己的杯子裡倒滿白葡萄酒或甜酒、烈酒等。這個家裡所有的酒精飲品幾個女人都點了一遍。若阿金家中的廚房是用茅草稈建造的，盤子和煮飯的鍋是陶製的。在一個用三腳架支撐起來的火爐上安放著一口陶鍋，鍋裡面咕嘟咕嘟地冒著熱氣。火爐邊坐著一個上了年紀的老太太，她是今天晚飯的大廚。晚飯的品種有湯、煮大豆、炸魚和白米飯。這些飯菜是這幫男女指定的。但是，這些豐盛的餐食要在第二回音樂停頓期間才能享受。現在是音樂第一回停頓時間。第二次音樂停頓的時候，女人們都聚到草蓆上，男人們則聚在桌子旁邊。在皎潔的月光下面，只有卡塔麗娜沒有心情看熱鬧。

面對自己舞伴的分心，若阿金沒了跳舞的心情，只是煩躁地在院子裡來回打轉。

兩個人沒有找到共同話題的時候，只能沉默地聽小院子裡其他情侶們的對話。

「你……你送給我這麼多粉紅色的手帕，你都把我變傻了！」

一個女人說。

男方聽了女人的話，立即開始獻殷勤，他整理一下身上穿著的喀什米爾西裝，雙手插在口袋裡，右腿單膝跪地，向自己面前的女人展開求愛攻勢。

「喂，年輕人，你可要小心點啊！我現在年紀可不小了，在我還是小女孩的時候有很多男人看見我就流口水。現在我年紀不小了，已經不是小

婚禮之日

女孩了,而且也不會像小女孩那樣撒嬌裝嫩了。」

「別說了!我就是喜歡像妳這樣有風韻的女人,那些小女孩我一點都不感興趣。對於我來說,成熟的女人更加有吸引力。」

女方嘟嘟囔囔地說:「哦!你看你的樣子!難道你在家裡有個老婆,外面還要再養一個小老婆嗎?」

「妳別說這樣沒有教養的話!」男人用審視的眼光打量著女方。

「啊!對不起,就算我沒有說!不過,以後你不要像那個基然古先生(有名的花心大少爺)啊!」

「妳覺得我會像他那樣嗎?至少我認為我不會。如果妳同意,就請做我的女人吧!」

接著,他們又聽到另外一對男女的說話聲。

「嘿,濟託,你的酒錢還沒有支付嗎?」小若昂娜正在要求濟託付錢。她仔細打量著站在自己面前的小胖子,只見他雙手插在褲子口袋裡。

「真見鬼!你知道我這裡從不賒帳⋯⋯你來這裡參加派對難道一分錢不帶嗎?你這個吝嗇鬼!」小若昂娜一陣數落。

濟託說:「吝嗇鬼?我才不是!我只是忘記帶錢。」

「你這樣的窮鬼我見得多了!以後,別想再讓我給你倒酒。」

然後,他們又聽到一對情侶的對話。

「薩拉,我們拉鉤!」小女孩羅莎伸出小手指對著面前的高個子年輕人說。

「為什麼要拉鉤啊?」

「在《聖經》中馬特烏斯曾說過,我們的聖女在月亮上寫下人類創造世

界,聖母的母親聖女安娜創造了世界。所以,我們要在月亮下起誓。」

「好了,不說這個!我想先吃點東西。」

若阿金點著了一根香菸,想了想又把香菸掐滅放回菸盒。他到底還能對卡塔麗娜說些什麼呢?難道要使用花言巧語嗎?對,還是用些花言巧語的手段,只有這樣才能更快地說服她。接著,他把自己所有的花言巧語一股腦說出來:

「卡塔麗娜,我和妳已經很熟悉了。記得有一天,我想跟在妳的身後,找尋機會把我的心理話告訴妳。但是,當我快要接近妳的時候,我的心卻有些害怕:當喜歡一個人到極致的話,便會像一個幼稚的孩子,他想把心裡的話說出來的時候,心裡卻有些畏懼和小害羞。當然,也有一些厚臉皮的人想追求妳,只要他們喜歡某個女人便會展開猛烈的求愛攻勢,直到追到手才算罷休!我是那種臉皮薄、性格又內向的人,心裡有很多話不敢向你說出來,自己默默地想著妳,想像著和妳在一起的日子。」

聽完若阿金的話,卡塔麗娜感到非常幸福,但是,她卻扭動著自己婀娜的身體冷冷地笑著說:

「哈哈哈!那些男人和你一樣都沒有看到我的缺點。」

「妳現在沒有看見我是多麼的可憐嗎?卡塔麗娜,我向妳發誓,我說的全是真心話!」

「哼!誰知道你說的是不是真話!」

「妳是在跟我開玩笑嗎?妳不喜歡我嗎⋯⋯」

「也許,時間久了我便會喜歡你!你剛剛叫我是為了跟我說這些嗎?」卡塔麗娜問道。

「是啊,妳別責怪我。我之前跟妳說當一個男人喜歡一個女人的時

婚禮之日

候，他的心不會平靜。難道我說錯了嗎？」

「我不知道啊。我從未喜歡過一個人啊⋯⋯」

「從現在開始妳喜歡我吧。」

若阿金看著卡塔麗娜細嫩誘人的皮膚，他的聲音開始顫抖起來：

「妳說話啊！你是否願意做我的女人？」

卡塔麗娜哈哈大笑著跑了出去，和她的朋友坐在一起。可是，若阿金心裡仍然充滿希望。

音樂聲又響起來，人們返回客廳裡又開始跳舞。他們手拉手肩並肩地圍起一個圓圈，跟隨著音樂的節奏搖擺起來。最後，他們有節奏地拍著手使得氣氛達到了高潮。

圈圈舞是一種需要統一指揮的舞蹈。

舞會上伴隨著和諧的嘆息聲，摻雜著竹筒樂器的擊打聲。人們的身體不停地在舞池中擺動著，產生諸多的欲望和感情。若阿金仍然期待著：「妳別忘了你的承諾啊！我的心裡只有妳啊！我一直在想妳！」他不停地在桑巴舞中尋找著刺激和快樂。

三

幾個星期過後，卡塔麗娜接受了若阿金的求愛。她讓一個小女孩當信使帶去一些象徵性的禮物給若阿金：一些可可果和生薑，還有一小桶用玉米釀造的啤酒——因為若阿金非常喜歡玉米啤酒。但是，她卻要求若阿

金嚴格保守祕密，這樣她才會真心喜歡他。

　　原來，自從那晚和卡塔麗娜聊天之後，若阿金持續向自己心愛的女人獻殷勤，和她約會見面，有時候還會不顧臉面地在她面前裝可愛。

　　有一天，卡塔麗娜去自己的朋友安東尼卡家裡串門。安東尼卡是她從小玩到大的好朋友。她看著自己的青梅竹馬安東尼卡說：「好姐妹，我想聽聽妳對若阿金的看法和意見，妳覺得我是否應該選擇他啊？」在上次的舞會上，安東尼卡認識了若阿金，她特別注意觀察他的外貌和行為舉止。當卡塔麗娜和他一起跳舞的時候，她覺得在若阿金的身上找不到任何的缺點！接著，安東尼卡開始說出自己的建議：「他當然願意接受妳。妳的秉性很好，不愛發脾氣。而且，兩個人也都不是那種愛信口謾罵的人。他個子很高，妳的個子也不算矮；他不瘦，妳也不胖；妳的長相很俏麗，他的樣子也很帥氣；他本人非常喜歡妳，妳也從未說過不喜歡他，對吧？」

　　安東尼卡接著說：「卡塔麗娜，妳別在那裡傻笑啊！妳難道傻了嗎？我現在可是在給妳建議。我所說的也都是我親眼看見的。」說完，安東尼卡也笑了。

　　正當卡塔麗娜腦中想著剛剛安東尼卡說的那些話時，若阿金突然出現在她的面前。他慢慢地靠近自己的準女友，拉著她的一隻手要為她戴上一枚銀質的戒指。可是卡塔麗娜急忙把手縮了回去——她願意成為若阿金的女朋友，可是她卻不願意成為他的妻子。她的臉上露出一種尷尬的笑容，說：

　　「啊！不，不！你拿著你的戒指！謝謝，我不能收這麼貴重的禮物！我現在還沒有考慮清楚啊！你拿好你的戒指吧！太煩人啦，你趕快拿著戒指。我的心已經告訴我不能收你的戒指。」

婚禮之日

戒指像是把兩個人的感覺圈在了一起。其實，卡塔麗娜內心非常高興看到若阿金這樣的表現，但她仍然認為無論怎麼樣，只有時間才是真愛的見證人。

卡塔麗娜依舊沒有對若阿金說同意與否，她一直拖延著沒有給他答覆。事實上，這個時候卡塔麗娜已經慢慢地喜歡上了若阿金，只是她不願意輕率地接受這份愛情——女人的嘴巴如果太隨意，容易把自己拉進地獄。

隨後的幾天裡，卡塔麗娜仍然沒有給若阿金任何答覆。

一天晚上，月色皎潔，兩個人終於找到機會在卡塔麗娜家院子後面碰面。若阿金再次開始向面前的女孩子吐露真心，他再次鼓起勇氣用自己的實際行動為自己爭取真愛。卡塔麗娜有些許的猶豫，找出一些推脫的說辭。但其實，她本人也忍受著那種灼熱的煎熬。她像患上了猶豫綜合症，羞澀感包圍著她。若阿金心急如焚，有些生氣地說：「妳別害羞，快給我一個說法，我是在和妳談正經的事。」卡塔麗娜卻總是躲避他的問題，並露出一種苦惱的表情。這使若阿金陷入了沉默。

鄰居家裡有一個孩子們組成的合唱團，小孩子們正手拉手圍成一個圓圈安靜地坐在地上吟唱著：

禿鷹帶走了我的孩子！

我的天啊！

明天，我也會帶走牠們的孩子。

我的天啊！

幾分鐘後，若阿金站起來和卡塔麗娜告別：

「好啦，我知道妳的意思了，妳不願意做我的女人，是吧？妳會後悔

的。上帝保佑你！」

「你別生氣啊！我⋯⋯我願意做你的女人，我願意！」說這話時卡塔麗娜整個人都軟了，一隻手緊張地放在胸口上。

她心裡很害羞卻不再焦慮，在院子的拐角處她點頭同意了若阿金的請求。

若阿金高興地吹起口哨，他興高采烈地跑到蜂房旁邊，響亮的口哨聲響徹天空。

禿鷹帶走了我的孩子！

我的天啊！

明天，我也會帶走牠們的孩子。

我的天啊！

第二天，若阿金再一次得到肯定的答覆——卡塔麗娜為他送來傳統的定情禮物，並且禮物也經過精心的包裝！可可果和生薑都用一小塊嶄新的手帕包裹著，還有好喝的玉米啤酒。所有的一切都整理得非常漂亮——卡塔麗娜想把自己送的東西做成若阿金今生收到的最好的禮物。

在隨後的一個月裡，若阿金和卡塔麗娜兩個人熱烈地相愛了。

一天下午，兩個女人從卡塔麗娜的家出來又來到若阿金家。這是兩個身著妖豔服裝的媒婆，她們請若阿金的家人談談對若阿金的看法，並特別要求若阿金的家人談談若阿金的生活習慣。

若阿金的母親非常詼諧地說：「如果妳們想了解若阿金，最好和他談戀愛。現在，我們對他了解得也不多。況且我們也不想告訴妳們，他現在年紀不小了。」

婚禮之日

為了避免出現情敵，若阿金煞費苦心。在隨後的兩個月裡，他一直在張羅著要為自己的女朋友和她的家人購買禮物：買了一條非常漂亮的裹頭巾和一匹鮮豔的花布給卡塔麗娜；為他未來的丈母孃買了一瓶白酒和一包菸草，一些可可果、生薑和一個菸斗。

又是幾個月過去了，那兩個媒婆穿著和上次一模一樣的衣服又出現了。她們兩人有了一個新使命——提親——在若阿金和卡塔麗娜兩個人喝交杯酒之前，先要商討一下聘禮的事情。她們共計要求兩匹薄紗、一條裹頭巾、兩瓶白酒、兩瓶紅葡萄酒、兩瓶杜松子酒和三千六百塊錢。

四

結婚聘禮格外豐厚，即便如此也難以堵住嫉妒者和不懷好意者的嘴。卡塔麗娜和若阿金一起去試穿結婚禮服，兩個人像超級巨星一樣備受大家的關注。

若昂娜是若阿金的前女友。當她在好友因格拉塔家中了解到發生的一切後，心裡像壓了一塊石頭般喘不過氣來。自從她知道可惡的卡塔麗娜得到了她夢中的如意郎君之後，她再也沒有給過任何人好臉色。

「看看卡塔麗娜，她那張臉像一個冷冰冰的屁股！看看她是怎麼走路的——好像被狼追一樣，腳底帶起濃重的灰塵！」若昂娜這樣評價卡塔麗娜。

每當兩人相遇的時候，卡塔麗娜趕快躲避開若昂娜惡毒的眼神，不敢直視她的眼睛。若昂娜卻故意和別人在一旁議論卡塔麗娜的是非，挑出她

的缺點和不足之處。

若昂娜為了得到舊愛，還找到當地的一位巫師。她講述了她和若阿金的故事之後，便請求巫師使用巫術幫她重新獲得若阿金的愛。

巫師爽快地回答：「好啊！妳到市場上買一個雞蛋、一包石灰粉、一包赭石粉、一根灌木枝（具有麻醉和鎮定功能）、一根植物藤和一片葫蘆藤的葉子。我本人不信任妳的那些左鄰右舍，所以，我會在明天晚上悄悄地到妳家裡去。紅葡萄酒也是不能少的，因為我需要用葡萄酒才能把這項巫術施展得天衣無縫。當然，我本人也要品嘗一點。妳的男朋友馬上會回到你的身邊！等著看吧……」

第二天，除了買巫師要求的東西外，若昂娜還買了保險套。晚上，巫師兌現自己的承諾施展了巫術。在房外，巫師和若昂娜兩個人先是坐在門口的土地上，然後，他們圍著一個地方順時針轉圈。到了深夜時，他們低著頭在那裡竊竊私語。巫師從自己的口袋裡掏出一把小刀，在地面上挖出一個小洞，他把石灰粉和赭石粉弄碎做成散藥劑的樣子，並用它們畫出了兩條曲線；隨後，又用石灰粉畫出一條橫線，用赭石粉畫出一條豎線。接著，巫師把用葫蘆藤製成的一架小鞦韆放在小洞裡，一邊放鞦韆一邊嘴裡還默默地念數字，直到數到九的時候才停止。然後他拿著一個雞蛋和兩個石頭蛋放在了鞦韆上面。

「若阿金先生，我現在要讓你坐在這裡！」巫師莊重地說，「請你忘記卡塔麗娜，回到若昂娜的身邊，現在這裡才是你真正的家。聽到了嗎？」

他拿著長十二公尺的植物藤拴住雞蛋的一端，焚燒了葫蘆藤的葉子，把葉子焚燒物弄成了一小撮灰。

「你們兩個人將在一起，你們相愛的靈魂回來吧。」巫師開始大聲號

婚禮之日

叫,接著,他端起酒杯在小洞裡面灑了九滴紅酒,同時,一邊念出施展巫術的咒語,「這杯紅酒給各位大仙,我需要用巫術來改變他的心。把他以前的心還給他的前女朋友。作為一名巫師,使用神靈賜予的法力讓年輕人若阿金回心轉意,我的口哨響起時請各位大仙們盡情享用美味的紅酒,並奉上三百六十塊錢作為獻禮呈給上仙。」

那天是一個可怕的日子,若昂娜感覺到自己非常不適並且全身充滿厭惡感,彷彿有人在她的喉嚨裡放了一顆圓球——她從未想過愛情可以透過巫術得到。

我們期待著若阿金不受巫術的控制,若昂娜也能回心轉意。

若昂娜的心對自己說,這個決定對他們兩個人來說並不是兒戲,希望她能重新考慮。見此情景,巫師也願意再給她一次機會把巫術作廢,以免她日後後悔。可是,若昂娜還是決定用巫術的力量喚回她失去的若阿金。並且,為了讓日後人們減少對她的厭惡感,也為了讓自己的心裡好受一些,她說出了很多自我辯護的理由。

就這樣,一切都晚了,黑色的大幕即將拉開。

一天,若昂娜想走近道回家,因此,她路過了因孔博達地區一間很大的蜂房。村子裡很多房子的屋頂是用稻草搭成的,由於惡劣天氣的原因,一些屋頂已經是破舊不堪。一些頑皮的孩子常在房子裡搞破壞,以致很多房子只剩下搭建房子時使用的大木棍,或者說茅草屋只剩下了框架。屋裡地面上大都只鋪著一些草蓆和竹子編成的蓆子。年紀幼小的孩子們光著屁股嬉戲打鬧,年紀稍長的孩子們多穿著肥大的襯衫,成年人多穿著整齊的褲子,外出做小生意的女人們則從上到下穿戴得整整齊齊。在茅草屋的廚房裡都安放著一個三角爐,爐子上烹煮著食物。自由散漫的小母雞、豬、

山羊，在沒有明顯路面特徵的小徑上漫不經心地吃著青草。

若昂娜慢慢地在小徑上走著，她的身形具有非洲女人的共同特點——圓潤的身體，扭動著的豐滿臀部，這給她提供了旺盛性慾的原動力。她黑黑的眼睛鑲嵌在圓圓的大臉上，而且，臉上的皮膚泛起一股黃色。她的皮膚質地緊緻又富有彈性。

當若昂娜往家裡趕的時候，她的朋友因格拉塔也沒有待在自己家裡。若昂娜一面走一面和她認識的人問好打招呼。快到自己家時，突然，她聽到一聲尖叫：

「哎呀，因格拉塔！原來是因格拉塔小美女啊！」

若昂娜停下腳步在房子的拐角處和自己的朋友迎面相撞。

因格拉塔個子不高，身材臃腫，皮膚黝黑。不過，她擁有一雙大大的眼睛和兩排整齊潔白的牙齒。

「哦，是若昂娜啊！」因格拉塔笑著說。

握手寒暄之後，兩個人覺得沒什麼意思，便跑到附近的一棵梧桐樹下。

樹梢上站著一隻身披淺藍色外衣的小鳥，牠似乎有些悲傷。旁邊的小路上，總有三三兩兩的行人經過。一位賣魚的婦人頭頂著一個很大的盤子從此經過，她的容貌十分出眾，每天都走街串巷大聲吆喝：「賣魚了，小西鯡、大肥魚了！只要十五塊一條！」漁婦用她被大海磨礪過的嗓音吆喝著。附近，一股強勁的海風吹過來，夾雜著一股海魚屍體腐臭的氣味。即便如此，很多海魚還是到了人們的餐桌上。成群的蒼蠅到處飛，發出嗡嗡的聲音；安靜的只是那辛勤搬運糞便的蜣螂蟲，牠們還有另外一個不太雅緻的名字糞金龜。在一片綠意盎然的地方，生長著很多體形龐大的仙人掌，一些高大的仙人掌樹上面開出黃顏色的鮮花。一些紫色的果實懸掛在

婚禮之日

高大的橡膠樹上，橡膠樹流出的膠汁是有害物質，這種膠汁經常用於工業方面。在村子周圍有很多的大樹。高大的猴麵包樹上總是落著很多的小鳥和知了，樹上掛著很多長長的麵包果。村子的風景美得就像布匹上美妙的水彩畫。

太陽西斜的時候，餘暉染紅了半個天空。

「因格拉塔，妳現在聽到我們村子裡那些流言蜚語了嗎？」

若昂娜雙手叉腰嚴肅地看著自己的同伴。

「是啊，我早就聽說了。」因格拉塔笑著說。

「是嗎？妳知道什麼啊？不如跟我講講啊。」

「是那個打架鬥毆的事情啊。」

「打架鬥毆？是誰跟誰打架鬥毆？」若昂娜一頭霧水，她眨著一隻眼睛問。

「啊！難道妳不是問我關於男人婆婭婭和那個男人打架的事情嗎？」因格拉塔疑惑地問。

「不是，當然不是了。婭婭和她男人打架的事早已經是陳穀子爛芝麻的事了！我現在說的是蠢驢若阿金向長得像猴子的卡塔麗娜送聘禮的事情。」

「啊？他已經把聘禮給了卡塔麗娜了嗎？」因格拉塔雙手叉腰站在那裡問道。她一邊問一邊不時晃動著手腕上的彩色珠鏈。

「他把所有的聘禮都送給他的未婚妻了！」若昂娜回答說。

「真的嗎？他給那個騷貨送什麼禮物啦？」

「兩個人真是一對憨貨！我聽說若阿金要給那個騷貨蓋間房子！」

「蓋一間房子嗎？聽起來不像是真的！他本人有那麼多錢蓋房子嗎？他那窮酸樣子，身無長物，你看看他現在的家，家徒四壁。」因格拉塔嫉妒地說。

「姐妹，那個騷貨運氣好。她的家人也願意收憨貨若阿金的聘禮。聽說那些聘禮沒有一件值錢的東西。可是，那個賤女人還是收下了聘禮。騷貨卡塔麗娜偷了應該屬於我的男人！哼，走著瞧！」憤怒的若昂娜雙手捶打著地面。

「騷貨的母親洛洛塔老太太接受了若阿金的所有聘禮嗎？」因格拉塔問道。

她們身邊生長著一棵假蘋婆樹，一個果子從樹枝上掉下來。果實掉落時和樹葉產生了摩擦的沙沙聲，並重重地落在地面上。那隻身披藍色外衣、翅膀的邊緣有些許白色的小鳥 ── 牠有一個又小又尖的喙 ── 牠被果實落地的聲音嚇到了，停止了自己動聽的鳴叫聲，跳到另一棵樹上飛走了。這一下，假蘋婆樹附近很多小鳥都受到驚嚇飛走了，只剩下枝頭無趣的蟬不知疲憊地吱吱鳴叫，彷彿牠們要把自己的歌聲充滿整個天空一般。

若昂娜和因格拉塔也被突如其來的這一幕嚇得驚魂失魄，不由自主地大叫起來。

「如果是小孩子在這裡一定會被嚇死。」若昂娜說道。

「如果坐在樹下的孩子向上看的話，堅硬的果實一定會把孩子的眼睛砸傷。」

「是啊。不過，我們還是接著剛才的話題吧。我問妳，卡塔麗娜的母親接受了若阿金的所有聘禮嗎？」因格拉塔又追問道。

「騷貨無恥之極！她使用美人計把蠢得像驢子一樣的若阿金搶走……」

婚禮之日

「妳放心，妳的男朋友絕對不會被人搶走，妳可以讓他們見識一下什麼是巫術……」

她們一邊聊天一邊慢慢地走到一棵大樹旁。她們重新整理著自己頭上的印花髮帶，髮帶是女人們在日常服飾裡和出席重要場合時絕對不能缺少的裝飾品。接著，她們走到一條由紅色沙子鋪成的小路上，小路通向回家的路。最後，兩個人又聊了幾句說了再見，各回各家。

「嘿，姐妹！」若昂娜喊道。

聽到朋友叫自己，因格拉塔返回來問道：「怎麼了？」

「喂！妳過來啊！」因格拉塔聽到若昂娜的叫聲慢慢地走過來，她的頭上披著一條黑色的頭巾。

「怎麼，妳還有什麼事情嗎？」因格拉塔問道。

「沒有啊！我是想知道為什麼婭婭和自己的男人打架。」

「嗨，原因很簡單啊，還不是因為她愛吃醋嘛！我們的那些男人不想只有一個女人！他們喜歡今天和這個女人睡覺，明天再和另外一個女人睡覺，等到大後天再和第三個女人睡覺。婭婭這個女人，妳又不是不清楚，她就是一個出了名的醋罈子，不喜歡她的男人尋花問柳。好像是昨天還是前天的事情，正好被婭婭捉姦在床，結果可想而知。他們兩個互相廝打謾罵，而且還相互撕咬呢。」

「哎呀，婭婭大姐真是太笨了！如果換成是我，我一定把他的老二拔下來。」

說完，她們兩人又互道告別，但是，這次兩個人分開的時候卻是哈哈大笑著的。

五

儘管那些八卦新聞和流言蜚語漫天飛，但若阿金和卡塔麗娜兩個人依舊按部就班地準備著他們的婚禮。在舉行婚禮的前十六天，家人請來了一位巫師，請他為卡塔麗娜施法，保佑她能夠順利懷上孩子，並且預防孩子早產。因為在卡塔麗娜出生的時候，身體條件不好，總是生病，家人擔心如果沒有巫師施法護佑容易發生早產和死胎。

請來的巫師身體胖胖的，而且年紀不小了，穿著一般。上身穿著一件襯衫，披著一個大褂，下身身著一條長褲，腰間繫著一條寬寬的腰帶，並且腰帶一直垂到腳踝處。在他大大的光頭上戴著一頂椰子殼製作的小帽子。老頭年紀不小，可是，全身卻乾淨整齊。他右手拿著一根有很多竹節的枴杖，左手裡拿著一個棕櫚樹皮製成的包，或者說是一個籃子——裡面裝了很多施法需要用的物品。

當他走進院子的時候，他高興地大聲喊道：

「我來了！你們快出來迎接我啊⋯⋯」

卡塔麗娜的母親從屋子裡跑了出來，上前迎接道：

「我的大師，您來了，快請進啊。」

兩人互相問候之後，又穿過走廊到了客廳。巫師摘下自己頭頂上的帽子放在桌子上，將手裡的枴杖也輕輕地靠在牆邊。

卡塔麗娜身材苗條，個子中等，她從自己的房間裡輕輕地走了出來，用非常悅耳動聽的聲音輕聲地向巫師問好：

「大師，您好，祝您幸福！」

婚禮之日

卡塔麗娜的母親看到自己的女兒從房中走了出來，便請巫師進女兒房中施法，她用邀請的手勢說：

「大師，您可以進我女兒的房間啦！」

話音落地，巫師、卡塔麗娜和她的母親一個接一個進入了房間。這個房間簡陋極了，牆體是用紅泥製成的，上面已布滿了大大小小的洞。在房間的一角放置著一張木質床，床上沒有床墊，簡單地鋪了一張草蓆；另一個牆角放著一個箱子。房門的造型呈三角形，房門旁邊放置著一個陶罐。透過窗戶，可以欣賞到大自然的美麗風光，呼吸到大自然特有的香氣。

巫師走進房間，把手中的包放在地上，從裡面拿出來一包石灰和一塊紅色的赭石。他要求兩個女人安靜地站著，不能發出一點聲響。接著，他在地上畫出了一個十字架的符號。

「妳們去幫我拿一塊新蓆子過來。」巫師說道。卡塔麗娜的母親從屋子的一角拿出了一張卷在一起的蓆子遞給了他。

巫師打開蓆子之後在上面重複地寫了幾個字。然後，他用兩隻手攙扶著卡塔麗娜站在蓆子上面，並讓她慢慢下蹲再慢慢地站起來，並重複做了九次。

最後，巫師讓卡塔麗娜坐在蓆子上。他從自己的包中拿出黑檀木和一塊紅色磚頭，並在磚頭上畫出一個不同樣式的十字架。

「拿著吧！」他把黑檀木和磚頭遞給了卡塔麗娜。

卡塔麗娜雙腿跪在蓆子上，雙手緊緊地抓住黑色檀木和紅色磚頭。她知道把黑檀木與紅色磚頭放在一起會產生神奇的作用。

「從現在開始，妳必須在自己的房間裡待上八天的時間。在這八天的時間裡，妳用黑檀木摩擦紅色的磚頭，妳還要用摩擦出來的木屑製作成八

個小圓球和一個像椰子果一半大的圓球，妳聽見了嗎？」巫師用粗獷的聲音命令著卡塔麗娜，然後，起身結束了咒語的誦唸。

巫師走到卡塔麗娜母親的身邊叮囑說：

「眾所周知，任何男人在這八天期間都不能進入卡塔麗娜的房間。當然，小孩子除外。女人如果想進房間，只能是處女之身或者沒有結婚的女人才可以……」

巫師收拾好自己隨身攜帶的東西，告別了已經開始摩擦黑檀木和紅磚的卡塔麗娜，由她母親陪著走出了卡塔麗娜的房間。

在院子裡，兩個人停住了腳步，巫師想再叮囑卡塔麗娜的母親做好其他幾件事請。巫師一隻手拿著椰子皮的小帽子，另一隻手揮動著枴杖大聲地說：

「我在第九天的時候會再次來到妳家裡，妳們別忘記買些東西啊……」

卡塔麗娜的母親詢問說：

「大師，您需要我買什麼東西呢？」

「妳們需要買一隻紅色羽毛的公雞，記住，公雞必須長有五個腳趾，牠是為牧師準備的；妳們還需要買一隻白色羽毛的母雞，這隻母雞是準備給生育女神的；妳們還要買一些牛肉、豬肉、鯰魚和河鱸，再買一些大豆、豇豆、玉米粉、木薯粉、蜂蜜和橄欖油，還要買一些輔料：奶油、乾果、無花果。當然，紅酒是不能少的，給我買一瓶，再準備一些給其他來賓。最重要的是，別忘了準備兩匹新布給生育女神和她的隨行。」

「如果買不到豬肉怎麼辦呢？」母親問道。

「如果買不到豬肉，可以買點香腸和豬頭肉……」

婚禮之日

　　說完，巫師向大家施以大禮並走出了院子，在他大大的光頭上頂著一頂小小的椰子殼帽。

　　一大早，太陽的光線就非常強烈。巫師很講禮節地走到大門口，伴隨他的只有強烈的陽光，太陽照得他瞇起了眼睛。巫師魁梧的身體行走在高大的仙人掌和灌木叢之間。大海上空的白雲蹣跚著前進，路面上的沙土被風吹起。卡塔麗娜的母親靜靜地站在那裡，頭腦中想著巫師的叮囑，直看著神奇的巫師消失在路的盡頭。

　　若昂大叔正好從卡塔麗娜家門口經過，他轉過一個小彎走到卡塔麗娜的母親面前，說：

　　「大姐，妳站在門口想什麼呢？」

　　「我剛剛把佩德羅大師送走，正好在門口想點事情。」

　　「誰是佩德羅大師啊？他是誰啊？」

　　「他呀！他是一個住在本戈省的巫師⋯⋯」

　　「哦，那他來這裡所為何事啊？」

　　「他來這裡是為了卡塔麗娜，眼看她就要出嫁了⋯⋯」

　　「她要嫁給若阿金了，是嗎？」

　　「嗯，是啊。」

　　「不錯，若阿金是個好年輕人。小女孩挑對人啦！現在，你們這幫人是把我給忘啦，也沒有邀請我過來參加婚禮啊！」

　　卡塔麗娜的母親呵呵笑著說：

　　「這些都是他們男人的錯啊，再說，您根本不需要我們的邀請便可以參加我們孩子的婚禮啊。」

「卡塔麗娜在哪裡呢？」

「在房間裡呢。」

「她和菲娜在一起嗎？」

「沒有啊。菲娜和吉列爾米娜一起出去了。她們一起去商店買點東西。」

「小女孩桑塔在嗎？」

「沒有，小桑塔也出去了。」

雖然沒有卡塔麗娜母親的准許，但若昂大叔就像家人一樣走到院子裡。

若昂大叔用取笑的聲音說：「小女孩卡塔麗娜，趕快出來啊。」

卡塔麗娜的母親趕快走過來，嚴肅地說：

「大叔，卡塔麗娜現在不能跟任何人說話！她現在已經開始用黑檀木摩擦紅磚了。」

「真不幸啊！也就是說，她必須在房間裡待上八天時間，是嗎？」

「要不她能怎麼辦呢？這都是老祖宗留下的規矩……」

兩個人邊說邊走，來到了一棵高大的無花果樹下。在大樹的樹蔭下面靜靜地放著一個蒜臼，若昂大叔走過去坐在蒜臼上面接著說：「你們這些黑人，思想觀念總是這麼落後。兩個孩子結婚在一起，還需要請巫師過來施法保佑啊？家裡有病人的時候，你們請巫師前來診治病情；有人去世的時候，也總是少不了巫師的身影；即便是有人做噩夢了，也要請巫師到家裡施法保佑；還有，家裡有些雞毛蒜皮的事，你們也總要把巫師叫到家裡坐坐。有事情你們總是想到巫師，難道這個世界上除了巫師就沒有別的人了嗎？」

卡塔麗娜的母親坐在離若昂大叔不遠處的小凳子上，聽了若昂大叔的

婚禮之日

話，她的臉上露出了驚訝的表情，她用訝異的目光注視著他，雖然她知道，若昂大叔見多識廣，講起話來詼諧幽默。她壓住自己的怒火反駁說：

「您知道為什麼我們總是請巫師嗎？在我們這裡難道不是巫醫在給我們這些人診病嗎？您，若昂大叔，難道不知道人類的靈魂有善與醜之分嗎？如果沒有巫醫幫我們施法護佑，誰能在這裡幫助我們？又有誰能讓憤怒的鬼魂平靜下來，又有誰能把惡與醜的事物剷除殆盡？透過他們的施法護佑，我們這些人都看到了希望的曙光。所以說在我們眼裡，巫師是最值得人尊敬的神醫，也是唯一能夠幫我們淨化靈魂的人。所以，我們需要巫醫的幫助，我們也必須傾聽巫醫的建議。在這個世界上，巫術是真實存在的。若昂大叔，您現在明白我的話了嗎？」

接著，她又小聲對若昂大叔說：「哎，假如您是白人的話，您肯定會是一個堅定的西方無神論者。我現在的所作所為都是爺爺奶奶祖祖輩輩傳給我的經驗啊！再說了，難道他們白人就沒有巫師和迷信的人嗎？」

若昂大叔聚精會神地傾聽著卡塔麗娜母親的話語。他說：

「是啊，大姐！妳說得非常對。即便是白人也有他們自己的巫術迷信，只不過他們用的名字不同罷了。很多時候，他們也在使用巫術或者是占卜術：透過夜觀天象得出凶吉禍福，有些人透過觀人眉宇和看手相判斷吉凶，還有一些人則善於擺弄塔羅牌，極少數人會使用通靈的手法預測禍福，這一點他們有點像我們非洲的人！」

接著，他帶著種優越感說道：

「有些白人相信存在巫術，可是，並不是所有的白人都相信啊。大姐，妳說我講得對不對啊？」說著他蹺起二郎腿，雙手交叉握在一起大笑起來。

「呵呵，你這老頭真可笑啊！別在這裡崇洋媚外。」卡塔麗娜的母親不屑地笑了。

小院子裡，小動物們東走走西逛逛，從院子這頭走到那頭，好不悠閒。一隻胖胖的小母雞，看樣子應該是北寬扎地區的品種。牠在窩裡孵出很多隻小雞仔，小雞們緊靠著自己的媽媽。一些小雞依偎在母雞的翅膀下面，另一些小雞則待在雞窩裡。院子裡有一頭很大的豬，牠的毛髮是黑色的，眼睛處有一起長長的白毛。牠正趴在地上呼呼大睡，呼嚕聲非常響亮。在院子的另一處，一隻羽毛華麗的公雞聽到鄰居家公雞的叫聲後也鼓起全身的力氣「咯咯」地叫起來。無花果樹的葉子隨風舞動著，趴在樹枝上的蟬無憂無慮地鳴叫著。此時此刻，地面上的螞蟻和不知名的小蟲也都在努力尋找屬於牠們的食物。

「不過，妳們一定要防著點巫師啊！」若昂大叔一邊說，一邊看著身旁的大公雞，「若阿金那隻大公雞有能力把卡塔麗娜這隻小母雞攬到自己的窩裡，我希望卡塔麗娜以後能夠擁有好運氣啊。」

「嗯嗯嗯！她一定會有好運氣的，厄運找不到她的頭上！」卡塔麗娜的母親順嘴說著。她有些生氣，這之後便把嘴巴閉得嚴嚴實實。

若昂大叔還想和卡塔麗娜的母親開玩笑，便故意假裝不懷好意地說：

「妳以為我在撒謊嗎？妳看看這些巫師除了坑騙妳們的錢財、拿妳們的東西、吃妳們的飯，他們還做了什麼啊？」

「是啊，您說得對，他們總是拿我們的東西，可是，他們幫我們驅趕了災禍。」

「消災解禍只是他們的藉口，他們一直在欺騙妳們。妳要小心他們啊！」

婚禮之日

接著，若昂大叔換了一種口吻問：「對了，妳說的佩德羅大師到底是哪一位啊？難道是那個喝醉酒打女人的佩德羅？」

卡塔麗娜的母親洛洛塔聽罷站了起來，表情有些僵硬。她個子不高，身材圓潤，長相非常一般，頭上的頭髮也非常稀少了。

「若昂大叔，我已經請求大師幫我們驅趕惡魔了，他們不會給我們帶來災禍。您沒有事就趕快回去吧。」

若昂大叔沒有理會卡塔麗娜母親的話，還繼續發表自己的看法：

「大姐，妳別生氣。我只是把我眼睛見到過的事情講出來而已。」

若昂大叔所講的事情的確發生過。佩德羅大師和他的妻子到他們的女兒家裡做客，在女兒家裡吃午飯。飯桌上酒過三巡菜過五味，佩德羅大師開始發神經，說了一些不堪入耳的醉話。當時，醜態百出的佩德羅大師已經進入醉酒狀態，他的夫人趕快上前勸阻他。結果他不聽任何人的勸阻，於是在場所有人都聽見佩德羅大師大著舌頭說：

「我今天是沒有帶皮帶，不然，我要好好收拾妳這個敗家娘們。」

若昂大叔親耳聽到了這段話，本來想要清清楚楚地告給卡塔麗娜的母親，可誰想話不投機半句多，自己也覺得無趣便站起身來邁著輕快的步伐走出了小院子。

六

卡塔麗娜女孩在後來的八天時間裡，嚴格按照巫師的要求隱居在自己的小房間裡。一天到晚，手裡拿著一塊黑色檀木和一塊紅色磚頭相互摩

擦，摩擦出很多粉末，然後，把這些粉末做成八個小圓球，她把弄好的一部分小圓球放在樹枝上面。為了防止有人偷窺，她還特地在房間的小窗戶上面封了一層窗戶紙。房間裡只允許小孩子和處女之身的未婚女人進入，絕對不允許任何男人進入。至於個人衛生，她只能在屋內刷牙洗臉了。

八天時間一晃而過，巫師又一次出現在卡塔麗娜的家裡，而且，巫師身邊還帶了一名初學的小學徒。巫師前來祈禱新婚夫婦能夠幸福美滿。

小學徒是一個年輕人，年紀並不大，看樣子體格沒有巫師健壯。穿的衣服也跟自己師傅穿的大同小異──同樣穿著 T 恤衫、長褲子、外套，並繫著一條繫在腰間又垂到自己腳踝部位的腰帶。其實，按照當地風俗，這種用布匹繫在腰間的做法其實是女人服飾穿戴的一種方式。他們的頭髮都修剪得非常整齊漂亮。

小學徒和自己的師傅一樣，手裡也拿著一根柺杖。當然也許是為了區分等級，他們的打扮也有明顯的區別：一個人頭上戴著大草帽，另外一個人頭上則戴著椰子殼帽子。

巫師顯得有些沒禮貌，他推開院門大聲叫嚷道：

「喂，我們現在到了，妳們趕快出來迎接我們啊！」

卡塔麗娜的母親正在準備需要的東西，聽見巫師的喊叫就立即跑出屋子，前來迎接他們：

「早安啊，大師！你們請進啊！」

她領著他們走進了走廊，並從廚房搬來兩把椅子給他們：

「你們請坐啊，就把這裡當成自己的家，別客氣啊。」

巫師把自己的椰子殼帽子放在面前的桌子上，說道：「哎呀，你說的是真的嗎？好！我一定把這裡當成自己的家，絕對不會客氣啊！」

婚禮之日

　　小學徒也把自己的大草帽和包裹放在桌子上，並且自然地坐在自己師傅的身旁。

　　這時，從房間裡走出兩個女人，一個是菲娜姨媽，她是卡塔麗娜母親的姐姐，個子很高，面容憔悴，聲音沙啞；另外一個是吉列爾米娜，她是卡塔麗娜的姐姐，身材中等，身體強健並透著一種優雅的氣質。她們向剛剛到來的巫師問好。

　　幾個人相互握手問好後，三個女人站著和兩個巫師聊了幾句，然後，菲娜姨媽和吉列爾米娜兩個人走到屋外的院子裡，卡塔麗娜的母親來到卡塔麗娜所在的那個房間裡。沒多久，洛洛塔老太太手裡拿著一瓶半公升的紅酒走過來。

　　大師立刻接過紅酒，但是，他假裝不高興地說：「紅酒只有這麼多嗎？難道只給我準備了半公升紅酒嗎？這樣不太尊敬我吧？」

　　卡塔麗娜的母親笑了，趕快求情說：

　　「哎呀，我的大師，這半公升紅酒是先給您嘗嘗，殺殺肚子裡的蛔蟲。」

　　「哦！我的幫手不用喝了嗎？」

　　老太太立刻抱歉地說：「大師，您先喝著……您知道，我丈夫死得早，不知道這方面的規矩啊。」

　　巫師的表情有些尷尬，他向她討要兩個酒杯，並說：

　　「沒有足夠的紅酒，我們的工作做不好啊。您知道幹我們這行的，紅酒必須得多喝啊。」

　　巫師大口喝著紅酒，沒多久，他的舌頭開始打轉了。隨後，他開始命令自己的徒弟施展法術——在平底鍋的邊緣處和其他一些地方點上明火，顯然，對此工作小學徒已經輕車熟路了。

「小學徒，你放下手中的杯子，去院子外面施法。讓卡塔麗娜的母親洛洛塔老太太陪著你去啊。」在他們出去之前，佩德羅大師又特地囑咐老太太說：

「咖啡待會再上，現在你去給後廚的負責人倒杯紅酒。」

「現在負責後廚做飯的人是我的姐姐，您就放心吧。」

「怎麼了？難道是她就不可以喝酒了嗎？做飯的火不是挺旺的嘛，她喝點紅酒也不影響吧？說不定飯做得更香啊。」

老太太聽到巫師的話，笑了笑，陪著小巫師走出屋子。

高大的無花果樹上，傳來無盡的蟬鳴聲，彷彿牠們在交流樹下發生的事情一樣。女人們坐在石頭上，精心烹製著食物。之前，卡塔麗娜的母親已經殺了雞，拔好了毛，又把雞肉切成小塊放在鍋裡加上一些棕櫚油烹製。她還特地把公雞和母雞分開烹煮。吉列爾米娜手裡拿著一個木勺子，用力壓碎鍋中的大豆，為大家準備大豆湯。同樣，她也準備了兩種大豆湯，一種是加倍的大豆，另外一種是大豆配烤魚。菲娜姨媽還把牛肉和豬肉切塊放在鍋裡，按照西方風味進行烹煮。桑塔小女孩只有十歲，她是吉列爾米娜的小女兒，她坐在火爐旁邊負責加柴燒火。濃重的黑煙以螺旋的方式向上盤旋，屋子裡也充滿了食物的香味。

菲娜姨媽還再三叮囑道：「吉列爾米娜，妳注意點鍋裡的泡沫啊！可千萬別溢鍋，這會給我們帶來厄運的。妳也注意一下灶臺的支撐架……」

她們做飯的時候，巫師跑到廚房裡四處閒晃。他撕掉一隻公雞的大腿，找來一個麵包，抹上一些奶油夾上雞肉。他又弄來一個一百塊面值的銀質硬幣，把它們一起放進自己的包裡，然後，輕輕地拉上拉鍊。接著，他開始準備流蘇邊的圍裙：他抽取麵包果樹的樹皮纖維，然後，用細小的

婚禮之日

樹皮纖維編織成一個帶流蘇邊的圍裙。與此同時，小學徒也把獻給生育女神和她的隨行的兩匹布匹準備好了。兩匹布分別用紅絲帶繫上，然後再在布匹上面放置一個小螺號。

按照習慣，早餐就是簡單的一杯咖啡、一塊麵包。但佩德羅大師享受到了這樣的高等待遇，可是他仍然抱怨自己沒有一飽口福。看到卡塔麗娜的母親非常忙碌，他就自己站起來隨便閒晃，一會看看食品袋，一會撥弄一下紅酒瓶，一會又去廚房看看鍋裡的美食。當洛洛塔老太太從自己身邊經過時，他便大聲地說：

「天哪！怎麼都是冷食啊！難道沒有其他可以吃的大餐了嗎？」

由於卡塔麗娜的母親洛洛塔是一個對巫術非常虔誠的老太太，加之她原來聽說一些人由於沒有照顧周到巫師而導致不孕不育，所以，她趕快用虔誠和抱歉的語氣對大師說：

「哎呀，佩德羅大師啊，我現在想給您多倒些紅酒，可是，現在家裡沒有。您先別著急，我這就讓人去酒莊買酒。」

巫師停下手裡的工作，假裝出無所謂的樣子說：

「妳們不想得到最好的施法效果？假如妳們想要，妳們應該馬上去買酒……」

這片大地上有著很多的河流，一瓶紅酒又能掀起多大的波瀾？不過，它能讓房間裡的卡塔麗娜順利懷上孩子，雖然在這期間會經歷一些小小的坎坷和磨難，但是，她一定會克服所有的困難的。

「道理就是這樣。如果有人不想得到自己期盼已久的東西，那麼，他便可以隨遇而安。如果有人腦子不靈光，他們肯定什麼都得不到……」巫師假裝一本正經地對自己身邊的小徒弟說道，但這時，大家都忙著，沒有

人注意他在說什麼。

於是，師徒二人搖著光禿禿的大腦袋東走西逛，他們高興地享用著杯中的紅酒。兩個人喝酒的速度非常的快，剛剛倒滿的一杯紅酒，一轉身就喝光了。喝完酒之後，兩個人各自從腰間抽出一個泥質的菸鍋子，小學徒從院子裡的火堆裡找來一根沒有燒完的樹枝把他們的菸袋鍋子點上火，兩個人坐在那裡愜意地抽著旱菸。

開始祭酒了，巫師為了和神靈傳遞訊息，瞬間變得非常怪異，他大口喝下一口酒，然後「噗」的一聲把酒吐在地上；接著，他把杯中剩下的紅酒倒進徒弟的杯子中，一不小心杯中紅酒還灑了出來；最後，他雙手拍打著自己的腰部大聲地說：「大仙啊，請滿飲杯中酒！」這之後，他便開始和神靈通靈了。

快要開始的時候，佩德羅大師抖動著地面上的一張新蓆子；然後，又讓人找來一塊一公尺長的布料鋪在蓆子上面。沒多久，卡塔麗娜的家人就把烹飪好的食物端上來放在了蓆子上。所有在家裡幫忙的人都悉數到場，他們心裡都非常的高興，並高聲喊卡塔麗娜出來。卡塔麗娜走出房間之前，還是安安靜靜地坐在木頭床上，後來她才慢慢地走過來。她雙臂自然下垂，臉上露出非常幸福的笑容。她把自己珍藏的很多聖潔物品一一擺放在自己的竹編箱子上。

巫師拿出一塊一公尺見方的白布，再把一條紅色帶子和一個小螺號放在白布上面。卡塔麗娜拿起白布繫在腰間，包裹住她的下半截身子。隨後，巫師大聲說：

「聖潔的白布是供奉給我們偉大的生育女神的……」

巫師又拿出一塊同樣大小的淺藍色布匹，然後，穿過自己的腋下繫了

婚禮之日

起來，他大聲說：

「聖潔的淺藍色布匹是為生育女神的隨行準備的⋯⋯」

巫師又拿出帶流蘇邊的圍裙紮在自己的腰間，他大聲說：

「流蘇邊圍裙能保佑新人們婚姻幸福美滿⋯⋯」

最後，巫師拿出一個護身符，佩戴在自己的胸口，他說：

「這是幸運之神的護佑⋯⋯」

接著，他後退幾步，大聲對卡塔麗娜說：

「這些東西你必須在星期天和新月之日使用，而且，從早上到中午的時候必須佩戴。如果你按照我的方法去做，神靈一定會保佑你。」

卡塔麗娜接過所有的東西，然後用手臂將它們抱起來。她把腿彎曲起來，形成一個「9」字形盤坐在蓆子上面。

「你們趕快給我弄一升紅酒來！」巫師沒有禮貌地用右手指著在場的女人們說。

「好的，佩德羅大師，您放心，我這就讓人去給您買紅酒啊。剛剛那些紅酒喝完了。」卡塔麗娜的母親回答說。

儀式並沒有中斷，沒多久，收到外婆命令的桑塔小女孩，拿著兩個紅酒瓶去小酒館打酒了。

巫師又提出了要求，小學徒急忙蹲下去，按要求拿起一個空盤子，用一個木製的勺子把所有的食物都盛了一些。佩德羅大師貓下腰看了看眼前簡陋的衛生條件，臉上露出一絲不悅的表情。他用自己的指尖夾起一塊食物，將它放在卡塔麗娜的嘴裡；接著，他又把食物扔在地上；然後他低頭輕聲祈禱著：

「首先請大仙護佑，再者請諸邪勿擾！」

佩德羅大師坐在小板凳上施展著驅魔大法，卡塔麗娜的家人只能靜靜地坐在蓆子上，一邊的小學徒手裡拿著餐盤，盤子裡裝滿了不同種類的美食。最終，巫師把這些盤子裡的美食都摻雜在一起，比如蜂蜜和棕櫚油。隨後，他開始拍手為生育女神歌唱：

生育女神，

生育女神啊，

她正在哭泣！

所有的人跟著一起歌唱——帶著崇高敬意的表情歌唱：

尊敬的生育女神，

啊，生育女神，

生育女神，

她正在哭泣！

生育女神正在這裡，

生育女神，

她正在哭泣！

妳需要像蜂蜜一般甜蜜的生活，

生育女神，

她正在哭泣！

妳是否需要棕櫚油，

生育女神，

她正在哭泣？

婚禮之日

　　狂歡的音樂氣氛，帶著一些神祕的色彩，它感染了在場所有的人。歌唱的聲音變得清脆，大口呼吸時也覺得空氣是如此的清新。神祕色彩也環繞在卡塔麗娜那破爛的房間裡，現在是需要大家的力量使它昇華的時刻了！唱歌時跟著音樂節奏拍手，一切的目的是為了讓生育女神保佑卡塔麗娜以後能順利懷孕生產。

　　慢慢地，卡塔麗娜開始晃動腦袋，她像變了一個人，她邊哭泣和邊吟唱著：

　　只有神靈才能改變世界。

　　神靈借用卡塔麗娜的身體顯靈了，

　　神靈來到人間世界，

　　他們強大的力量無所不能。

　　卡塔麗娜那奇怪的樣子，使得在場所有的人歡欣雀躍，大家鼓掌說：「哦哦哦！生育女神顯靈了！我們看見生育女神啦。」

　　這時，巫師拿起裝滿食物的盤子放在卡塔麗娜的嘴邊，對神靈奉上精美的食物，並說：

　　「尊敬的生育女神陛下，這裡有奉獻給您的禮物（該禮物是指若阿金），現在您可以施展魔力讓他們生兒育女。」

　　卡塔麗娜全身抽搐，眼睛睜得大大的，兩條腿張開，雙手放在大腿上，嘴卻在貪婪地吃著盤子裡的食物。

　　「好了！我們已經看到尊敬的生育女神了！你們這些看熱鬧的散開吧……」巫師邊說邊用巴掌拍打自己的胸口。慢慢地，卡塔麗娜也安靜了下來——聖神品嘗佳餚美味後已經離開了。

「謝謝尊貴的生育女神！」在場的所有人都高興地鼓掌歡呼。

卡塔麗娜全身疲憊地喘著粗氣，接著圈起雙腿等待儀式的結束。巫師佩德羅大師坐在凳子上控制著巫術的場面。他拿出一個椰子殼做成的小鍋，鍋裡面放著棕櫚油和黑色檀木的粉末——這是卡塔麗娜在八天閉關時間裡摩擦出來的。佩德羅大師把這些東西調成了軟膏，他走近小女孩卡塔麗娜，並讓她抬起手臂。

「洛洛塔妹子，你過來幫你女兒把軟膏擦在她的身體上吧，這個活本來就是該女人做。」說著他把椰子殼遞給卡塔麗娜的母親洛洛塔。

巫師和小學徒走出了房間，來到走廊上，等著洛洛塔幫卡塔麗娜擦完軟膏。他們二人肩膀靠著門框，臉朝外看著院子——靜靜地看著院子外面的風景。

下午四點左右，太陽開始西斜，陽光也沒有那麼強烈了，微風給喘息困難的樹葉帶來一絲涼意。高大的無花果樹上，蟬鳴聲不再震耳欲聾，只剩下吱吱的顫音。小雞們也走出雞窩到比較潮溼的地方尋找自己需要的食物，並時不時地用自己的喙啄蟲子。在鍋爐架子旁邊，一些炭火還沒有完全熄滅，冒起一縷縷細小的煙。

正在這時，桑塔小女孩手裡拎著兩瓶紅酒回來了。但是，佩德羅大師要求她等一會再進屋：

「現在妳外婆洛洛塔不想讓任何人進房間……」

小女孩桑塔拿著紅酒瓶站在原地扭著頭低聲說：

「我的肚子非常餓……」

巫師師徒二人看著桑塔的樣子笑起來——說實話，那個時間點已經到了吃飯的時候了。（在窮人居住區，一天只有兩頓飯：第一頓是在上午

婚禮之日

十一點，第二頓是在下午四點鐘左右。）

小徒弟安慰她說：「妳現在稍等片刻，一會讓妳進去吃飯。」

「是啊，我的法事已經做完了。」佩德羅大師補充說。

桑塔小女孩聽不進二人的勸告，臉上的表情非常難看。她生氣地雙手拍著巴掌，用腳踢著自己的裙角說：

「真麻煩！我發誓今天不會吃任何東西！」

沒多久，房間裡傳出洛洛塔的聲音：「好啦，你們可以進來了……」

桑塔和師徒二人走進了房間。菲娜姨媽和吉列爾米娜兩個人坐在蓆子上，卡塔麗娜和洛洛塔母女則站在蓆子上。

「你們都去可以吃飯了。」巫師說著坐在小板凳上。

小女孩桑塔把酒瓶遞給他們。

佩德羅大師蹲在鍋邊，找來一些盤子——包括卡塔麗娜被施法後使用過的髒盤子——為她們幾個人盛飯菜。一般來說，用過的盤子只能給上了年紀的老太太使用，而小孩子使用的餐盤必須和年長的人用的分開。沒多久的時間，師徒二人風捲殘雲般地吃光了剩下的所有食物。巫師帶著自己的餐具，而小徒弟無時無刻不在效仿自己的師傅。

卡塔麗娜通靈生育女神的法會做完了，她得到了生育女神的庇佑。而桑塔接到外婆洛洛塔的命令，讓她把大家吃完飯後所有的空盤子都收集起來，拿到廚房裡放在水盆裡洗刷乾淨。

「好的，把桌子撤掉，我們也該離開了……」巫師在飯局進入尾聲時說道。

洛洛塔老太太覺得他話中有話，便沒有做太多的回應。過了一分鐘左

右,她簡單地和巫師寒暄了幾句。老太太把鋪在地上的蓆子捲了起來,然後,走到另外一個房間裡找出一個重重的行李箱。接著,她回到巫師師徒的面前,雙手放在腿上,表情顯得有些自卑,她用溫柔的聲音問道:

「大師,您看看我們應該支付給您多少錢啊?」

佩德羅大師慢慢地抽著旱菸,他拿掉嘴裡的菸斗,閉上眼睛,用右手慢慢地計算著說:

「施法費用你需要支付三千六百塊,鋪設法壇費用是三百六十塊,物品折舊費是一百八十塊。我算了算,大概共計四千一百四十塊。這個我沒有算錯吧?」

「是啊,價格沒有錯啊。可是,大師你能不能給打個折扣啊?」

菲娜姨媽也求情說:「是啊,我們都是自家人啊,給我們打個折扣吧。」

佩德羅大師托著下巴,沉思片刻後嘆氣道:

「好吧,物品折舊費你們支付一百二十塊吧。這樣計算你們還需要支付給我四千零八十塊,你們看行嗎?」

「謝謝您,佩德羅大師!」

「我同意給你們打折,但是,我必須拿走你們一口鍋、一個盤子、一個碗和兩條蓆子。」

「啊,佩德羅大師!您拿走兩條蓆子是不是有點太多?您把那條新蓆子留給我吧⋯⋯」卡塔麗娜的母親哀求說。

「那好吧,新蓆子留給卡塔麗娜吧。你們快付錢吧!」

「我們到底需要支付給您多少錢啊?」

「沒有多少錢啊,我們剛剛不都說過了⋯⋯」

婚禮之日

收取了酬金後，佩德羅大師命令自己的徒弟去拿他剛剛索要到的物品。小徒弟把所有的東西都包在蓆子裡面，接著，又把卡塔麗娜摩擦出的黑木粉小圓球裝到自己的包裡。隨後，卡塔麗娜的家人和他們告別，並且陪同他們走到院門口。大師和他的徒弟都戴上自己的帽子，然後大師一隻手拄著枴杖一隻手拎著包和她們告別了。

七

卡塔麗娜已經沒有後顧之憂了。有了神靈的庇護，她可以順利地受孕、生產，而且，夫婦二人也不用擔心未來的孩子會夭折。在非洲，人們一般認為共有三位大神保佑著夫妻的幸福生活：第一位是幸福之神，第二位是生育女神，第三位是生育女神的隨行。為了得到神靈的庇護，卡塔麗娜採取了幽禁的居住方式，一邊洗刷之前犯下的錯誤，一邊努力贖罪。最後，她還用巫師提供的法衣裹住下身。

卡塔麗娜相信，在眾多神靈的保護之下，他們小夫妻的關係會異常甜蜜，若阿金能夠得到更多的孩子，這也將使得家人都非常高興快樂——在若阿金母親的眼中，自己的兒子是她這輩子的驕傲。擁有神靈的保護，他們不僅不需要擔心無子嗣，而且也不用再擔心自己的孩子有任何的閃失。

不孕不育，在這個世界上的確存在。對於一個女人來說，沒有自己的孩子是一件多麼痛苦的事情。可憐的女人會發出來自內心的最痛苦的聲音。不生育子女的女人不是完美的女人，她的生活也會停滯不前，一切於

她而言都將失去意義。她們像一片寸草不生的荒漠。她們像火，卻沒有應有的溫度；她們像樹，卻沒有樹蔭；她們擁有生命，卻不能繁衍後代。不孕不育違背了基本的倫理道德，她的子宮像一塊被詛咒的土地。所以很多人認為，當她們流淚的時候，怪事就會接連出現。

當女人不能懷孕的時候，男人總是會選擇換女人，讓其他女人幫自己生孩子。不過，卡塔麗娜覺得自己是一個非常幸運的女人，這種事情是不會發生在她身上的，因為在幸福之神、生育女神及其隨行的庇佑下，她會很容易得到一個屬於他們夫婦自己的孩子，而且孩子的成長也會一帆風順，不會出現孩子夭折的問題。

事實上，每一位黑人女生在未來都能成為一位稱職的母親，她們都在努力憧憬著美好的未來，儘管在她們的生活裡，有很多不先進的文化存在！儘管文化中有些許的落後處，不過為了不使自己的子子孫孫遭受不幸和折磨，她們每個人都在努力。然而很多時候，大自然的力量卻更為強大，有很多不可預測的成分在其中，讓她們的努力付之東流。這個時候我們該怎麼做呢？

卡塔麗娜是一個非常健康的女子，且沒有不良的先天性疾病，所以，她可以放心大膽地和若阿金結婚。現在，婚禮前的最後一項工作是準備嫁妝了。她們要去購買包括鍋、木勺等在內的必需的日常用品。但是，菲娜姨媽請求卡塔麗娜的母親洛洛塔給她的女兒做「處子驗證儀式」，也就是透過性行為測定是否為處子身。

儀式進行的當天下午，卡塔麗娜開始沐浴。之後，她將用很多塊柔軟的布匹把自己像黑檀木一樣的身體包裹得嚴嚴實實。

然後，當她躺在華麗的臺子上面時。她被一層層包裹起來——兩條

婚禮之日

不同顏色的布匹包裹住著她身體的每一部分。還有兩件同樣色彩和樣式的法衣也裹在她身上，這兩件法衣從她的肩膀部位一直垂到小腿，然後在胸部以上用一根小小的帶子綁起來，這是為了方便隨後進行夫妻生活。

一些黃金飾品裝飾在卡塔麗娜的手臂上和裸露的胸部。接著，又給她佩戴上一條腰帶，這是一條純銀打造的腰帶。又在她頭上繫上一根漂亮的髮帶，髮帶上面嵌著一些黃金飾品。在髮梢處插了一根金質的翎子、四根髮釵；在髮辮上橫插上一根棕櫚樹的樹枝，又裝飾上一根很粗的髮簪。裝扮之後的卡塔麗娜顯得楚楚動人。

卡塔麗娜穿上華麗的禮服和新郎走在婚禮隊伍的正中間，人們邊走邊跳地經過村子裡所有的地方。他們的婚禮辦得像隆重的狂歡節一樣，所有人都聚集在卡塔麗娜家門口唱歌跳舞。新人、舞蹈和歌唱組成一首美麗的三重奏，各種美麗的舞蹈充斥在婚禮的隊伍中。

卡塔麗娜很少跳舞，她只是偶爾扭動身體跳著桑巴舞。舞蹈快結束時，隊伍中出現了一位年長的老太婆，她是前來為新人慶祝新婚的。她身穿銅幣製成的衣服盡情地舞動著，當她跳舞的時候銅幣相互碰撞發出悅耳的聲音。這些銅幣是可以拿下來去購買禮物的。就這樣，卡塔麗娜八天的幽禁生活結束了。

那天晚上，卡塔麗娜在四位阿姨的陪伴下來到若阿金的家裡。

卡塔麗娜身穿一條非常漂亮的裙子，這是一條純手工製成的長裙，用料是一塊大布。外衣是由兩塊潔白的白布製成的。她耳朵上帶著一對金質的大耳環，脖子上掛著一條金項鍊，手腕上帶著一對珊瑚手鍊，腳趾蓋上塗著紅色的指甲油。走動時，頭上佩戴的金銀釵發出清脆的聲音。一條羊毛披肩蓋在她裸露的肩膀上，一條輕柔的白色薄紗從頭上垂下直到腰間，

白紗覆蓋住她的半個身子。

喝完交杯酒，兩位新人開始行雲雨之事。

八

第二天，天剛矇矇亮，住在若阿金家的兩個老太婆伸著懶腰打著哈欠從夢鄉回到了現實世界。醒來之後，兩個人相互問好，並用她們之間的方式大聲吆喝著什麼。她們二人決定下床，可是，房間裡的光線非常黯淡，所以，她們只能用手摸著牆壁慢慢往外走。一位老太婆慢慢地摸到了門閂，她撥開門閂，打開屋門來到客廳裡。不料另一個老太婆不小心被凳子絆倒了，她氣得火冒三丈，一堆不堪入耳的髒話立刻從她的口裡蹦了出來。罵完之後，兩個老太婆繼續在客廳門上摸鑰匙，摸到鑰匙後，輕輕轉動鑰匙，打開門，來到院子裡。

天空中還有大片閃爍的星星。清晨的小村莊已冒起縷縷的炊煙，煙氣使得兩個老太太流下了眼淚。沒多一會，大樹上傳來嘰喳聲，鳥兒們像晨練的歌唱團一樣開始鳴叫不停。

兩個老太婆都拿出從自己的家裡帶來的紙質包裝袋，袋子裡裝的是一支牙刷和一包碳粉。這種碳粉可以美白牙齒、清潔口腔。盥洗完畢之後，一個老太婆來到大路上，揪了兩根稻草稈，她把其中的一根給了另外一個老太婆，她們拿著稻草稈隨意地清理著自己的舌頭。

天大亮的時候，她們兩個人也完成了所有的整理工作。微風習習，帶著一些寒意和潮溼。天空慢慢脫去了它灰色的外套。

婚禮之日

麻雀、鸚鵡、長尾壎鶲、小嘴鸚鵡、橙頰梅花雀等鳥兒開始在樹上盡情地歌唱，彷彿在向人們問好。只有一隻斑鳩發出了幾聲悲鳴，彷彿牠生活在痛苦中，又彷彿牠在死亡之前向世界上的一切告別。這時，兩個老太婆忽然想起她們的重要任務了——該去叫新婚的小倆口起床了。於是，她們急急忙忙來到新房門口。

新房門還沒有開，兩個老太婆就坐在門旁的凳子上面，點上陶製的菸袋鍋子，悠閒地聊起天來。這裡正是卡塔麗娜和若阿金兩個人共度春宵的新房。卡塔麗娜的母親洛洛塔請求她們前來幫助自己的女兒完成「處子驗證」儀式。所以，在當天晚上她們兩個人就住在了新郎若阿金的家裡，以保證該項儀式的莊重和嚴肅。

和新人的對話是這麼開始的，她們大聲地清嗓子以故意驚醒睡夢中的新人，聽到新房中的動靜後，她們大聲說：「我們都在你們門外等了一個半小時了，門怎麼還關著啊？」她們兩人像兩名信使一樣站在門口。

「你們再不出來，我要砸門啦……」兩人當中的一個大聲說道。

另一個老太婆一邊用手敲打著自己的菸袋鍋子，一邊張著大嘴打哈欠，打完後她對同伴說：

「我們還是再等一會吧，猜想再過一會新郎就會出來了。」

新房門前安靜了下來。

這兩個老太婆一個是蒂塔老奶奶，她很喜歡抽菸。此時，她便把手中的菸袋放地上，又伸出一根手指心不在焉地挖著鼻屎；然後，把挖出的鼻屎揉成一個小圓球，並「嗖」的一聲把它彈出去。地上的昆蟲正四處忙碌地尋找著屬於牠們的食物，一些螞蟻找到一些食物，並將它們抬進了蟻窩。

另外一個老太太是塔塔莎老奶奶，此時她正在抽菸袋鍋子。

　　她和蒂塔老奶奶的愛好明顯不同：她常低頭仔細地看自己的腳趾頭。因為，她的腳趾頭裡常有一些小蟲子，所以，她經常拿著小針扎牠們。有一次，她從腳趾頭裡挑出一條白色的小蟲子，那是從她的傷口裡面滋生出的寄生蟲。一開始，腳趾裡面還藏有一些特別小的黑色跳蚤，後來，這些跳蚤似乎都變成像玉米粒大小的白色蟲子。她從地上撿起一塊石頭，把她剛剛從腳上弄出來的小白蟲子壓死了，然後，她又從菸袋鍋裡弄出一些菸灰倒在自己腳趾的傷口上。

　　一旁有一個茅草搭成的雞舍，一隻大公雞氣宇軒昂地從裡邊走了出來，並仰著脖子「喔喔」地叫起來。院子裡的禽類大概驚詫於今日的時間播報太晚了，便跑過來阻止牠。牠們四處追逐著，也許牠們渴望得到一個更大的院子，一片更大的土地，以便讓自己盡情地奔跑。

　　再說蒂塔老奶奶，她一邊抓癢一邊打著哈欠，覺得實在無聊，便做了個鬼臉，一邊說「哎呀呀！」一邊站起身來走到雞舍旁邊，一伸手打開了雞舍的小門。

　　這些雞還真是幸福啊！雞舍小門一開，所有的雞都爭相往外跑，第一個衝出來的是一隻公雞，牠是這個小集團的領導者，第二、第三隻也都離開雞舍跑了出來，牠們一邊相互傳遞著訊息，一邊拍動著翅膀。一些雞挺著脖子咯咯叫，另一些雞則低著頭尋覓食物。

　　蒂塔老奶奶回到塔塔莎老奶奶身邊，神情很不耐煩地說：

　　「我可不想再等了，現在我就去敲門。」

　　敲門後屋裡面仍然沒有動靜，她便大聲喊道：

　　「若阿金先生，你們現在還不想起床嗎？」

婚禮之日

「好啦，我馬上出去。請你們有點耐心，稍等片刻……」若阿金大聲回答道。

沒多久，若阿金便笑呵呵地出現在她們面前：

「早安，蒂塔奶奶！早安，塔塔莎奶奶！」

若阿金問候過後，兩個老太婆站起身，用狡黠的眼神看著若阿金——她們想立刻取得這項儀式的驗證結果。

蒂塔奶奶心想：「今天我們做他家這樁差事實在太累，一定要好好吃他們家一頓！」

驗證結果就在屋內，但想拿到它，也不是那麼容易的。她們伸出手同若阿金握手問好：

「早安，若阿金先生！昨晚，你安歇得可好啊？」

若阿金則害羞地說：

「還不錯，謝謝妳們關心。妳們要是想進去檢查，現在可以進去啦。」

兩個老太婆點點頭，她們又向剛走過來站在旁邊的卡塔麗娜問好。她們讓若阿金帶著自己的未婚妻卡塔麗娜在門口等候。簡短的幾句寒暄之後，蒂塔老奶奶溫柔地對新娘說：

「我的孩子，妳今天第一次流紅了嗎？」

行雲雨之事後，卡塔麗娜看到床單上留下了粉紅色的血液印跡，她感到特別的羞澀。聽見老奶奶這樣問，她趕快轉身回屋鑽到床下面，從裡面拿出了一條帶有血跡的床單，並結結巴巴地說：

「床單……在這裡……」

兩個老太婆朝著卡塔麗娜走過來，接過她手裡的床單。她們急忙抖開

床單 ── 立刻老太婆們臉上露出了欣慰的表情並張開大嘴。她們的表情是一種好的訊號，起碼這樁婚事碰到了好彩頭；而她們每個人也可以得到一瓶葡萄牙波爾圖產的紅酒以及新人家長支付的五千塊賞錢。

卡塔麗娜有點摸不著頭緒，只是偷偷地看著兩個老太婆 ── 她們把整個床單完全打開，看著床單上的血跡。然後，她們二人高興地抱著卡塔麗娜稱讚她的忠貞。這個女孩實在太棒了，所有的儀式全部結束。

洛洛塔老太太也期待自己的女兒是個優秀的女人。因此，她一晚沒有闔眼，一直在為自己的女兒擔心。

「卡塔麗娜，妳已經證明了自己是一個優秀的好女孩，其他小女孩和你有很大的差距……」

「是啊，我的孩子！妳是我們的驕傲，妳沒有讓你的母親蒙羞……」

兩個老太婆又坐了下去，開始整理剛剛打開的被單，這次她們拿出一條細小的繩子把被單捆起來 ── 這些事情都是老太婆們在家裡常做的家事。一個老太婆語重心長地對小女孩說：

「小女孩，我們這樣說妳不要生氣！妳應該永遠聽從你男人……」

另一個太婆引經據典地說：「只有忠誠才有飯吃啊。」

這時，不知若阿金從哪裡端來了一些水酒，他邀請兩位奶奶品嘗：

「妳們來嘗嘗水酒，殺殺肚子裡的饞蟲。」

喝過酒後，兩個老太婆像擁抱卡塔麗娜一樣擁抱了若阿金，而且口中還說了許多祝福的話。接著，他們一行人來到客廳裡。此時，若阿金已經準備好了兩個杯子。卡塔麗娜回到房間，從櫃子裡拿了些可可果和生薑片，她把可可果和生薑片撕碎洗乾淨後端到兩個老太婆面前的桌子上。在他們這個地區，早上習慣於吃些可可果和生薑片。

婚禮之日

「這些可可果和生薑片給妳們二老打打牙祭。」

兩個老太婆站在那裡,一邊咀嚼食物一邊說:

「謝謝妳們款待!我們就不客氣了。」

在與小夫妻告別之前,蒂塔老奶奶給了若阿金最後一個忠告:

「若阿金先生,你能娶到像卡塔麗娜這樣純潔的女子做老婆,應該說是你的福分。記住,情人只會給你帶來不幸。卡塔麗娜是一個非常漂亮、善良、賢惠的女子,你這輩子只能和她在一起。」

「祝你們幸福!」蒂塔和塔塔莎兩個老太婆高高興興地搖晃著手中的床單離開了。

慢慢地,她們走下村子的大斜坡,然後,吃力地翻過前往因孔博達的山坡。若阿金家所在的村子位於兩座小山的中間,在一條峽谷當中。因此,人們每次到因孔博達都要經過一條非常狹窄並生長著灌木叢的小路。在這裡,生長著很多高大的無花果樹、羅望子樹(酸豆樹)、檳榔青、藤瓜以及猴麵包樹,樹上面總停著一些斑鳩等鳥兒合唱團,牠們的鳴叫聲譜出了和諧的音樂篇章。

早上,生活在這裡因孔博達的人們總是要做一些簡單重複的工作。一些挑水工肩上扛著木水桶到馬樣卡地區打水,然後,再回到這裡賣水。這裡沒有通自來水,所以人們只能翻過小山到對面打水。家庭主婦們頭頂著罐子或大盆子也往返於這條打水之路。聰明的雜貨舖老闆頭上頂著裝有許多可可果和生薑片的盒子走街串巷售賣貨物。

離房屋不遠,總有一些女人在悠閒地談天說地,還有一些女人拿著牙刷慢慢地清理自己的嘴巴和牙齒。一些人眼角上還帶著眼屎。上了年紀的白鬍子老頭們有點睡不醒,小孩子們則在地上玩耍。大家都不緊不慢地開

始了一天的生活。

蒂塔老奶奶和塔塔莎老奶奶向正在盥洗的人們問好，然後又繼續趕路。她們腳下的小路坑坑窪窪的，並且有很多沙礫。

沒多久，她們來到了目的地——卡塔麗娜家門口，兩個人興奮地大叫起來：

「洛洛塔大姐！」

「大姐！」

「妳快出來啊！」

「我們今天一定討一杯你們家的喜酒喝！我們現在手裡已經有一瓶波爾圖的紅酒啊！」

聽到喊叫聲，一隻狗從廚房裡竄了出來，衝著她們兩人汪汪叫。

「嘿，別對著客人叫！」桑塔小女孩從廚房走了出來說。

接著，她跑到兩個人面前高興地向她們大聲問好：

「蒂塔奶奶早安！塔塔莎奶奶早安！」

幾乎在同時，洛洛塔老太太、菲娜姨媽和吉列爾米娜都從房間裡走了出來和兩個老太婆見面。

「妳們快進屋啊！快進去啊！」洛洛塔老太太說，同時，伸出手請大家進去。

大家陸續走進走廊，並且相互擁抱問候，這家裡的每一個人都收到了衷心的祝福：

「恭喜妳們啊！」

塔塔莎老奶奶的臉上更是樂出了花，但她又卻假裝嚴肅地慢吞吞地拿

婚禮之日

出「處子驗證」的「證據」說：

「拿著吧。」

「嘿，妳別在這裡跟他們開玩笑啊。」蒂塔奶奶一邊跳著一邊拍手。

「妳們去叫一下明加西阿姨和托尼亞阿姨。聽見了嗎？快去啊。」卡塔麗娜的大姐急忙對身邊的孩子們說。聽到她的命令，屋裡的孩子們急忙跑了出去。

有女兒和姐姐陪在身邊的洛洛塔老太太心裡非常激動，她的身體在顫抖著；前來傳遞訊息的信使們也壓抑不住內心的激動，她們一起唱起了歌、跳起了舞——在拿到驗證儀式結果之後，洛洛塔老太太高興地說：「我的天啊！到現在我的心裡才算是一顆石頭落了地啊。」

與此同時，受邀的兩位好鄰居也來了。她們幾個人相互問候、擁抱，互訴衷腸。隨後，女人們繼續唱歌、跳舞，客人們把菸灰末撒在主家的頭上。

蒂塔老太婆拔下紅酒瓶的瓶塞之後，大家開始暢飲，有人還不時高聲地說著：

「我就是喜歡像卡塔麗娜這樣的女孩子！」

「是啊，我也非常喜歡她這樣的孩子。卡塔麗娜是一個好女孩兒。不過她太倒楣啦！現在另有一個長舌婦還想和她爭若阿金……」

「和卡塔麗娜爭男人的女人是若昂娜，那個樣貌長得酷似去世的日阿老太婆樣子的女人。」

「你說的是哪一個若昂娜啊？」

「那個雙腿長得像蛤蟆一樣的若昂娜，就是她曾經和卡塔麗娜的丈夫若阿金同居……」

「她真是癩蛤蟆想吃天鵝肉啊！」

「如果她真是這樣想，就是自取其辱。我一定把辣椒塞滿她的嘴巴……」

「現在，那個女人私下裡總詆毀卡塔麗娜。」

「真的嗎？猜想是那幫小蹄子的主意吧！」

村裡有很多人都跑來參加婚禮的最後一場活動。有關那床帶著血跡的床單的訊息從這家傳到那家，幾乎全村人都親眼見證了他們神聖的婚姻。人們用讚美的語言來表達對卡塔麗娜忠貞的推崇，顯而易見，卡塔麗娜幾乎得到所有人的讚美和誇獎。只有一些不守婦道的女人在一旁竊竊私語，她們一邊吐痰一邊生氣地說：

「呦呦呦！我們走著瞧吧！她們是想矇蔽我的眼睛嗎？我可不傻啊！」

蒂塔和塔塔莎老太婆向大家講述了卡塔麗娜忠貞的事情後，很多人都以為卡塔麗娜的家庭對她實行了良好的教育，而且大家都認為家庭中不論大小問題都應該向社會大家庭公布。俗話說：「有理走遍天下，無理寸步難行。」這是行走於社會最簡單的道理。

聽到這樣的故事，其他有女兒的母親們也非常高興。因為她們正好可以藉機向自己的女兒們宣傳卡塔麗娜的美德，教育每一個女孩子像她學習。母親們為女兒們制定了一個貞操守則，教育這些適婚年齡的女孩們，不必急著把自己的忠貞獻給男朋友，應該把這份忠貞留給自己的丈夫。

那天是一個非常值得紀念的日子：根據老傳統，女人們的一言一行都植根於家庭，因而全世界的人都想知道她們受教育的方式。

當天，新婚夫婦的光環也照在新娘母親的身上 —— 很多人都前來諮詢洛洛塔老太太是如何教育出這麼優秀的女兒的，人人都希望自己的孩子能像卡塔麗娜學習。

婚禮之日

　　洛洛塔老太太心裡特別高興。在婚禮期間她跑前跑後給客人端茶遞水。這裡並不需要希臘神話中的許門（婚禮之神，負責婚禮事務），在非洲大陸上，需要的是像她一樣的「許門」，像她一樣的傳統英雄。

一封家書

一封家書

一

卡塔麗娜和若阿金結婚後的第五個月，若阿金為了改善生活，也為了提高自己的泥瓦匠工作水準，他決定前往卡比利村尋找更好的工作和賺錢的機會。為了不讓卡塔麗娜和家人擔心，他委託自己的好兄弟安東尼奧·塞巴斯汀幫忙照顧他的妻子和家人。當然卡塔麗娜的母親、姐姐和外甥女也一直在陪伴著她。

日子一天天平靜地過著。洛洛塔老太太和自己的兩個女兒經營著她們自己力所能及的小生意。她們幫別人洗衣服，除此之外，還生產麵條、花生木薯混合粉，並販賣玉米花生糊糊粥。另外，家裡還養了很多母雞，母雞下了蛋也拿去換錢。她們會以唱歌、跳舞等娛樂活動打發空閒時間。

卡塔麗娜主要負責製作麵條，小外甥女桑塔負責烤辣椒以及給辣椒剝皮。卡塔麗娜把鹽和辣椒放在蒜臼裡搗碎，然後，把它們倒在一個大大的面案上，把它們和麵粉攪拌在一起加水揉勻；接著，用擀麵杖把揉好的麵糰擀成麵餅，再用刀將它切成麵條即可。製作麵條的工序比較繁雜，但是每次結束最後一起工序的時候，卡塔麗娜的臉上都會露出微笑。製作完成後，她把麵條裝進籃子裡面，由自己的小外甥女桑塔負責到大街上販賣。小女孩邊走邊叫賣：「賣麵條啊，麵條，我們作坊的特色麵條！剛剛製作完成的新鮮麵條，加辣椒、加鹽的好吃的麵條！」老主顧看到她賣麵條就會不由自主停下腳步——有一些人說，吃了她家麵條的人會感覺精神煥發。有時候，她們售賣的麵條中還會加一些配料，比如當地特有的木薯粉乳酪。

吉列爾米娜主要負責製作花生木薯混合粉。自從她成為寡婦之後，就

回到了母親身邊，日復一日地辛苦工作。由於這個家裡缺少頂梁柱的男人，所以，她這個做姐姐的便挑起了家裡的重擔，一家老小都需要她照顧。每天一大早，她就頭頂著售貨籃子走街串巷售賣可可果和生薑片：「天亮了！大姐，買可可果啦！妳現在還沒有起床嗎？」她總是會和街坊們打招呼。上午的工作忙完後，又開始忙乎下午的作坊工作。她把女兒剝好皮的花生倒到木薯粉裡，然後，再加入一些鹽和肉桂，隨後，把所有食物放入一個大木桶裡，用一根很大的木槌進行反覆地捶打。當食物變成碎末的時候過篩，留在篩子裡的粗大的顆粒需要再次進行捶打。花生木薯混合粉呈黃色，氣味芳香。負責銷售它的還是小女孩桑塔。

卡塔麗娜的母親洛洛塔老太太也是一個寡婦。她負責製作玉米花生糊糊粥。對此，她擁有高超的技藝和一些訣竅。烹製玉米花生糊糊粥的時間很關鍵，通常是在凌晨兩點的時候，這樣，清晨五點的時候她就可以頭頂盆子兜售玉米花生糊糊粥了：「玉米花生糊糊粥啦！熱騰騰的玉米花生粥啦！玉米花生粥，我們特色的玉米花生糊糊粥！」她一邊走一邊吆喝。

一家人的日子過得非常辛苦，慢慢地卡塔麗娜開始變得傷感。有幾次，她在製作麵條時陷入沉思。有時會感覺到胸悶氣短，有時候話到了嘴邊卻又被她嚥了回去，她腦子裡總是胡亂地瞎想。她開始以淚洗面，每天眼睛裡都飽含著淚花。

她像一副丟了靈魂的軀殼，她把自己封閉起來，不願意和其他人交流。她把自己陷入痛苦和悲傷中。她努力保持表面上的平靜，但大腦中時刻在胡思亂想。明明在家裡，她卻感覺自己在一片荒漠中，她覺得自己已經不適合在家裡繼續待下去，她的靈魂渴望得到另一種的生活──她渴望和自己的丈夫生活在一起，簡簡單單地和配偶生活在一起。

一封家書

　　為了讓自己憂鬱的心情得以轉變，她沉溺在歌曲當中，但那些動人的、傷感的歌詞，使得她的心在默默地流淚。這是她想要的傷感！如果傷感的感覺不存在，她就會越發想念這種感覺！她的行為驗證了一句名言：「只有失去的時候，才知道它的珍貴！」

　　晚上，卡塔麗娜總是做噩夢，這更加重了她心中的疑慮。這天一大早，她便向母親講述自己做的噩夢，她問母親噩夢是否代表了霉運。

　　母親為了安撫女兒，回答說不是。母親解釋說：「也許，妳太思念自己的愛人若阿金了。」

　　雖然如此，卡塔麗娜整個人還是不能平靜下來，她認為夢中的丈夫去世是暗示著自己的丈夫將會離開人世。她有自己的理由，一切恐懼都預示著即將發生——她知道若昂娜在使用巫術害自己的丈夫，也許巫術會奪走她鍾愛的男人。

　　一天下午，家裡來了一位安巴卡人，他就是安東尼奧・塞巴斯汀。他看上去像一個花花公子：上身穿外套和一件熨燙平整的白色襯衫，戴著一條黑色領帶，領帶上面夾著一個金色的領帶夾，下身穿黑色喀什米爾長褲，腳上的皮鞋鋥光瓦亮。頭上戴一頂椰子殼帽，手上拿著一根手杖。

　　安巴卡人直接走到走廊處，走廊裡面有一隻貓頭鷹。客人進門後沒有脫帽敬禮，直接自信滿滿地用葡萄牙語和主家交流起來。他那蹩腳的葡萄牙語讓大家聽得一頭霧水，根本不明白他到底在說些什麼。

　　「您那裡有我的信嗎？」卡塔麗娜問道，她的眼睛裡泛起閃閃的淚光。隨後，她禮貌地表示對他的謝意。

　　安東尼奧・塞巴斯汀蹺著二郎腿，他兩手相握像大師一樣解釋說：

　　「我沒有妳家若阿金的信。我是去蒂託先生家裡了。」接著，他又說，

「前不久,我剛剛去過若阿金那裡,我可不想讓若阿金見我見得煩心。」

「大哥,你生病啦?」卡塔麗娜用驚訝的口吻說。

「沒有啊。我只是去蒂託先生家裡拿了些草藥。」他順便講述了一遍蒂託醫生的醫囑 —— 當他下次發作的時候,可以根據自己的病患直接用藥治療。接著他又說道:「蒂託先生是一個非常好的白人醫生。」

卡塔麗娜的母親表示贊同說:「是啊!」

「他是個天大的好人!」安東尼奧・塞巴斯汀讚揚著白人醫生以及他給他的那些藥!

卡塔麗娜回答說:「是啊!」

安東尼奧・塞巴斯汀用炫耀的語調又說:「現在,蒂託先生專門給我診病。所以,我可不是一般人。」也許,這才是他出現在卡塔麗娜家裡的原因。

「大哥,你可真了不起啊!」卡塔麗娜稱讚說。

卡塔麗娜的母親上下打量著安東尼奧・塞巴斯汀,然後,她用調侃的語氣說:「小子!白人醫生給了你什麼好東西?」

安東尼奧說白人給了他兩條蛇、一小袋子貝爾納多魚米粉,還有一個塞巴斯汀水罐。

卡塔麗娜對他的話非常感興趣,她不明白什麼是貝爾納多魚米粉和塞巴斯汀水罐。

安東尼奧・塞巴斯汀炫耀般地再次念出剛剛說出的名字:「貝爾納多魚米粉和塞巴斯汀水罐!」

卡塔麗娜和她的母親都不明白那是什麼 —— 也許,是她們不認識的

一封家書

東西。這時,來自安巴卡的安東尼奧‧塞巴斯汀又笑著說:

「妳們知道什麼是巴希嗎?」

母女二人對視一下,異口同聲地說:「不清楚!」

兩個人的話音未落,他就迅速地給她們解釋說:

「妳們不知道在正宗的葡萄牙語裡,巴希是塞巴斯汀的意思嗎?」

卡塔麗娜冷笑一下,心想他的解釋狗屁不通,便像上次一樣敷衍地說:「不清楚!」其實在姆本杜語中,塞巴斯汀才是巴希的意思,在葡萄牙語中根本不是。安東尼奧的葡萄牙語很差勁,他還經常把方言當成葡萄牙語使用,說出來的葡萄牙語也是滿嘴的錯詞。現在,他努力地想著什麼——一隻手撫著額頭,努力回想自己想說的名詞。突然,他大聲講出一個詞:「魚米!」

「啊,我說得對不對啊?是魚米嗎?你們認識這種麵粉嗎?」

母親和女兒聽到安東尼奧的話開心地大笑起來,她們對他大聲說:「你說得對啊!」兩個人大笑著拍著手。

看到兩個人的表現,安東尼奧‧塞巴斯汀意識到自己說了白字,心裡有些不高興,頓時氣得臉紅脖子粗,他用牙齒狠狠地咬了下嘴唇,說:「妳們是在嘲笑我嗎?」

為了掩飾自己心中的不滿,安東尼奧從口袋中掏出了半根雪茄菸,劃了一根火柴把香菸點燃,用力地抽了兩口。

大笑過後的卡塔麗娜回過神來仔細看了看安東尼奧,她說:

「你別生氣,我們在和你開玩笑啊。」

正在這時,小女孩桑塔手裡捧著一個小盤子走了過來,盤子裡裝滿熱

騰騰的烤番薯和烤花生。

她邀請安巴卡人安東尼奧·塞巴斯汀先生品嘗一下，但是，他搖著頭說：

「不用了，謝謝。我在蒂託先生家裡吃過大餐了，肚子一點都不餓。」

洛洛塔老太太和卡塔麗娜一開始站著，後來，她們坐在了門口的臺階上。她們分完食物後，開始津津有味地吃起來。由於吉列爾米娜去外面幫客人洗衣服了，所以，給她留出了一大份。

吃飯期間她們和安東尼奧的討論暫時中斷。一個微型茅草屋樣式的鳥籠掛在大門上，一隻畫眉在籠中唱著〈擁有一切〉的歌曲調子。這首曲子講述了白人奴隸主奴役黑人的故事。安東尼奧·塞巴斯汀心裡很想吃那些東西，便走到卡塔麗娜母女面前。看著她們吃東西，他時不時嚥著口水。一旁的幾隻母雞和安東尼奧抱著同樣的目的，牠們也在她們周圍走來走去，只是不敢上前。

安東尼奧·塞巴斯汀又和她們閒聊了幾句，覺得無趣便起身離開了。當他走到大門口的時候突然停住腳步，轉身大聲朝著卡塔麗娜母女喊道：

「我說的一切都是真的！妳們相信我說的一切嗎？」

母女二人臉上的表情顯示出她們有些許的詫異。她們聽不懂安巴卡人彆腳的葡萄牙語。安巴卡人安東尼奧·塞巴斯汀頭戴椰子殼帽，手持枴杖，另一隻手不停地展示著他的雪茄菸。為了激起卡塔麗娜母女和小孩子桑塔的好奇心，他一邊走一邊扮鬼臉，他炫耀地說，昨天晚上和薩爾迪尼亞、多明戈斯·安東尼奧、馬努埃爾·費利佩幾個人到西科·古斯塔沃家裡吃晚飯。去之前，西科說餐桌上擺滿了豐盛的佳餚，每個人的餐飲標準要達到五塊錢。事實上，當西科·古斯塔沃掀開餐盤的時候，盤子裡面只

一封家書

是放了一些麵包和木薯糊糊，這些食物裡還摻雜了一些小石子和沙子。

「哦，他是想炫耀自己的奢侈生活。」卡塔麗娜和母親異口同聲地說，小女孩桑塔也在一旁看著安巴卡人哈哈大笑。

安巴卡人又折返回來，站在她們身邊，笑瞇瞇地說：

「當我的乾女兒、西科·古斯塔沃的女人把湯鍋端上來的時候，我們在場的人都驚呆了，湯鍋裡只有清水，沒有任何的作料。」

「啊！所以，你去他家什麼東西都沒有品嘗到嗎？」卡塔麗娜的母親洛洛塔追問道。

「你吃的那頓飯像是狂歡節的笑話！」卡塔麗娜也笑著說。

安東尼奧·塞巴斯汀臉上帶著搞笑的表情又繼續對她們說：「西科·古斯塔沃看見自己女人準備的飯菜快氣暈了。他把自己的女人叫到一旁，說家裡來了這麼多貴客，拿這些東西招待客人，簡直太沒有禮貌了。西科的女人被丈夫責備了一番，心裡很生氣，她抱怨說他從來沒有給過她足夠的錢去買食物，每天她負責做午飯和晚飯，但哪一天不需要花錢買食物？今天又沒有錢了。說完她便離開了。」

卡塔麗娜和母親聽完他的講述，笑得合不攏嘴。

安巴卡人繼續說：「西科·古斯塔沃在客人面前覺得丟了面子，便抄起我的湯勺敲打他老婆。沒多久，把他妻子弄得披頭散髮。」

母女二人聽了安巴卡人的話覺得非常驚愕。她們為西科·古斯塔沃的女人的勇敢鼓掌——對這樣的男人就應該給他點教訓。

安巴卡人再一次和她們母女告別。他已經來看望過她們了，現在該是回家的時候了。

「安東尼奧，替我們問候你的妻子西米尼亞啊。」母女二人高聲說道。

「放心吧，妳們的問候我一定帶到。」說完，他便離開了。

二

卡塔麗娜依舊沒有從自己陰霾的世界中脫離出來。

這天，她突然彷彿看到了一線希望。因為前一天晚上，她做了一個夢。在夢中，她收到了一點點的麵包。也許，這個夢是新生活的象徵——它已經影響到卡塔麗娜了，有時候她會突然變得異常興奮，還會收到一些禮物，並意外地得到幫助。不管怎麼說，一些積極向上的情緒在她的身上慢慢出現，悲觀的情緒也在不斷地消退。

一天，臨近黃昏的時候，安巴卡人安東尼奧·塞巴斯汀手中拿著一封從卡比利寄來的信，神神祕祕地出現在卡塔麗娜的家裡。卡塔麗娜非常高興，像小孩子一樣手舞足蹈。也許，她的美夢就要在現實中實現了。收到丈夫的家書後，她的小心臟撲通撲通跳得厲害。

安巴卡人坐在院子裡大大的搗蒜臼上，開始朗讀若阿金給卡塔麗娜的書信。他待在院子裡是有原因的——卡塔麗娜的母親洛洛塔和姐姐吉列爾米娜都不在身邊，小女孩桑塔還是一個不懂得人情世故的小女孩，不能作為家長管理家中事物。

卡塔麗娜站在院子裡雙手垂下，她身上裹著一塊長長的布。她非常緊張地看著安東尼奧手中的家書。等了很久，她才聽到安東尼奧開始念信。

不過，安東尼奧·塞巴斯汀念信的時候結結巴巴的，一邊念一邊還吹

一封家書

嘘自己的教育程度高。真是太麻煩了！他讀信的時候面部表情十分豐富，鬼臉不斷。

「你看明白信裡說什麼了嗎？」卡塔麗娜著急地詢問安東尼奧・塞巴斯汀。

他揮揮手，示意還要等一會。

卡塔麗娜覺得等待是漫長的。安巴卡人的眼睛一直盯著書信，上下翻看，好像仍然不懂書信的大概內容。他的額頭上也出現了黃豆粒大的汗珠，他還時不時地緊鎖眉頭。小桑塔對書信的內容沒有興趣，所以，她拿了一些棕櫚果子到廚房去燒烤。沒多久，整個廚房和院子裡都瀰漫著甜甜的香味，聞味道便知道這些果子非常的美味。她一邊燒烤棕櫚果，一邊將烤好的拿到外邊來吃。果子烤熟之後，拿石頭狠狠地把果子殼砸開，然後，就能品嘗美味的棕櫚果了。她還烤了一些杏仁，它們也散發出極其濃烈的香味。

「安東尼奧大哥，你看明白了嗎？」卡塔麗娜著急地問道。

「再等一會。」

又過了幾分鐘，卡塔麗娜開始有些不耐煩了，她的情緒有些激動，到後來甚至有些發狂了。她二目圓睜，彷彿自己已經掉進了萬丈深淵；她雙唇發乾，數次絕望地張開又閉上嘴巴。在等待的時間裡，她陷入了沉默，整個人的身體和靈魂都似乎變得僵硬了；她想如果他看得懂書信的內容，為什麼他不念出來？不幸的是，此時安東尼奧只張嘴不出聲。

「你倒是快念信啊！我現在都擔心死了！」卡塔麗娜終於爆發了。

安東尼奧・塞巴斯汀沒有言語，臉上卻愁雲密布。他低聲閱讀著，發出像沒錄好音的磁帶一樣刺刺啦啦的聲音。

「信上怎麼說啊？他一切都好吧？」

安東尼奧·塞巴斯汀變得非常緊張，他還是反覆地閱讀著書信。在他的心裡燒起了一團火，火焰也在灼燒著他。他想：「該怎麼辦呢？我難道要撒謊嗎？」

他停止了沒完沒了的閱讀，最後，他哭喪著臉簡單地說出一個詞：「哭泣吧！」

卡塔麗娜聽了他的話，一下子摔倒在地。她爬到安東尼奧身邊問：「安東尼奧大哥，你說什麼？為什麼讓我哭泣啊？」

安東尼奧依舊保持著嚴肅的樣子說：「我已經說過了。信上寫著『哭泣吧』！」

這時，天已經黑了，安東尼奧·塞巴斯汀沒有做過多的解釋，他把書信裝在自己的褲子口袋裡趁著夜色走出了院子，剩下卡塔麗娜一個人——一個即將穿上喪服的孤獨女人。

三

根據當地的喪葬風俗，逝者妻子的房間必須保持黑暗，所以，卡塔麗娜房間的窗戶和門窗都被密封起來。卡塔麗娜整個人癱在了床上，一天到晚都在大聲地唉聲嘆氣：

「哎呀，我的丈夫若阿金，若阿金啊！我的愛人啊！你走了，以後我的日子該怎麼過啊？為什麼我的命那麼苦啊？我以後怎麼過啊？」

卡塔麗娜的母親洛洛塔老太太和姐姐吉列爾米娜兩個人坐在床邊陪著

一封家書

她，嘴裡也不時地發幾句牢騷：

「哎呀！我的好女婿若阿金啊，你就這樣永遠拋下我們這些女人了嗎？那些可惡的卡比利匪徒，竟然殺死了我女兒的丈夫！現在她肚子裡有了你們的骨肉，以後，她的日子怎麼過啊？」

「好妹夫若阿金！現在你撒手人寰，留下我們這些活著的人怎麼面對？哎呀，我的天！以後妹子的生活該怎麼辦啊？」

聽到三個人的哭聲，左鄰右舍陸續來到了卡塔麗娜的家裡。

「你們在這裡說什麼呢？到底出了什麼事了？」菲發阿姨陰沉著臉問道。

托尼亞也想了解事情的原委，便大聲地問：「到底家裡發生什麼事情啦？」

吉圖西老奶奶右手捂著胸口小聲問道：「發生什麼事了？妳們三個為什麼在這裡哭泣啊？」

她們一會詢問母親，一會詢問兩個女兒，還有人詢問小女孩桑塔。最後她們三個大人和一個小孩幾乎同時回答說：「從卡比利鎮發來的信上說若阿金去世了！」

在場的人聽到她們的話都瞠目結舌，過了好一會，才在一旁小聲地議論開來。

卡塔麗娜看著陸續趕到家裡來的鄰居，心裡越來越難過，又開始流淚了。

辦理喪事的時候，她們邀請了一個合唱團。合唱團裡的人行為和長相都十分滑稽搞怪，他們感染了在場的所有人，使得大家忘卻了悲傷和死亡的淒涼。他們共同吟唱一些老調子，借用小曲宜洩著心中的悲傷：

讓我們大聲歌唱，

我們盡情地哭泣，

我們在記憶中思念你，

請天堂的若阿金向我們的家人問好。

晚上，若阿金去世的消息不脛而走，甚至其他村子的人們也知道了若阿金去世的訊息。

「借過，我們到走廊那邊看看。」

「好的，你們請過。」合唱團的幾個人走過走廊，走到房間門口。

房間裡面放著一張行動式的小床，在床頭放著一張捲好的蓆子和一個枕頭。他們走進房間，屋裡面站滿了男男女女。大家坐在凳子上、蓆子上或草墊上。

「唉！」他們中的一個人深深地嘆了一口氣，把包袱放在屋裡的地上，又接著說，「我親愛的親朋好友們，大家晚安。」

問候過後，大家都坐了下去，和身邊的人議論開來：

「你說這都是什麼事啊！這該死的倒楣運怎麼就讓她們三個遇到了呢？」

一幫人坐在屋裡談論著。

一些了解內情的人向眾人講述著事情的經過。穿上喪服的小寡婦開始失聲痛哭。在場的人們看見這悲傷的場景，也和她一起哭了起來。此時的黑夜是那麼的漫長。

一些人耐不住睏乏睡下了，還有人陸續前來探望卡塔麗娜。

人們像是被冰凍住的貝殼，待在屋裡不願意出去。大家有的在那裡小

一封家書

聲嘀咕著，有的想睡了，就兩人蜷縮在一張蓆子上休息。此時，這個家彷彿成了一張大大的床。

沒多久，人們的鼾聲此起彼伏。點著橄欖油的油燈閃著微弱的光芒，把人們各式各樣的影子投影在牆面上。

第二天清晨，一隻公雞喔喔地叫起來。人們的呼吸聲彷彿都非常沉重，惆悵籠罩著大家。

卡塔麗娜的身體慢慢地變得非常差勁。她不能安睡，飽受失眠的痛苦，她需要忘掉那些痛苦和不開心的事情，多回憶一些美好和愉快的故事。

「妳不想和別人說話嗎？妳如果繼續這樣不聲不響，遲早會把自己憋瘋。」蒂塔老太婆在一旁安慰說。

「我不知道。」

「舒緩情緒的最好方法是哭泣。妳說：『我可憐的丈夫啊！我不會抓緊死亡的繩索，只有愛的繩索讓我思念！』」

一些人在一旁講著關於葬禮的規矩，另一些人走進屋子安慰著失去丈夫的小寡婦卡塔麗娜。氣氛越來越凝重，天空也被厚重的雲層遮住，彷彿是為了襯托壓抑的心情。

天矇矇亮時，另有一些人上門來問候卡塔麗娜和她的家人。他們進門的時候說：「可憐的卡塔麗娜，可憐的一家子，以後的日子怎麼過啊！」

時間慢慢地流逝，每個人都有很多事情需要去做，所以，人們在下午的時候才又一次回到卡塔麗娜的家裡。只有在空閒時，人們才能到這裡來安慰卡塔麗娜和她的家人那脆弱的神經。

夜深了，一些要好的姐妹們還一直陪著卡塔麗娜和她的家人，安慰她

們受傷的心靈，幫她們一起抵抗恐懼——黑暗會讓人想起那些悲傷的記憶的。大家主動組織輪班守夜，如果在守夜期間出現打瞌睡、走神、擅自離開的情況必須追究當事人的責任。那天夜裡，她們想了很多辦法讓卡塔麗娜和她的家人擺脫悲傷，她們努力地創造一些歡樂——弄來一些紅葡萄酒和特色食品。

家裡的氣氛有了明顯的改變，可是，卡塔麗娜卻一直沉浸在悲傷之中，她的心在默默地流淚。當她聽到有人大聲說話，便會喊叫著讓他閉嘴，甚至把他推出門外。儘管如此，卻沒有人抱怨她的粗魯，反而都能夠理解她現在的舉動。也許，只有讓她發洩出來，她的內心才能平復。沒有人埋怨卡塔麗娜，大家一心一意幫助她減少內心的痛苦。

「卡塔麗娜，妳不要總是哭鼻子啊，妳這個樣子，身在天堂的若阿金也不會安心。人這一輩子哭三次就夠了。妳要想開一些，現在我們活在這個世上，但總有一天都會死的。」和藹可親的塔塔莎老太婆在一旁安慰說。

另外一些女人，特別是那些年輕的女孩們都在專心地聽老太婆講話。

「卡塔麗娜，當妳想出門的時候，叫上妳的朋友們。千萬不要害羞或覺得不好意思。即使她們正在休息，也要叫上她們一起出去散心，可千萬不能獨自出門⋯⋯」

慢慢地，人們逐漸散了，這個家裡有的只是破爛的房子和難以下嚥的食物了。即便難以下嚥，在之後的幾個星期，甚至幾個月裡，她們幾個也只剩下這些食物了。

一封家書

四

　　第二天早晨，想到卡塔麗娜家裡缺少糧食和飲用水，左鄰右舍的好鄰居們便從馬樣卡地區幫她們買來一些飲用水。

　　在一棵羅望果樹藤下，生長著許多灌木和仙人掌樹。此時因格拉塔安靜地坐在那裡。若昂娜頭上頂著一個陶罐走了過來，她們兩人開始了惡毒的交流。

　　「妳知道最近這裡發生了什麼事情嗎？」

　　若昂娜睜大雙眼說：「有什麼有趣的事情？」

　　「妳到現在還不知道發生了一件很不幸的事情嗎？」

　　「什麼不幸的事啊？到底和誰有關係？」

　　若昂娜把頭上的罐子取下來放在地上。因格拉塔繼續說：

　　「我發誓這件事情妳肯定已經知道⋯⋯難道你不知道若阿金已經死了嗎？」

　　「哪個若阿金？」

　　「哪個若阿金？可不就是妳我朝思暮想的若阿金！」

　　若昂娜聽了同伴的話，雙手摀著胸口呻吟說：

　　「哎呀！妳說的是真的嗎？太難以想像了！」

　　她們兩個人幾乎忘了對若阿金所有的恨，她們慢慢地安靜下來，眼裡流出了淚水。接著，兩個人都陷入了沉思：若昂娜低著頭，雙手摀著嘴巴；因格拉塔右手托著下巴，溢滿淚水的眼睛呆呆地看著遠方。

　　羅望果樹藤附近，住著一窩烏鴉，幾隻烏鴉停留在樹枝上不停地呱呱

叫著。灌木叢中生長著很多的野花，各式各樣的蝴蝶從一朵花上面飛到另一朵花上面。不遠處，一幫女人走過來，她們邊走邊笑，頭頂上還頂著盛滿水的水罐。她們從比較遠的地方來打水——她們生活在海邊。一邊走嘴裡還一邊哼唱著民謠小調。

「真的，我們的若阿金死了！」因格拉塔深吸一口氣說。

「可是，他不是在那個村子打工嗎？」若昂娜不解地說，然後，她舉起雙手擦拭眼裡流出的淚水。

「是啊，他在卡比利村打工，就是死在那裡的。」

「哼！我感覺這個事情聽起來像是假的呢！因格拉塔，妳聽我分析一下：假如他死了，肯定是他那個剋夫的婆娘殺了他。一定是他那個混帳老婆在家裡藏汙納垢，要不然他怎麼會去那個危險的村子裡打工呢？」

「是啊！如果他真的死了，我也覺得是他女人的錯。卡塔麗娜是一個水性楊花的女人……」

「她和我們心愛的男人睡了幾晚，立刻成了寡婦。」

想起卡塔麗娜奪走自己男友的情形，若昂娜立即變成了一隻炸了毛的雞。她走到因格拉塔面前笑著說：

「若阿金死了，可是，他好像一直活在我的心裡。這樣子對我和卡塔麗娜很公平——誰都別想得到若阿金。」

「是啊，現在妳們都沒有得到若阿金……」

因格拉塔重複著，轉過身子拿起地上的罐子開始往裡面灌水。

若昂娜在一旁看著因格拉塔，心裡卻生出了更多的惡毒的想法：

「卡塔麗娜一開始取笑我，現在是我看她笑話的時候了！」

一封家書

　　因格拉塔抱起水罐,與若昂娜站在那裡侃侃而談。剛聽到若阿金去世的訊息時,若昂娜本能的反應是卡塔麗娜造成了自己前男友的死亡。她也想咒罵去世的若阿金,但是,話到嘴邊又嚥了回去。想到自己之前想利用巫術的力量拆散若阿金和卡塔麗娜,而現在她只想找到一個能讓自己的朋友因格拉塔認為自己有理的理由來。急火攻心的若昂娜開始不停地嘔吐起來——她擁有一個邪惡的靈魂,但是,她卻從未感覺到自己的無恥。現在,若阿金去世了,若昂娜只能把他存在自己的心裡了。

　　若昂娜內心的懦弱和她整日吃喝的樣子形成極大的反差。她感覺自己的內心正在被一股股淒涼的寒流侵蝕著——發生的這一切是否是因為自己曾經發出的詛咒靈驗了?那個可怕的噩夢每天都在自己的夢中重現。這樣想著,她的心中又充滿了自責。其實,在很長的一段時間裡,她都身心備受煎熬,脾氣也變得異常火爆。現在,她故意裝作鎮定的樣子,以掩蓋自己內心的醜惡。在面對自己內心的時候,在面對自己朋友的時候,她努力想擺脫自責,她想扭曲事實把責任推到卡塔麗娜的身上。

　　在她和因格拉塔聊天的時候,一些女人在打水回家的路上也議論著若阿金去世的這件事。水井處人來人往,若阿金的死訊成了大家聊天的頭號話題。一幫小孩子也跑來跑去,跑累了就坐在井邊休息。

　　「嘿,妳聽說了嗎?關於若阿金・佩德羅去世的事情。」菲發阿姨向卡塔麗娜的一個好朋友問道,邊說兩個人邊慢慢地走到了一起。

　　「哪個若阿金・佩德羅?」一旁的特特大姐疑惑地問,她一邊問一邊準備把打好水的罐子放在自己的頭上。

　　「那個和妳的好朋友卡塔麗娜結婚的若阿金,他的岳母在這裡販賣花生木薯糊糊粥。」

「哦，我曉得啦。那個住在附近村子的泥瓦匠，是不是？」

「對，就是他。」

瑪利亞大姐正在水井旁張羅著提水，這時桶還在水井裡面，聽到旁邊菲發阿姨的話，她鬆開手中的繩子，大聲感嘆道：

「哎，真不幸！他可是個不折不扣的大好人啊！他給我的印象非常不錯啊！」

「他是為什麼去世的啊？」特特大姐詢問道。她頭頂著水罐斜倚在水井旁的圍牆上，她想了解事情的來龍去脈。

「我不清楚。昨天我去他家參加他的葬禮時，家人說收到了從卡比利寄來的一封家書，信上說他死掉了。」菲發阿姨一邊說一邊看著特特和瑪利亞。

關於這事還有其他的訊息，所有人都在注意事情的發展。

「這個世界好人不長命、禍害萬萬年。讓我說，該得到報應的是那些壞男人和壞女人們，他們應得到上帝的懲罰。」塔塔莎一邊思考一邊說。

「哎，誰也沒有辦法阻止惡人欺凌我們這些平頭老百姓。我們只能請求那些土匪看在上帝的分上少禍害鄉鄰吧。」菲發說道。

「妳們說的那些害人精，是穿條紋黑紗的人，還是穿花紗的女人啊？」西卡孀孀在一旁詢問。在這裡，旱季早晨的氣溫比較低，現在，水井周圍產生了濃濃的霧氣。

「猜想是那些披著條紋黑紗、扭著像蒜臼一樣屁股的害人精們。」

西卡孀孀嚴肅的臉上多了一些笑容，她說：

「在這個世界上沒有幾隻貓不偷腥啊。只要母貓們愛發騷，沒有幾隻

一封家書

公貓能頂住誘惑啊。」

看到西卡嬸嬸搞笑的神情，在場的女人們大聲笑起來。

談到「害人精」這個話題，大家展開了演講式的談論。在場所有的人都明白，也許是由於內心的仇恨使得「害人精」們人性變得扭曲，以致做出很多傷天害理的事情。一些女人在談到若阿金去世事情的時候，還特地提到巫術害人。若昂娜成了大家隨口八卦的話題——她為了得到若阿金不惜使用巫術害人。可是，當眾人追問時，她總是矢口否認。

大家的目光一下子齊齊射向若昂娜，這時她正慢慢地走到水井的前面。看著她，這些女人的大腦中產生了一個疑問：她是一個不祥之人，她是否會繼續害人？

若昂娜看見在場的女人都齊刷刷地看著自己，感到很不舒服，便大聲說：

「怎麼了？妳們怎麼用這種眼神看著我啊？難道妳們沒有見過我嗎？」

菲發阿姨緊緊地盯著她，並用異樣的口氣對她說：「哎呦喲喲！妳這個混蛋！該死的巫師！我們這麼看著妳，是因為妳這個混蛋用巫術害死了卡塔麗娜的丈夫，妳這個害人精！」

若昂娜見狀不甘示弱，把抱在懷裡的水罐放在地上，然後大步流星地走到自己同伴的身邊。接著，她雙手叉腰二目圓睜做好打架的姿勢，嘴巴衝著菲發阿姨噴出一句話：

「妳，看看妳的臉，像自己的屁股一樣！妳才是巫師，妳媽怎麼生的妳！」

在場的女人們聽著兩人的謾罵，低聲地笑了起來，笑聲中也摻雜著責備的話語。

「喂!妳看看妳都說了些什麼混帳話,難道不覺得羞恥嗎?」

弗蘭卡斯笑著離開了她們吵架的地方。

遭受兩個人責罵的若昂娜反而非常興奮,面對眼前的對手大聲說:

「我今天心情好,正好教育一下妳們兩隻老母狗!」

因格拉塔在一旁趕快安撫生了氣的人們:「好了,好了!大家別跟她計較!」

「我們不能好好教訓一下這個臭婊子嗎?若阿金是怎麼死的⋯⋯」菲發大聲喊道。

「菲發阿姨,妳別說話了!」一旁的人忙上前勸阻說。

最後,爭吵的雙方都被人勸走了。但是,她們仍然用侮辱的言語傷害著對方。菲發阿姨向若昂娜離開的方向吐了口痰,旁邊的朋友連忙推著她往家的方向走去。吐痰在這個地方是一種眾所周知的意思:「不要臉的貨!沒有廉恥!」

接著,菲發阿姨又高聲喊叫了一句:

「嘿!別不要臉啦!」

五

在收到若阿金死訊的第七天,洛洛塔老太太問卡塔麗娜是否需要邀請穆西瑪女士前來幫她做法事 —— 招魂和清潔身體。母親說道:「女兒,我們是窮人家,我們可不能像富人一樣躺在床上一輩子啊。以後你還要開始

一封家書

自己的新生活⋯⋯」

卡塔麗娜採納了母親的建議。事實上，她已經厭倦了這樣的生活，她不能再像以前那樣生活在自己念想的軀殼裡。從她收到若阿金去世的訊息起，她便不能做必要的日常清潔工作──她不能洗臉，不能洗手，不能清洗自己的身體。她只是簡單地清理了一下口腔，其他部位再也沒有清洗過！她也不能和別人握手，不管是年輕人還是大男人，甚至那些結過婚的女子也不能跟她握手。當然沒有她的允許別人也不能坐在她的床上，這種守喪風俗給她造成了很多的不便。她的身上已經散發出陣陣的臭味，甚至有些嗆鼻子！這種守喪風俗所展現的並不是對已經去世的人的不滿，而是對逝者的思念！卡塔麗娜一直深愛著丈夫，甚至這種愛比在他生前時還要強烈。

吉列爾米娜負責去請法師做法，並向法師諮詢一些守喪風俗。她要邀請的是一位專業的法師，這位女法師也是一位寡婦，她在馬古魯蘇地區和一些原住民地區專門從事與喪事相關的法事儀式，在當地小有名氣。

在一棟小小的土坯房裡生活著一位年老的女人，她的個子高高的，稍微有些駝背，她便是女法師穆西瑪老太太──一個令眾人尊重的老奶奶、一個法事從業人員。她接受了吉列爾米娜的請求，並且開始著手準備自己做法事需要用到的法器和物品。在她們交談結束前，談好了做法事的報酬為一百三十塊錢。吉列爾米娜起身向穆西瑪老太太告別，並且再次重複提醒：

「老奶奶，按照我們的約定辦事，我們明天見啊！」

在約定的時間，穆西瑪老太太出現在卡塔麗娜的家門口，只不過這次她的身旁多了一個女徒弟。卡塔麗娜的家人趕快把她們帶到了卡塔麗娜的

房間裡。進入房間後，家人在地上鋪了一張蓆子，穆西瑪老太太坐下來向卡塔麗娜的母親洛洛塔以及菲娜姨媽了解情況。

洛洛塔站在卡塔麗娜的床邊對著自己的女兒說：

「哎呀，我的女兒，我們今天一定要開始新的生活，好嗎？」

「是啊，大姐，妳說得對啊。」穆西瑪又接過話頭說：

「讓我們開始準備供品吧！家裡的東西都安排好了嗎？」穆西瑪法師看著兩個老太太問道。

兩人回答說一切準備妥當。

卡塔麗娜的母親和姨媽走出了房間，沒多久又回到房間，只是每個人手裡都提著一個籃子。

「穆西瑪法師，您看看我們準備的東西還缺少什麼？」母親洛洛塔說著，把手裡的籃子遞給法師檢查。

穆西瑪法師翻動著籃子裡的物品說：

「牛肉……豬肉……稻米……哦！好了，都齊了，什麼都不缺！」她又轉過身看著菲娜姨媽籃子中的物品說，「這些都是飲品，是嗎？」

「是啊，裡面有紅酒和發酵的紅酒，這些是按照您的吩咐去買的。」

「好啊，所有的東西都齊了，現在我們開始準備供品。」

穆西瑪老太太的小徒弟接過兩個裝滿食物和飲品的籃子，菲娜姨媽等人走到院子裡面。在院子裡，她們清理出一片乾淨的地方，開始製作食物供品。像上次施法的法師一樣，穆西瑪法師也在院子的地面上用法術做了標記，接著，她讓人們在那些做標記的地方架起火爐。最後，穆西瑪法師拿起一瓶紅酒，在第一個火爐下的磚塊上滴了九滴紅葡萄酒，並大聲

一封家書

喊道：

「若阿金，你聽我說：火爐已經架起，現在開始為你準備供品。今天是你的好日子，在今天，我們的一切也將全部結束。」

接著，穆西瑪法師坐在一個小板凳上休息，她點上一根普通的雪茄菸，坐在凳子上不緊不慢地抽著。隨後，她和坐在蓆子上的洛洛塔、吉列爾米娜聊起天來。穆西瑪的小徒弟主要負責在火爐邊觀察火勢和食物的火候。

小徒弟跑到洛洛塔的身邊說：「阿姨，我師父穆西瑪說讓您每半個小時看一下火候，我已經把火爐點燃了。」

在施法期間，穆西瑪法師像變了一個人，她變得十分的高傲，她大聲地念出九個數字，然後用懇求的語氣說：「若阿金，聽到我的召喚了嗎？這些豐盛美食都是為你準備的。這些你愛吃的食物是你的妻子卡塔麗娜為你奉上的。今天，你們兩個人將解除所有的關係：你可以去愛其他的女人，卡塔麗娜也可以尋求其他男人。她會結束自己寡婦的身分安靜地生活。」

黑夜來臨了，空中升起很多的霧氣。火爐中燃燒的木材發出很強的亮光。

沒多久，食物快要烹製好了。為了推測湯汁裡鹽分的多少，小徒弟用湯勺把鍋裡的一些湯汁潑在火爐下的石頭上。這是因為，鍋裡的食物任何人都不能吃第一口，只有逝者的靈魂才能品嘗第一口的食物。

「我師父說過，當把湯水潑在火熱的石頭上時，湯水冒泡就說明食物的鹽味可以。」小徒弟解釋說。

穆西瑪法師看著小徒弟又嚴肅地說：

「下面的話記清楚了！妳現在把湯盛到湯盤裡,其他每一樣食物都單獨放在一個盤子裡,其他甜食也要單獨放在盤子裡。聽清楚了？」

小徒弟按照師傅的吩咐一一落實。剩下的一些食物她端給了她的師傅,順便還弄了一些乾糧放在盤子裡。她們一起回到房間裡,這時屋內已經點上了燈。

穆西瑪法師在地上鋪上蓆子,對著卡塔麗娜說:「好啦,現在我們要開始給妳擦藥水洗身子了。」

在場所有的人都默默地站在屋裡的各個角落。法師用一個猴麵包果的殼取出藥水原料。分成九份,每份倒入一滴紅酒;然後,在每份裡再倒入用玉米發酵而成的玉米啤酒;最後,將藥水搖至均勻。這時,穆西瑪法師大聲喊道:「若阿金先生,你聽我說。這些藥水是來洗刷你妻子的霉運的,從今天開始,你們的夫妻關係即將終止。你們兩個人都會成為自由之身,我們不需要疾病和困難。」隨後,她把九份藥水通通倒在一個容器裡,容器裡的藥水都快要溢出來了。穆西瑪法師坐在床上和藹地對卡塔麗娜說:

「我的女兒,我們現在開始塗藥水、剪毛髮,我將把你們的一切終止。」

卡塔麗娜褪去了頭上蒙著的黑紗(黑紗代表她寡婦的身分)。穆西瑪法師從自己的包袱裡拿出一把非常鋒利的小刀,她用小刀剪去了卡塔麗娜頭上、腋窩和私處的毛髮;接著,又剪去卡塔麗娜的手指甲和腳指甲;然後她把剪下來的毛髮和指甲放在一個袋子裡。

「我現在給卡塔麗娜剪去的毛髮是死亡之髮。死去的人會附著在這些毛髮上……它們會給我們帶來不幸,所以必須剪掉它們!只有這樣,上帝才會永遠保佑我們的生命和安全!我們難道不應該這樣做嗎?」穆西瑪法師一邊施法一邊不停地自言自語。

一封家書

施法完成後,她取出裝滿食物的盤子看著卡塔麗娜說:

「行啦!這裡的法事已經完成,我們可以出發了。」

卡塔麗娜低聲回答:「是的,老奶奶。」她慢慢地站起身,穿好衣服走出屋門。

他們組成的隊伍慢慢地前往墓地,隊伍的最前面是穆西瑪法師,隨後是卡塔麗娜,接下來是穆西瑪的小徒弟。小徒弟頭頂著裝滿食物的盤子,她的後面則是卡塔麗娜的家人和左鄰右舍們。

「這是誰家的小寡婦啊?」一位神學法師問道,隨後他來到卡塔麗娜面前。

卡塔麗娜畢恭畢敬地回答:

「我是若阿金的遺孀。」

「妳的名字是卡塔麗娜!」

「是的,法師!」

「妳死去的丈夫是若阿金!」

「是的,法師。」

「如果以後有別的男人願意和妳交往,妳會接受嗎?」

「會的。」

「如果以後有別的男人撫摸妳的屁股,妳同意嗎?」

「同意。」

「如果以後有別的男人撫摸妳的胸部,妳願意嗎?」

「願意!」

「好好好!」

漆黑的夜晚，時不時傳來鐵匠打鐵時鐵錘的敲擊聲，還有蝙蝠嘶嘶的笑聲和下水道發出的像流淚哭泣的聲音。來往的人們邁著急促的步伐趕往他們的目的地。只有法師的問話在空蕩的夜空中迴盪。

神學法師又一次問道：

「這是誰家的小寡婦啊？」

卡塔麗娜又畢恭畢敬地說：

「我是若阿金的遺孀。」

「妳的名字是卡塔麗娜！」

「是的，法師！」

「妳死去的丈夫是若阿金！」

「是的，法師。」

「如果一個男人遞給妳一根香菸，妳會接受嗎？」

「我會接受。」

「如果一個男人將妳按倒在地，妳會同意嗎？」

「同意。」

「如果一個男人送妳一條圍巾，妳會接受嗎？」

「我會接受！」

「好！」

神學法師用同樣的語調結束了問詢。這時隊伍走到了一條非常僻靜的小路上，在朝拜期間，卡塔麗娜回答了法師所有的問詢，並且停留了非常長的時間。

一行人在走到墓地附近時，停了下來。

一封家書

「在這裡挖一個小洞。」穆西瑪老太太對卡塔麗娜說。

小徒弟把頂在自己頭上的餐盤放在地上。卡塔麗娜拿著一把施過法術的小刀，有節奏地挖出一個小洞。穆西瑪法師把一些食物放在小洞裡，又在小洞裡滴上九滴混合的飲料；隨後，她把每個盤子裡的食物都取出一些放在小洞裡。同樣，這些食物也被拌在一起。這之後，穆西瑪法師高聲吶喊道：

「若阿金先生，這些食物和飲品都是精心為你準備的。美味的飯菜是卡塔麗娜為你準備的。」說著，她把盤子裡的食物扔在地上，「食物和飲品都圍繞在若阿金和眾神的身邊，請你們盡情地享用吧！」

一旁，穆西瑪的小徒弟也挖了一個小洞，沒有多說什麼，她便把從卡塔麗娜身上剪下來代表死亡的毛髮和指甲等通通埋在小洞裡。

「今天，法師以神靈的名義將你們永遠分開，你們之間不會再有任何的關係。陰間的女鬼你可以隨意去愛；卡塔麗娜也可以得到陽間的男人的青睞。」法師邊驅魔邊大聲喊道。

據說奉獻盛宴之後，鬼魂將盡情地品嘗人間的美味。隨後，小徒弟把地上的餐盤收拾整齊，隊伍繼續朝著大海的方向前進，在那裡還有其他的儀式要舉行。

隊伍趕到納扎雷教堂附近時，穆西瑪、神學法師和卡塔麗娜三個人繼續向著大海的方向前行，其他人則停在他們附近不遠的地方。

在大海邊，穆西瑪法師喊道：

「脫去妳的黑紗，讓妳的心靈變得更加純潔。當我推妳的時候，妳要注意啊，大海會把妳痛苦的靈魂帶走。」說著穆西瑪用雙手輕輕地推著卡塔麗娜的肩膀。

聽到穆西瑪的吩咐後，卡塔麗娜慢慢地走進大海裡，去經受海浪對她身體的洗禮。巨大的浪花拍打在她弱小的身體上，使得她搖搖晃晃。海邊，穆西瑪拿著自己之前在卡塔麗娜家調製好的藥水傾倒在小女孩的頭上，第一次灑的量比較少，直到第九次的時候才把藥水一下全部倒完。她一邊用雙手迅速地在卡塔麗娜全身擦拭，一邊嘴裡大聲地說：

　　「若阿金先生，我正在洗禮你的小寡婦，請讓她平靜地生活吧，你們的愛情也將永遠終止。」

　　接著，她把卡塔麗娜身上的黑布全部脫掉，然後捲起來遞給自己的小徒弟。小寡婦裹上了兩條布匹。

　　現在，整個隊伍裡的人們都鬆了一口氣，大家聽到法師的講解心裡非常高興。然而，小寡婦卡塔麗娜依舊是愁眉不展、垂頭喪氣的樣子。

　　菲娜姨媽已經在家裡等了很長時間了。穆西瑪一進門便問：

　　「我們小寡婦卡塔麗娜的喪服都準備好了嗎？」

　　「是的，已經準備好了。」菲娜姨媽說完，立即進屋去找喪服。

　　「既然已經準備好了，那現在幫她穿上吧。」說著，穆西瑪回到卡塔麗娜的身邊對著她說，「我的女兒，把喪服穿上吧。」

　　聽到穆西瑪法師的吩咐，卡塔麗娜立即遵照法師的命令穿上了喪服。

　　「一、二、三、四、五、六、七、八、九！若阿金先生，請你睜開雙眼，我正為你的遺孀更衣，請你看看她吧！」法師表情憤怒地說。隨後，她又幫卡塔麗娜穿上一條黑色的襯裙替代了之前所裹的布匹；接著，她又找來一些普通的衣服和飾品給卡塔麗娜穿戴上，以完成整套喪服的穿戴工作——第一件是一條粗粗的腰帶；第二件是一根聖潔的繩子，繩子是從下往上繫的，並從右至左纏繞在卡塔麗娜膝蓋以下的腿上；第三件是佩

一封家書

帶，佩帶呈英文字母 X 的形狀綁在卡塔麗娜的身上。它是由兩根佩帶組成的，一條佩帶向左紮，另一條則向右側紮。頭部從眉毛到脖子後面都必須用帽子遮擋起來，帽子前面垂下一塊小小的黑紗遮住了整個臉部。不過，每個部位也都用一根小帶子綁起來。

卡塔麗娜坐在自己房間的嬰兒床邊，整個人變得非常的沉悶。這個時候，小孩子和女人們在房間裡小聲地吵著。

卡塔麗娜用一根繩子從左至右地在自己的小腿上慢慢綁，繩子總共在她的小腿上綁了九圈。以後的日子中，她不能將繩子解掉，要直到繩子自動鬆開才算是解脫。如果繩子不能自動斷裂，她就不能前往教堂做禮拜。

說實話，沒有人明白為什麼存在這樣的民族風俗，比如，新寡婦的襯裙必須放在逝者曾經使用過的床墊下面，而且到最後必須祕密地將它們一起埋掉。

這時，神學法師說：「我們的上帝和聖母不會丟下我們的家人，雖然很少有人去遵守那些傳統的風俗和約束。女人們有自己的男人需要照顧，有自己的事情需要處理。這裡擺放著小米，你可以安靜地睡去。我們的朋友，從今天開始，你們的關係將完全終結。你們的關係就像是一條裹腳布，在使用之後，終有一天會腐爛。」

「明天我們將廢除禁慾的大門，我的小寡婦女兒，妳聽到了嗎？妳知道怎麼和那些男人……明天，如果有男人撫摸你的屁股，請妳不要傷心，也沒有人會鄙視妳的行為。」穆西瑪法師和藹地勸告著卡塔麗娜。

一旁的女人也都紛紛表示同意：

「是啊，這樣做就對了。作為一個失去丈夫的女人首先要對得起自己。」

「是啊！妳按照穆西瑪阿姨的話去做吧。」這時，人們從人群中推出一

個年輕人，把他推到小寡婦的身邊。

「把妳的手放在年輕人的褲子口袋裡！」接著穆西瑪命令卡塔麗娜道。

卡塔麗娜聽從了穆西瑪的命令，把手伸進年輕人的口袋裡，並從裡面掏出一些錢來。此時，她的腦中閃爍出很多齷齪的畫面，瞬間感覺到自己是那麼的無恥。沒多久，畫面又從她的腦海中消失了，她又一次把自己的手伸進年輕人的衣服口袋裡。

「現在，妳用手撫摸她的屁股！」

面對大家的笑聲，年輕人撫摸了卡塔麗娜的屁股。

「再擁抱她一下！」

他乖乖地聽從了大家的呼聲。

「拿著這根鞭子，抽他！」穆西瑪對卡塔麗娜說。

一個愛嘲弄人的女人大聲說：

「小心點啊！慢慢打啊！」

「嘿！妳要不要替她打我啊？」年輕人說道。

年輕人被打後，跳了起來。穆西瑪法師用她的左手臂狠狠地抱住了卡塔麗娜，然後，用一根繩子將她捆了九圈；同時，她又抬起頭大聲地喊道：

「若阿金，今天我將你的小寡婦捆起來了。讓你的家人過上平靜的生活吧，請你離開這個家，這裡已經不再屬於你。家裡來了一個愛慕卡塔麗娜的男人，現在她會把自己的一切獻給另外一個男人，請你去找其他的女人吧。」

這一天的第一聲公雞叫聲響起，人們也開始打掃施法帶來的灰塵了。菲娜姨媽拿著掃帚清掃屋內地面上留下的斑點，並把一些雜物放在角落

裡，又把一些紅酒的空瓶子收拾到一起。所有的垃圾堆到一起時，形成了一座小小的垃圾山。

而卡塔麗娜由於心情憂鬱導致免疫功能混亂正臥病在床。

六

當天下午，馬努埃爾來到卡塔麗娜家裡做客。由於他身體欠佳，最近很少到外面走動，所以他也較少參與類似喪事的活動。

「若阿金是患上什麼病去世的啊？」馬努埃爾傷感地問道，他坐在放著鸚鵡籠子的床邊。

若昂大叔是卡塔麗娜家的常客。他也坐在卡塔麗娜的房間裡，聽到馬努埃爾的問話，他聳聳肩說：

「沒人知道啊！」

卡塔麗娜的母親坐在嬰兒床邊說：

「是啊，誰都不知道他到底死於什麼疾病。不過，這幾天我們會知道他到底是怎麼去世的；因為，在嘎瓜古地區附近的一個叫木倫沃村子裡有一個非常靈驗的巫師，他對我們說若阿金是患病死亡的。菲娜和吉列爾米娜兩個人專門去請他占卦了。」

「原來是這樣啊。既然如此，我們很快會了解到他是怎麼去世的。到底是因上帝降罪致死，還是因魔鬼巫術發難而死啊。」馬努埃爾說道。

卡塔麗娜不相信有怪力亂神，她嘆口氣說：

「可是，誰會用巫術害人呢？若阿金從來也沒有得罪過什麼人⋯⋯」

「卡塔麗娜，妳說得對啊！我不相信在這個世界上真的存在巫術。」若昂大叔說。

母親洛洛塔固執地說：「嘿，老哥！你別在這裡說你的無神論，我們這些人可不像你們那些見多識廣的人。巫師在生活方面確實幫了我們非常多的忙。」

「我的生活根本不需要他們那些巫師。」若昂大師反駁說。

馬努埃爾是若昂大叔的狂熱追隨者，也是他的死忠粉絲。他站起身對洛洛塔老太太說：

「洛洛塔大姐，若昂大叔所說的有他自己的道理。每次他遇到問題的時候，會自己用大腦想辦法⋯⋯」

若昂大叔聽到馬努埃爾的話迅速站起來，一邊對著洛洛塔老太太做鬼臉一邊揚揚得意地回應說：

「妳們都聽到民眾對我的評價了吧？當我遇到困難的時候需要尋求巫師的幫助嗎？妳們那樣做太愚蠢！從我成為一個真正的男人起，遇到問題我就會自己解決，不會去尋求那些只會騙人錢財的混帳巫師們。妳們實在是太幼稚！」

若昂大叔講了一件發生在他身邊的滑稽事情：那是一天晚上，他感覺肚子很餓，便從家裡找出一些堅果烤著吃。正當他剝堅果皮的時候，他忽然聽到院外有一個神祕的聲音說：「師傅，我聽您的吩咐。好的，我們什麼時候出發啊？」

若昂大叔聽到外面的聲音，感覺很好奇，但他卻默不作聲；雖然他的小心臟撲通撲通地亂跳。他豎起耳朵仔細地聽著外面的動靜，心想是不是

一封家書

有巫師在外面搞鬼。這時，一個傢伙在院外發出低低的聲音，沒多久，便有人站在門口，衝著裡面的若昂大叔大喊：有客人來訪。這時，若昂大叔又聽到外面的那個神祕的聲音說：「師傅，那我們今晚還出去嗎？」

若昂大叔終於忍不住了，起身走了出去。他想衝上去撕破那些巫師的醜陋面具，並且在大家面前揭露他們的罪行。正在這時，又聽到一個年長的聲音說：「稍等啊，他馬上出來。」

若昂大叔迅速地把身上的衣服脫下來，披上一塊布，然後用一根繩子繫在腰間，又用一根小無花果樹枝裝飾在頭上，為了防止家裡的母雞跑出門，他拿著一個木板擋在院門口。

原來門外站著一些夜遊的巫師，他們晚上走了很多地方，這些算命人邊走邊敲打手中的小鼓，其中還有一個人手中拿著兩塊石頭重重地敲打著木鼓，其他人還不時地吹口哨。巫師們晚上游行給大家造成的搔擾不言而喻。深夜時分，他們坐在大街上敲打著手中的木鼓，高聲喊叫說：「我們夜晚神遊，我是蠢人嗎？我們夜晚神遊，我是蠢人嗎？我們夜晚神遊，我是蠢人嗎？」接著，他們又開始踏上新的夜遊之路。

若昂大叔在這個地方深受廣大居民的信賴和尊重。那天，他施展自己的功夫攔住一名巫師後便大聲叫嚷：「快來啊，我抓住了一個巫師！」這個巫師則使盡全身的力氣，想擺脫若昂大叔的控制。「你們趕快過來啊，這裡有巫師啊！」若昂大叔大聲喊叫著。巫師最後一搏，終於掙脫了若昂大叔的控制，然後，他從自己的包裹中掏出一把粉末狀的物品，向若昂大叔的臉上撒過去，趁著夜幕和混亂，巫師迅速地消失了。

等到眾人趕到的時候，若昂大叔生氣地說：「他已經逃跑了。」

所有人叫嚷起來：「抓住巫師！抓住那個魔鬼！殺了那些婊子養的巫

師們！」人們在後面奮力追趕，還有人用力朝著巫師逃跑的方向扔石頭。

突然，人們都停下腳步注意去聽前方的動靜。「他跑到哪裡了？那個混蛋巫師到底跑到哪裡了？」他們急切地詢問站在一旁的若昂大叔。由於一旁的灌木叢已經枯萎死亡，村民便建議可以採用火攻——焚燒灌木叢逼迫藏匿在此的巫師出來。大家一致同意焚燒灌木叢，大家認為巫師就藏在此地，因為他不可能一下子就跑得無影無蹤。人們斷定那個巫師一定還藏匿在附近的某一個地方。大家都同意使用火攻的方式逼巫師出來。當火勢慢慢蔓延開之後，人們都停下腳步站在火焰的上風處，注意著火焰周圍的風吹草動。後來，大家發動集體的力量在灌木叢旁圍成一個圓圈以方便尋找。人們拿著木棍邊走邊敲打著灌木叢，一些人撿起地上的石塊朝著自己認為可能藏人的地方扔去。但是，直到最後也沒有發現巫師的蹤影。人們有些絕望地說：「也許，巫師變成其他的東西逃跑了！」

最後，大家懷疑他是變化成了一條蛇，因為在這裡大家找到了一條蛇。

隨後，一些人拿著石頭朝那毒蛇扔去，另一些人在旁邊大喊：「夠了夠了，別砸啦。」喧鬧聲中，大家紛紛趕到抓蛇現場，有人拿著木棍朝著蛇瘋狂地抽打。然後，又有人用棍子把牠挑起來到每家每戶門口去展示——以此來威懾村子裡那些特別出名的壞人！

若昂大叔高聲地總結說：

「現在我們已經擒獲了這個混帳東西！我們應該大張旗鼓地宣傳一下，讓整個村子的村民都知道這些混帳東西的罪行。」

卡塔麗娜的母親洛洛塔阿姨臉色凝重地說：「你確定那條蛇是巫師變化的嗎？」

馬努埃爾也質疑說：「我也覺得不太可信！只有亡靈法師才能使他們

一封家書

束手就擒。」

卡塔麗娜坐在一旁閉口不言，她不相信若昂大叔口中的巫師變化成蛇的奇談怪論。對於巫術，卡塔麗娜也是篤信者。她像大多數的兄弟姐妹一樣篤信亡靈法師（神醫）和巫師能夠幫助他們解決一切問題，因此她在心裡非常尊敬他們。如果巫師們真的做了壞事，那一定會給她帶來不小的恐懼。對於那些整日裡都在崇拜巫師的村民來說，不管是聽到的還是看到的，他們只會認為那是神賜予巫師們的力量。村民們會質疑他們的所謂的靈魂控制嗎？所以沒人相信若昂大叔等人給巫師們的評價——巫師們是一幫江湖遊醫，他們會把惡魔帶給廣大的村民。

「若昂大哥的評價，我本人非常不贊同。菲娜和吉列爾米娜兩個人也經常去聽取亡靈大師的講解，只要她們碰上問題就會向他求助。而且，我們大家都知道我的女婿若阿金是生病死亡的。」洛洛塔阿姨憤怒地說。

若昂大叔扮著鬼臉大聲說：

「那妳們能請亡靈法師來測算一下若阿金到底是怎麼死的嗎？」

「當然請過法師，而且他是當地非常靈驗的一位法師。」

坐在旁邊的馬努埃爾腦中突然閃出一個念頭，他問道：

「說實話，書信裡面說若阿金是得什麼病去世的啊？」

「我不知道……安東尼奧·塞巴斯汀當時只是說讓我們哭泣！」洛洛塔老太太邊說邊看著空中回想著當時的情形。

「現在，書信在哪裡啊？」

「他唸完書信之後把它帶走了。」

「他能認全書信上的葡萄牙語嗎？」

接下來,一陣短暫的寧靜給了大家思考的空間。那天,安東尼奧‧塞巴斯汀根本沒有把信的內容全部讀完——也許是他怕自己露怯,就只念了自己看得懂的詞彙?也許,是若阿金死得太慘,他不願意繼續讀下去了?

　　「安東尼奧‧塞巴斯汀閱讀的書信是從哪裡寄出的啊?」

　　馬努埃爾問道。

　　「聽說是從若阿金打工的卡比利村寄過來,當時,我和吉列爾米娜不在家。」

　　若昂大叔也若有所思,彷彿有什麼問題在他腦中一直徘徊。過了一會,他問卡塔麗娜:

　　「安東尼奧‧塞巴斯汀念信的時候都給你說了什麼啊?」

　　「他沒有說什麼。只是跟我說『妳哭泣吧!』」

　　馬努埃爾打斷她說:「他難道沒有說為什麼讓你哭嗎?」

　　「沒有。他說完之後把信塞進自己的褲子口袋裡,表情悲傷地離開了我家。」

　　「若阿金去世了,這件事毋庸置疑。」卡塔麗娜的母親在一旁用堅定的眼神看著馬努埃爾。

　　「我並不反對妳的想法,若阿金去世與否我們之後再談。但是,在確認他死亡之前,我想看一下若阿金的來信!」

　　若昂大叔也十分贊成馬努埃爾的意見:「如果你想探個究竟,我願陪同你前往安東尼奧‧塞巴斯汀的家裡,我現在也想知道書信的內容。」

　　「好的,我們走啊。」

一封家書

　　兩個人站起身匆匆忙忙地離開了。走前他們說：「我們等等還會回來啊。」

　　「你們二位不要在這裡添亂了。我現在唯一想知道的是若阿金的病是上帝帶來的，還是惡魔所致。」洛洛塔老太太小聲嘟囔著。

七

　　在和她們母女二人聊天之後，若昂大叔和馬努埃爾又掌握了一些重要的訊息：安東尼奧・塞巴斯汀在唸完書信之後就前往城裡去聖保羅大教堂做彌撒了。有時候安東尼奧也會在自己的情婦家裡住幾天。

　　若昂大叔和馬努埃爾踏上了一條長長的光禿禿的小路，路旁只有荊棘叢和乾枯的小草。後來，兩人經過一片有著紅色沙土地的高原。在這片紅土地上種植著一眼望不到邊的木薯，乍一看，像是一片木薯形成的大海。有些地方冒出一些又高又大、枝葉繁茂的腰果樹，腰果樹的果實已經泛出了黃色和紫色。接著，他們又穿過一片木屋。因為有好心人指路，他們很快便抵達了安東尼奧・塞巴斯汀的居住地。最後，他們在一棵樹下的蓆子上找到了安東尼奧。

　　「你怎麼在這裡啊？」若昂大叔問道，並想坐在安東尼奧身邊休息一會。

　　但是，安巴卡人沒有讓他坐在自己的蓆子上，而是吩咐一旁的家人從院子裡找兩把椅子來給他們。他們兩人站著和安巴卡人握手寒暄後，安巴卡人卻開始盤問起他們兩人來：

　　「你們兩人是從拉帕里卡村過來的嗎？」

與此同時，一個年輕人拎著兩把椅子來到他們面前。二人接過年輕人的椅子坐了下來。安巴卡人小心謹慎地又詢問二人來此的目的，並問是不是他做錯了什麼事情。

　　「不，我們是為另外一件事而來的。」若昂大叔回答說。然後他按老習慣點上了自己的菸袋鍋。

　　「是啊，我們今天來你家就是想和你聊聊天。」馬努埃爾邊說邊四處尋找著其他人。安東尼奧・塞巴斯汀用手趕走菸袋鍋飄來的煙，從自己的口袋裡拿出一支雪茄菸──他開始展示著自己的奢侈品：「你們想聊什麼？發生了什麼事情啊？」

　　若昂大叔努力壓抑著自己的情緒解釋說：

　　「我們大家知道若阿金已經去世了⋯⋯」

　　安東尼奧聽到他的話，立即插嘴說：「你說什麼啊？若阿金死掉了？」

　　若昂大叔和馬努埃爾聽到他的話，對視了一眼。

　　「是誰說若阿金去世了？你說的一切都是真的嗎？」安東尼奧・塞巴斯汀表情急切地問眼前的兩個老朋友。

　　看到安東尼奧・塞巴斯汀的反應如此大，馬努埃爾也覺得特別詫異。

　　「老弟！我們講的是千真萬確的！」若昂大叔結結巴巴地說。

　　腰果樹的樹梢上，一隻知了停止了鳴叫；旁邊的一隻麻雀不停地啄著牠，想拿牠做晚餐填飽肚子。

　　安東尼奧・塞巴斯汀聽了若昂大叔的回答整個人變傻了。他說：「啊！我的若阿金老弟，他怎麼會死啊？」

　　兩個人看著安東尼奧・塞巴斯汀，哈哈大笑起來說：「村子裡的人都

一封家書

知道這件事，你怎麼還覺得奇怪？這個訊息對卡塔麗娜來講是個晴天霹靂。不過，你現在的樣子可能更加滑稽。」

「你們是在跟我開玩笑嗎？你們兩人笑什麼啊？」安巴卡人不明白兩個人的意思，他把雪茄菸扔在了地上。

若昂大叔對於此事非常的嚴謹。他敢肯定，當時這個安巴卡人並沒有百分之百肯定地說若阿金已經去世了。

馬努埃爾試圖讓他回憶起自己所說的話：「你上次去卡塔麗娜的家裡，不是在唸信的時候對卡塔麗娜說哭泣吧？」

安東尼奧·塞巴斯汀用手拍著自己的額頭說：「哎呀！我所說的是另外一件事。」

若昂大叔和馬努埃爾兩人又相互對視一下──難道是這個安巴卡人另有隱情嗎？

「那封書信還在你這裡嗎？給我們看看啊。」馬努埃爾伸出右手向他索要信件。

安東尼奧·塞巴斯汀咬著嘴唇走進自己的屋裡去了。屋外的人士對他進行了評價：「這樣的男人真是夠愚蠢的！做事稀裡糊塗，像個沒長大的小孩子！真讓人生氣！難道他不知道他自己說了些什麼話嗎？最終，還是讓書信給我們解開疑問吧。」

在茅草房旁邊，安巴卡人安東尼奧·塞巴斯汀的小老婆盤腿坐在地上，她的懷裡抱著一個未滿週歲的嬰兒。由於日夜照顧孩子，身體十分勞累，她快要垮掉了。她的嗓音也變得沙啞。在她的前面還有另外一個女人，那女人的手裡拿著一把小小的折刀，在一個愛美的年輕人手臂上刺紋身。小孩子、母雞和小豬們在院子裡悠閒地玩耍。

沒多久，安東尼奧・塞巴斯汀手中拿著信件返回院中。迫不及待的馬努埃爾一把將書信搶過來開始高聲朗讀起來：

「親愛的卡塔麗娜，我已經到了打工的地方，不知道妳的身體怎麼樣。我工作的地方總是在下雨，每當我一個人待在草棚的時候，心裡就特別的害怕。我已經和安東尼奧老哥說過，讓他多多照應我們家裡的事情。我也經常在夢中見到妳，妳不在我身邊的時候，我的心非常的痛苦，我做的這些夢都是噩夢！非常糟糕的夢！我不知道夢中的事情是真還是假啊。這邊的工作結束之後，我會立即趕回我們盧安達的家裡！人這一輩子總是會遇到坎坷磨難，我的身體也是今天好明天壞。妳也代我向安東尼奧・塞巴斯汀問好，這裡沒有什麼好的禮物送給他，只有一句衷心的問候！當地的小母雞產下的蛋非常小，產蛋量卻很高！同時，替我向我們的姐姐吉列爾米娜問好，並讓她注意保護自己的牙齒；還要向岳母洛洛塔、菲娜姨媽、若澤先生、丹度先生以及那些所有我認識的人問好；並且向帕斯瓜爾教父和萊萊莎教母問好，順便也向那些打聽我的人問好啊！」

「安巴卡人，你看看書信的內容啊！若阿金是在向村子裡所有的人問好，你怎麼跟卡塔麗娜說讓她哭泣呢？」馬努埃爾一邊批評他，一邊把書信放了起來。

若昂大叔大笑起來說道：

「安東尼奧老弟，你現在可變成壞人了！你為什麼要讓卡塔麗娜哭泣呢？」

安東尼奧・塞巴斯汀內心有點激動。他坐在一個凳子上面，開始回想之前發生的情景。但若昂大叔和馬努埃爾兩個人不明白他為什麼閉口不言，心中十分疑惑。

一封家書

「我說的可都是實話——我讓她哭泣的！」安巴卡人堅定地說。他又抬起頭問道：「那個卡塔麗娜哭泣了嗎？」

「那就好！是你讓她哭泣！」若昂大叔皺著眉說。

馬努埃爾不能遏制自己的憤怒情緒問道：「如果是你讓卡塔麗娜流淚——就是說你跟卡塔麗娜說了若阿金去世的消息。你知道現在卡塔麗娜家裡正在辦喪事嗎？」

馬努埃爾的話，像一記重重的耳光打在安東尼奧的臉上。

「是我說讓她哭泣，可是，我也沒有說若阿金去世啊。這絕對是個誤會！如果她舉辦葬禮穿了喪服，這一切是她自己誤會的結果……」

「你這個大蠢蛋！」若昂大叔用長輩的口氣責罵安巴卡人。

安東尼奧‧塞巴斯汀用快要窒息的聲音發怒般地說：

「像我這樣的富人，擁有很多的土地和耕牛，還有拉帕里卡民眾的信任……誰是這裡富有的人，誰在這裡抽雪茄菸啊！……收到若阿金書信的時候，我心裡非常高興，但我卻不能讀出書信的內容，我的心裡很慚愧。所以，我只能對她說：『哭泣吧！』」

儘管若昂大叔和馬努埃爾兩個人很憤怒，可是，他們心裡也仍然覺得這事有一絲可笑。他們比較了解安東尼奧‧塞巴斯汀的脾氣秉性，他做事從來不考慮後果。對於他的過失他們也只能是深表遺憾，因為，一切都被改變了。

兩個人與安巴卡人又聊了幾句之後便和他告別了。

魔鬼般的太陽西落了——在進行了一系列對質之後，天邊只餘下一絲絲的亮光。若昂大叔和馬努埃爾對當地都不太熟悉陌生帶來恐懼，兩個人的腳步越走越快。他們想像著卡塔麗娜和她的家人聽到這個消息後的狂

喜，步伐更加輕快了。當他們回到村裡時，天已經變黑了。

「好訊息啊！好訊息啊！」兩個人急急忙忙來到了卡塔麗娜家的家門口。

洛洛塔和吉列爾米娜聽到聲音跑出來迎接這兩個男人。

「你們兩個老男人喝醉了，還是腦子瘋掉了？」洛洛塔老太太生氣地說。

「我們沒有喝多也沒有瘋啊！」兩個人異口同聲地說。

他們二人講述了事情的經過和存在的誤會，卡塔麗娜高興地跳了起來，和自己的家人熱情地擁抱在一起。

「謝謝！上帝啊！」她雙手合十感謝上帝。

「可惡的巫師！你一定會為你的謊話受到懲罰的！」母親洛洛塔詛咒說。

若阿金沒死的消息迅速在鄰里間傳開，家裡又開始人來人往了。今天是一個值得高興的日子，所有人都被酒精麻醉了。

這種事情像是魔鬼和我們開了一個玩笑。只有安東尼奧·塞巴斯汀的人格尊嚴在人們的誇誇其談、哈哈大笑中喪失殆盡。

一封家書

復仇

復仇

一

　　書信事件像是一把被扔在空氣中的嗆人的辣椒麵，這幾天，卡塔麗娜和她的家人們無論做什麼，總是能聞到那股辛辣的味道。

　　當地老傳統，女人們會根據當下發生的事情即興創作歌曲。理所當然，我們的安巴卡人安東尼奧・塞巴斯汀成了女人們創作歌曲時關注的焦點。她們都在回憶著書信事件的相關內容：

　　「嘿，妳家男人來書信了！」

　　「哈哈哈！可是，我們家男人可不糊塗！小女孩為自己的男人穿上喪服，可是，最後發現自己的男人像我們一樣活在人世上。」

　　「哈哈哈！」

　　「我們能怪罪誰呢？他讓別人哭泣的原因，竟然是因為他不識字……」

　　「他是大騙子！」

　　「啊！大騙子是那個安巴卡人！」

　　「哈哈哈！」

　　無論安東尼奧・塞巴斯汀走到哪裡，不管是在什麼場合，他一出現大家便會哈哈大笑。很多人把他不認字做錯事的事情編排成笑話。沒有人會原諒他愚蠢的虛榮心。虛榮的壞毛病造成了他的悲慘人生，很多人都在議論著他的愚蠢行為。

　　大家的流言蜚語像一根根鋼針深深地刺痛著安巴卡人的心。一開始他只是有些傷心，慢慢地他開始變得絕望，後來怒氣鬱結成了憎恨，在他的腦中也陸續產生了很多卑鄙的想法。他的仇恨一點點在累積，他開始詛咒

嘲笑自己的人，並開始陷入意淫。他完全忘記了事件的起因是由於他錯誤的解釋，才把自己陷入了被嘲笑的深淵！

人們的嘲笑聲深深地刺痛著安巴卡人。即使是愛吃甜食的小孩子們也在議論他的愚蠢行為。對於小孩子們來講，安東尼奧·塞巴斯汀成了他們的負面教材——他就是一個典型的充滿虛榮心的傻瓜。

時間一天一天過去，安巴卡人再也不能承受大家對他的嘲笑和非議了。可是他能做些什麼呢？最終，他決定離開此地回到他的出生地安巴卡市去，回到那裡照顧田地裡的農作物去。他回到那裡是為發展自己的生意嗎？答案當然是肯定的，他是當地有名的鄉紳，在那裡他什麼都不缺。每天他都有充足的食物供應，每時每刻都能欣賞鄉村令人陶醉的美麗風景，而且這裡的村民都很尊敬他。有時候，還可以大飽眼福——到河邊看在河裡洗澡的小女孩；還可以拿著獵槍跑到森林裡打些野物換換口味。正因如此，多年前他才放棄了他原有的痞子性格。可是現在，他成了這裡民眾的笑柄。人們都評價他什麼呢？啊！大家都在說他做了愚蠢的事情。現在，如果他選擇逃避的方式，人們或許又會開始大聲地議論他，嘲笑他的愚蠢行為，嘲笑他的虛榮心。

太可怕了！這一切對於安東尼奧·塞巴斯汀這個安巴卡人來說實在是太可怕了。他作為安巴卡市非常重要的商人，一個擁有眾多良田和房屋的財主，他還擁有很多的黃牛以及情人——他從未想到自己會被眾人嘲笑。現在連他手下的人也在議論他的愚蠢行為。他固執地認為，他的工人們根本不明白其中的巧合，一切錯誤都是那個女人造成的，為什麼要讓他像犯了罪一樣，悄無聲息地游離在人群之外。對於其他人的嘲笑他還能承受，可是，對於自己下人的嚼舌頭他實在不能再承受下去了。

復仇

　　他被人們的嘲笑擊倒了，可是，他湧出了一個報復的念頭。他必須擺脫這種嘲笑，他不能總是像現在這樣，總是選擇逃避和躲藏。於是，他跑到一個深山老林中找到一個非常有名氣的巫師，他要讓損毀自己名譽的人得到應有的報應——卡塔麗娜用扭曲的事實摧毀了他所有的榮譽，他決定要用巫術殺死卡塔麗娜，結束因她而帶給他的羞辱。

　　在惡魔的預言中，他看到卡塔麗娜整日臥病在床，每天飽受發燒的折磨。不管是白天還是黑夜，她的身體像炭爐一樣火燙，她的身體一天天地枯萎，遠處看去像一個骷髏架。她眼窩深陷，說起話來唯唯諾諾。沒有白人的科技醫學，也沒有黑人的巫術；沒有藥房中出售的藥品，也沒有村中的野生草藥，卡塔麗娜像變了一個人一樣，變得非常的憔悴，直到她撒手人寰，不再傳播那些諷刺人的笑話。

　　安巴卡人和巫師已經商定了施法的日期，不過，安巴卡人最後卻改變了主意。他決定不使用巫術殺死她——為了復仇花錢不值得。最重要的是，當他向巫師支付佣金的時候，對巫師的能力產生了懷疑，而且他覺得巫師索取的費用很高。所以，他決定跋山涉水前往卡塔麗娜丈夫打工的卡比利村，找到她的丈夫若阿金，向他捏造一個關於卡塔麗娜出軌的故事。他決定讓卡塔麗娜受到更大的羞辱和懲罰。現在所有人都在議論他，他成了大家取笑的對象；以後，卡塔麗娜的名字也會成為人們取笑的話題，她也會飽受別人的嘲笑和謾罵。他一定會讓卡塔麗娜受到懲罰。

　　安巴卡人彷彿看到了陽光，他興高采烈地跑起來，整個人像喝醉了酒一樣。他要用一種曾經令自己痛苦的嘲笑去折磨另一個女人。

二

　　在前往卡比利村的路上，安巴卡人坐在平穩的轎子上，臉色陰沉、眼神呆滯，嘴裡時不時地嘟囔道：

　　「卡塔麗娜，我一定要讓妳見識我的本事！臭婊子，一定要讓妳身敗名裂！我們走著瞧！」

　　為了防止野獸突然襲擊，轎伕們腰間都掛著一個鈴鐺。他們抬著轎子一邊趕路，一邊唱起屬於他們自己的小調。不過，他們的小曲惹惱了轎子上面的安巴卡人安東尼奧・塞巴斯汀老爺。他面帶不悅，大腦中不停思索著報復卡塔麗娜的計策。

　　樹枝上站著一些色彩斑的小鳥兒，牠們正在悠閒地鳴叫著，不管走到哪裡都能聽到牠們清脆的叫聲，鳥兒的叫聲像是讓人置身於一座大型的歌劇院。這其中也夾雜著另外一些動物的聲音：野狼的嚎叫聲、猴子的打鬧聲、鬣狗的嘶叫聲。但是，這些都沒有影響大篷車隊的行程，安東尼奧・塞巴斯汀和他的僕人們繼續前行。走在隊伍前面的幾個人腰間都是一邊插著護身的砍刀，另一邊掛著長長的大刀，他們相信依照自己的能力足夠保護整個大篷車隊。每一個僕人的心情都很平靜，他們相信不會發生任何不幸的事情。人們安靜地走著，轎伕們也換過了肩，直到到達了露營地他們才決定停下來休息，並且在露營地點燃了一堆很旺的篝火。

　　誰能想到，這堆熊熊燃燒的篝火在夜晚竟然釀成了一次瘋狂的火災！大火，旋轉著瘋狂地吞噬著雜草以及其他一切植物。

　　一些被火燒著的植物發出劈里啪啦的響聲，大火伸出幾條不同形狀的火舌肆意地舔著周圍的植被和林中的草舍。森林裡的動物被凶猛的火舌驚

復仇

醒，不顧方向地四處逃竄，任何動物都不敢靠近凶猛的火焰。火焰肆意地吞噬著它所能觸及的一切植物和動物，火舌經過的地方，濺起紅色的火星，彷彿是在慶祝它們焚燒大地的勝利。火焰像是惡魔的舌頭時而長時而短，向森林裡的居民們展示著它怪異的鬼臉。野兔、蜥蜴、蛇等小動物從自己的窩裡跑出來，不停地四處逃竄。一些在枝頭做窩的小鳥也被大火嚇到了，牠們撕心裂肺地鳴叫著，拍打著翅膀飛到比較遠的樹上去。地面上的大火仍然在熊熊燃燒著，一些森林中的茅草屋被焚燒殆盡。見此情景，每個人都坐立不安卻又無可奈何，他們只有站起身來圍著篝火盡情地跳舞。人們從閃爍的火光裡彷彿看到了不祥之兆。

安東尼奧·塞巴斯汀總是在沉思。為了打發無聊的時間，他手裡一直拿著根雪茄菸，時不時抽上一口，然後，從嘴裡吐出一口濃濃的煙。

忽然，他聽到小鳥的一聲悲鳴。他覺得心頭有些不安，那聲鳥兒的悲鳴是否預示著不祥呢？在他迷信的大腦裡和心中也產生了些許的恐懼。這時，在他面前忽然出現了一支由紅色螞蟻組成的隊伍，牠們正在穿過小徑。難道螞蟻在給他不祥的暗示嗎？他心裡非常的害怕，站起身對身邊的僕人大聲喊道：

「你們都給我唱歌！給我大聲地唱！」

僕人們收到主人的命令開始大聲唱歌，並且用力地放聲高歌。古老的歌曲飄蕩在森林的每一個角落，驅走了瀰漫森林的哀鳴。

第二天黃昏時分，他們這支隊伍又遭受了大雨的洗禮。那時，距離他們下一個熟悉的露營地還差兩公里的路程。

一些身披白灰色斑點的斑鳩拖著長長的尾巴，一動不動地窩在樹枝上，牠們嘰嘰喳喳地鳴叫著，似乎在說：大雨啊，快來吧，快來吧！盡情

為我們鳥兒洗禮吧！

不祥的預兆使得安巴卡人不停地伸出雙手去感受雨滴的大小。突然一聲悶雷響起，好像是大自然在瘋狂地發笑。這笑聲從無邊無際的天空而來，降落在這片大地上。笑聲迴盪在整個森林裡，人們感受到了來自天空的憤怒。

更大的困難來臨了，瓢潑大雨開始從天上落下來，並重重地砸在安巴卡人的臉上。沒多久，大雨傾盆。一個僕人更加確信臨行前巫師所說的話：如果你們一定要前往卡比利村，你們一定會受到大雨侵襲的。但是，安巴卡人還是執意前往那個鳥不拉屎的地方。巫師還靈驗地預測到，那裡的天像被裝進瓶中一樣悶熱難耐。所有這一切讓安東尼奧‧塞巴斯汀變得絕望，也使得整個隊伍的人變得絕望。

大雨瘋狂地下著，浸溼了每一個人的身體。而另一個災難也在悄悄地侵擾著隊伍，這個災難便是霍亂。正因如此，安巴卡人現在只能下轎跟隨著自己的僕人一同行進。隊伍來到了一個農場。這裡更加泥濘難行，一條小路通向最近的村子。安東尼奧‧塞巴斯汀一行人跌跌撞撞地朝著村子行進，雖然小村子就在他們眼前，可是，他們卻都感覺那裡遙不可及。

進到茅草屋裡後，安巴卡人選擇了一個角落把行李放下。

他很後悔制定這次行程，火和雨令他心悸。

安巴卡人心中的復仇烈焰慢慢地被眼前的困難嚇退了。和目前的困境相比，他覺得人們的嘲笑和侮辱已經不重要了。他忽然意識到自己之前的行為是多麼的愚蠢。他想，也許那些嘲笑自己的人是嫉妒自己的財富，也許是嫉妒自己的土地，也許是嫉妒自己的地位。由於那些壞蛋的嘲笑，他差點把自己推到極其危險的境地，甚至差點死在這個小村子裡。但此時此

復仇

刻他為什麼那麼傷心呢？誰又是最後的贏家啊？答案卻是一隻狗，除此外沒有其他可選項。因為在這個時候，他身邊只有狗在嗷嗷直叫。可是，當牠飢餓難耐的時候，他卻收緊自己的口袋；當他碰見困難的時候，那條忠於主人的狗卻在盡力保護著他。安巴卡人遺憾地說：「我有耐心，但是，我的嫉妒心卻妨礙我的生意。」不管任何情況，他的僕人向他借錢，他總是像鐵公雞一樣一毛不拔。所以直到現在，跟隨他的僕人都一直飽受貧窮的煎熬。

對於復仇的計畫，他仍然不肯放棄。他之前曾想用讓其他男人以禮物的形式贈送給卡塔麗娜一些錢，然後再汙衊她做妓女收別人錢財的方式報復卡塔麗娜。按照這個復仇計劃，若阿金和所有的人一定會把她當成婊子看待。這樣安巴卡人就可以不受嫌疑地汙衊她，而且這樣也不會給自己招來麻煩。

為了不損害若阿金的名聲，安巴卡人安東尼奧・塞巴斯汀計劃找一個男人讓他去勾引卡塔麗娜；而安巴卡人支付在此期間產生的所有費用。條件這麼優渥，當然會有人願意參與，西基圖便是其中的積極分子。他承攬下了勾引卡塔麗娜的任務，於是他開始頻繁地出現在卡塔麗娜的家裡，有時候他還會買去些葡萄牙甜酒向洛洛塔獻殷勤。今天買點這個禮物，明天送點那個禮物……沒幾下，洛洛塔老太太就被收買了。

年輕人西基圖非常了解女人到底需要什麼，他可是一個身經百戰的情場老手。讓我們認識一下他的手段吧，看看他是怎麼玩弄一個名叫桑塔娜的小女孩的。他和桑塔娜談戀愛的同時，還和另外一個叫多娜娜的女孩談情說愛。桑塔娜小女孩要求西基圖給她一個說法。她說：「我可不是你口中的牙籤，不是你想用就用、想丟便丟的人。」後來的結果是怎樣呢？結果是桑塔娜同意和西基圖交往，並且不久後就成為「一根牙籤」——一根

剔過牙的牙籤，別人想扔的時候就可以隨意扔掉。

　　桑塔娜可是一個聰明的女人！安東尼奧・塞巴斯汀也記得她。當時，年輕人西基圖頻頻向桑塔娜獻殷勤，最終修成了正果，和她居住在了一起。但是，這種關係僅僅維持了八天時間。她甚至都沒有聽到西基圖對自己的承諾。這之後，她開始找機會報復西基圖的另外一個情人多娜娜。桑塔娜是個非常聰明的小女孩，她懂得忍辱負重伺機報復。

　　又是一聲悶雷，就像一個可怕的炸彈在天空中爆炸了一樣。如果大地犯下錯誤，那麼天空也會冷靜地笑著看大地的笑話嗎？現在，大地在瘋狂地咆哮，像是在用死亡威脅著天空下的一切。

　　真是太可怕了！天空憤怒了，它露出了一副喪心病狂的樣子。沒有人膽敢咒罵它，因此，它從不收斂，肆意妄為，打雷、下雨，並利用閃電點起山火，彷彿它要殺死它腳下的人、動物、植物以及一切的生靈！大家的心中都非常害怕，也非常擔心！但大家依然會堅強地生活下去，他們覺得自己受驚的好似逃離的靈魂已經轉身，並幫助身體築起了一個「堅強的城堡」。

　　霍亂也沒有停止它肆虐的步伐，它像惡魔的醜惡的笑聲一樣迅速在整個村莊蔓延。大雨也還在一直下，而且雨勢越來越大，瓢潑大雨盡情地衝刷著大地和萬物。好像上天在懲罰廣闊的大地，它用鞭子一樣的大雨抽打著每一寸土地。

　　轎伕們的身上都被雨水打得精溼，他們找來一些木材點燃了，圍著火堆坐在地上一起取暖，一些人還抽上了菸袋鍋子。他們相互沒有說話，也沒有人想打開話匣子。每個人都在內心深處想像著自己這次出行的命運。

　　前方的路會更加凶險，路況也更壞，可以想像出有多泥濘坎坷。目的

復仇

地在轎伕的眼中非常的遙遠。一些必經路段地面溼滑，特別是一些山路，一不小心便會丟掉小命。但想到老闆支付的工錢，他們心中又有了些許的安慰。雖然，他們也希望用其他的方式賺錢，而不是用自己的性命去換錢。他們知道自己必須克服一切困難，不管他們願意與否都必須學會適應，因為他們是奴隸。他們被人販賣，自己的身體卻沒有一分屬於自己。他們必須聽從自己主人的命令，奴隸主把他們置於悲哀的境地。

作為男人，他們的心猛烈地激盪著，他們知道什麼是焦慮。但是，這些倒楣蛋，他們的意志很快被奴隸主的淫威所擊潰。他們作為一個民族的私有品，作為一個家庭的私有品，被四處販賣，甚至作為某些富人的福利任人買賣，這是黑人的厄運！

假設有一天奴隸們自由了，他們一定會選擇自己喜歡的村子居住。村子裡還有其他女同胞，一些黑人女人留下來，她們也會選擇和自己心愛的男人生活在一起。不會有人知道，另一些女人會如何選擇。也許她們會死，也許她們還會被「販賣」。因為她們是金錢的奴隸！她們失去了自由，她們的靈魂早已死亡，一切只是因為金錢！

金錢的確是個好東西。擁有它，可以購買食物、烈酒、衣服和一些漂亮的東西。但是，金錢卻也是比毒蛇還要毒的物品。毒蛇的毒可以殺人，金錢也會像毒蛇一樣毀掉一些人的人生。

作為一個黑人，是多麼的不幸！但是，假如他們是白種人，他們的生活就會像白人一樣嗎？答案是否定的，因為也有很多白人像黑人一樣被販賣。但他們會被自己的親人販賣嗎？當然不會。在人販子眼中只有卑微的黑人才總是被買賣，而一些販賣他們的人販子和他們擁有同樣的黑皮膚。但可惡的人販子卻感覺不到任何的羞愧。他們心中只有金錢，只有美味的烈酒、美味的食物和施展巫術所需的海螺貨幣，還有迷人的房子以及白人

所擁有的漂亮物品。難道，白人沒有錯誤嗎？他們購買黑人奴隸，並且讓他們到很遠的地方去勞動——為了得到他們所要的財富，肆意地剝削黑人奴隸。可憐的黑人奴隸們只能不停地思念著遠方的家鄉。

黑奴們被任意買賣，他們的身體早已不屬於自己，奴隸主可以隨時玩弄、欺凌他們，他們就像是奴隸主的玩偶。在農場，他們又像是牛馬——被奴隸主用手中的皮鞭抽打！如果黑人奴隸是人，為什麼在奴隸主眼中他們就像是寄生蟲一樣微不足道呢？當然，我所說的，是就它的普遍性而言。大家都知道有很多奴隸主虐殺奴隸就像踩死小螞蟻一般，行為非常殘忍。奴隸們其實只是想安安穩穩地工作，但不要忘記，他們都是有血有肉的人。奴隸們的生活讓人感到悲傷。

曾經的記憶在奴隸們的腦海中迴盪。天空仍然下著瓢潑大雨，他們的身體坐在森林中的小茅草屋裡，可是，心早已飛回遠在千里之外的家中。他們對家人萬分思念！他們想像著自己的家人早上拿著農具到田裡工作，努力地翻地除草，在地裡挖出一個個小洞，然後在小洞裡種植大豆、玉米、花生、南瓜以及其他他們愛吃的東西。家中的女人們也努力地、辛苦地勞作著。每天，女人們出門非常早。清晨，太陽還躲在山後時，她們就頭頂著小鋤頭趕往田地裡務農。她們一隻手拎著一小桶水，另一隻手中拎著幾個黃豆粉做成的饅頭——中午的口糧。她們匆忙地趕往田地裡，有時獨自一個人，有時三五成群或和自家親人一起或和鄰居一起。

下午五六點鐘，太陽慢慢落山了，人們開始陸續返回家中。這時，她們手中總是拿著一些收穫或採摘來的食物，比如木薯、番薯和一些野生的水果回家。這些食物她們從來不購買。說實話，她們的工作非常辛苦，不過她們每個人的臉上都洋溢著幸福的笑容。她們透過努力，每天都可以獲得足夠的食物，所以她們可以非常安心地生活。晚飯時分，還可以為家人

復仇

正經八百地準備一份晚餐。

她們烹飪美味的玉米木薯糊糊粥時需要放一些玉米粉，所以，家裡的孩子們常被指使拿著大大的木棒搗碎放在碓臼裡的玉米粒。小孩子們非常不願意做這樣子的家事。因為，做這項舂玉米的工作需要極大的耐心，要一絲不苟地把玉米粒搗碎成精細的玉米粉。在小孩子們匆忙的舂玉米的過程中，你可以看到他們對玩耍渴望的眼神——他們能渴望得興奮尖叫起來。當孩子們手中的木棒上下翻飛時，碓臼裡的糧食就被搗成了粉末狀。

小孩子們到河邊打水的時候，三五成群嬉戲玩耍。每個小孩子都拿著一個被破成水瓢的葫蘆，他們能估算出來幾葫蘆瓢的水可以裝滿自己的水罐。家事做完之後，他們就可以盡情地和小夥伴們玩耍了。

從前，在村莊的田地裡可以看到茂盛的農作物。一排排的大豆苗，每行大豆中間還間作很多的玉米，玉米稈上面飄著美麗的綠油油的玉米葉。南瓜的瓜藤鋪滿了附近的土地，一些瓜藤上結出果實，果實的上面長著黃色的花朵。為了讓大豆高產、玉米顆粒飽滿、南瓜果實更大，女人們還有很多工作要做，男人們也會手拿鋤頭剷除田地裡的雜草。到了豐收的季節，人們便可以收穫豐富的食物。這是多麼幸福的生活啊！女人們想吃什麼便可以吃什麼，不管什麼時候她們都可以自己當家做主。

可現在，當她們在田地裡哼唱小調時，歌曲裡已看不到對生活的熱情。她們的生活裡沒有希望，心底裡充滿了淚水——為她們悲哀的命運流淚，為她們失去的家園村莊流淚，為她們支離破碎的家庭流淚。很多次，她們的臉上露出了微笑，可是，她們的心卻在為自己悲哀的命運吶喊。那個吶喊的聲音像屋外嗚嗚吹來的狂風，那是在為所有的奴隸兄弟姐妹們嘆息。

安東尼奧隊伍裡的奴隸們來自不同的地方：利博洛市、登布市以及拜倫多等地區。可以說，他們每一個人代表了一個地區。他們六個人的歷史聚在一起便能書寫出一部安哥拉殖民地時期的血淚史。他們也都相互了解了各自的坎坷經歷。他們的命運可以用兩個字來形容：悲慘。年紀大些的大叔們每天都在為自己欠下的債務奔波忙碌，有時債主們也會向酋長投訴他們欠債不還。到最後，他們可以找到的唯一的解決方法便是賣兒賣女。一大早，他們把自己的孩子叫到屋外對他們說：「走，我們出去散散步⋯⋯」就這樣把自己的孩子拉到債主的面前。隨後，他對自己的孩子說：「稍等一會，我馬上回來。」可是，他一去就再也沒有回來。奴隸主早已盯上眼前這些像牲口般的奴隸。究竟他們被賣了多少錢，根本沒人知道。也許是六千塊，也許是一瓶白酒的價錢，也許是二十個海螺貨幣，也許是一把步槍。誰知道他們到底值多少錢呢？也許，只有上帝知道⋯⋯債務是一個非常棘手的問題，可能會引起非正常死亡。所以，可憐的村民為逃過一死，只能用自己的兒女換來自己暫時的安寧。

邪惡的奴隸主並不是靠自己的辛勤努力取得成果的，他們靠販賣人口換錢卻從未覺得心裡愧疚。這些奴隸主販賣的是人口，黑人像牲口一樣任意被他們買賣。一個人奴役另一個人，在他們看來是理所應當。

很久以前，有一個自稱叔叔的老頭子專門販賣自己的姪子給奴隸主。可是，他並不是這些孩子的叔叔，而是他們真正的父親。

那些被父親偷偷地賣給殘忍的奴隸主的兒子們每時每刻都在飽受奴隸主的虐待——鞭打火燒，魔鬼般的奴隸主心中卻沒有任何的罪惡感。當殘忍不被看作是犯罪的時候，任何的力量都不會改變他們罪惡的嘴臉。

在奴隸主殘酷的統治下，奴隸們的生活沒有自由，他們的雙手被終生

復仇

束縛，直到生命的盡頭。沒有人起來反抗，所有的人都在逆來順受。沒有人知道在今後的某一天我們其中的一個人會不會也被捲入這樁黑心的交易中——人口買賣在黑人中蔓延：我們的父母會被他們買賣，我們的爺爺奶奶會被他們買賣，甚至即將出生的孩子們也會被他們販賣。殘忍的交易是這個時代的象徵，而我們卻只能像父輩一樣逆來順受。

圍坐在火堆旁的轎伕們相互了解每一個人的歷史，從他們的故事當中知道他們之間有著相似的生活軌跡。他們的故事有相似之處，他們的思想也停留在某一個地方……每個人的心中都充滿了煩悶，就像當時的天空一樣。轎伕們共有六個人，此時他們六個人的腦海中深深地種下同樣兩個字：渴望。

在這個充滿希望卻不幸的夜晚，這些轎伕兄弟們終於達成了共識。每個人都在暢想未來，都在憧憬理想中的生活。他們六個人相互鼓勵、相互依偎，他們相信透過相互幫助一定能到達理想的目的地。所有人都團結在一起，像一塊堅硬的石頭才可以走向更遠的遠方。如果他們不能團結一致，結果會變得更加糟糕——苦澀會汙變成毒藥。

人們沉默著，一些轎伕低頭抽菸。可是，大家的大腦中卻都在想像著美好的未來。

屋外面，天空中的閃電忽明忽暗。轟隆隆的雷鳴用盡它的力氣瘋狂地怒吼，彷彿要把整個天空震毀。現在，蒼天更不會同情大地所遭受的屈辱了。大雨像惡魔的眼淚不停地流，瘋狂地流……

安東尼奧・塞巴斯汀被眼前的恐怖景象驚嚇得全身麻木，他祈求風暴立即停止。很快，一個僕人從地上站起來並從自己腰間的厚厚的牛皮套裡拔出一把鋒利的砍刀，他怔怔地站在屋子門口，隨後，這個「看守者」回

頭對著身邊的同伴說：

「今天我們的朋友拉加爾託可不能展示他的藝術天分了，拉加爾託酷愛打鼓！還有另外一個小瘋子拉伊奧，只要他聽到音樂便會跳舞！」他的話裡充滿了諷刺意味。

在場的轎伕們聽到他的話都微微一笑。

安巴卡人假裝鎮定地對眾人說：「他說的都是以前的陳年往事了吧？」

「是啊，都是以前的陳穀子爛芝麻的事。」

安巴卡人走到另一個地方，坐了下去，陷入了沉思。恐懼使他變得更加沉默。

三

在這個森林旁的小村莊裡，時不時可以聽到純正的巴圖克音樂嗎？答案是肯定的，讓我們來認識一下這個具有濃厚鄉村特色的村子吧。

薩博先生和拉加爾圖先生二人相約一起上演一場二重奏音樂會。彈奏音樂的是拉加爾圖先生，薩博先生主要負責演唱。他們的音樂獨具風格，且從來不摻雜低階庸俗的內容。他們的音樂源自一種發自內心深處的感受，聽他們兩個人的巴圖克音樂，從來沒有人中途離場。每當大家聽到他們彈奏和歌唱的音樂，都會情不自禁地扭動自己的身體，或者隨著音樂的節奏一起跳舞。

薩博先生讓拉加爾圖到一個小村子裡去捉一條蛇，用那蛇皮做鼓皮。拉加爾圖先生聽從了他的吩咐。但是，前往那個村子的路很難走，但最

復仇

後，他還是不畏艱難地弄到了一張蛇皮。

蛇皮鼓製作完成了。可是，他們還缺少一副鼓槌。拉加爾圖先生向身邊的朋友求助，讓他的同伴爬上大樹，掰下兩根又大又粗的樹枝。就這樣，他們的樂器製作算是完成了。

在村中一個風景宜人的地方，拉加爾圖開始拍打自己的蛇皮鼓，他嘭嘭地敲打自己手中的鼓。薩博先生則站在一旁盡情高歌：

磨好你的羊肉鉤子，

磨好羊肉鉤子，

磨好鉤子。

「嘿！你在這裡唱什麼？」拉加爾圖在一旁指責說。

以前，拉加爾圖先生也有一副天使般的嗓音。那時，他唱的歌曲是：

拉伊奧，速度飛快的拉伊奧。

我們的思想在行走！

拉伊奧是一個年輕人，他為人和藹和親，他穿著一身紫色的衣服，只要他出現在人們面前，總是在跳著舞——只要能跳舞他就會全身充滿力氣。他的舞蹈那麼優美！可以說，他是附近村莊裡跳舞跳得最好的人，他的動作是那麼的敏捷、優美、動人。

「拉伊奧來了，拉加爾圖你快藏起來！那個怪人不喜歡看見你。」薩博先生看著自己的同伴說。

拉加爾圖聽到薩博的話，趕快找到個小角落藏了起來，他可不想給自己招來不祥之事——誰都知道拉伊奧年輕人脾氣暴躁，容易發火。

拉伊奧年輕人到了！卻真讓人失望！因為讓人意想不到的是，現實中

的他演唱的歌曲和傳說中的差距那麼大，他演唱的歌曲可以用難以入耳來形容。

拉伊奧感覺巴圖克鼓曲的節奏很奇怪，便很不高興，他停住舞步，用居高臨下的口氣問：

「為什麼這次的鼓曲和剛才不一樣啊？」

薩博先生趕快致歉：「音樂的調子是一樣的，也許，是您太長時間沒有跳過這支曲子了。」

拉伊奧年輕人支付給他很多錢，所以，心裡有些不耐煩。

見拉伊奧又去跳舞去了，拉加爾圖從躲藏的地方竄出來，衝著薩博問：

「他到底支付給你多少錢啊？」

薩博先生只把拉伊奧支付給他的一半的錢放在拉加爾圖的面前。這時的拉加爾圖已經不相信總是欺騙自己的薩博了，於是他又拿起自己的鼓拍打起來。

聽到拉加爾圖的拍擊的鼓樂，拉伊奧像一隻歡快的鴿子般瘋狂地在舞池中盡情舞蹈。他已經忘記了剛剛的不愉快，心中無比的高興。

這個時候，薩博又開始給拉加爾圖打手勢讓他藏起來，所以他又藏在角落處，換成薩博拍打樂器。

拉伊奧又一次聽到那個讓人掃興的音樂節奏，但是他並沒有終結快樂的心情，他的心早已飛到空中。

拉加爾圖又一次回到同伴的身邊，他又問同伴剛剛的那個問題，當然，同伴也給了同樣的回答。拉加爾圖不再相信自己的同伴，但是卻並沒有反駁他。他開始一邊拍打蛇皮鼓，一邊歌唱，悅耳的音樂聲在空中迴盪。

復仇

拉伊奧也沉浸在美妙的音樂中，盡情地在人群中舞動著自己精悍的身姿。

薩博先生在一旁偷偷計算著自己到底能賺多少錢，而拍打樂器的拉加爾圖則一直沉浸於自己深愛的音樂世界裡。

拉伊奧跳著舞，直到人群漸漸散去。最終，他明白為什麼拉加爾圖總是在他面前玩消失了；原因很簡單，因為薩博先生曾經想把拉加爾圖買到自己的家中當樂師，不過拉加爾圖拒絕了薩博先生的要求。

四

第二天一大早，天空放晴，太陽露出了金黃色的笑臉。這支隊伍又歡欣鼓舞地收拾行裝繼續趕路。

前方的路途還很長，而雨後的路面又泥濘不堪。路上有數不盡的大小坑洞，雨水累積在洞裡，陽光一照，好像一面面形狀不同的閃爍著光芒的鏡子。雜草上面點綴著很多亮晶晶的水珠，它們就像一顆顆美麗的珍珠。一路上草木蔥蘢，空氣中也瀰漫著潮溼的味道，充滿了農村獨有的鄉土氣息。

安巴卡人安東尼奧・塞巴斯汀躺在轎子上一言不發。他正在反覆地思考著自己的煩心事，他的耳朵聽不到鳥群美妙的歌聲，他的眼睛看不到化繭成蝶的美景；他只聽到皮鞭上鈴鐺的響聲和轎伕們囉唆的嘮叨。轎伕們走一路說一路，這緩解了他們神經和身體的勞累。有時，他們還用悅耳的聲音唱歌──在森林裡，隊伍排成一排往前行進，他們一邊走一邊反覆

高唱他們的歌曲，每一句歌聲都注入他們至高無上的精神。

在這風景優美的森林裡，野獸的叫聲中彷彿摻雜著些悲傷的情感。剛剛走出一段路程，路邊突然閃現出一頭野獸，牠的眼神非常凌厲，一動不動地盯著這支行進的隊伍。但是，隊伍中沒有任何人感到害怕，甚至還有一些人勇於面對面地盯著眼前的野獸。有時，森林裡的野豬、野牛、狼、狐狸、獵豹和獅子也會不聲不響地出現在某個意想不到的地方。不過，凶猛的野獸不會攻擊心地善良、靈魂純淨的人。只要人們保持心靈美善、與人友善，便可以平安地到達人生的目的地。

按照既定日程表的時間，僕人們陪著安巴卡人艱難地到達了本戈省地界。過了這條小河，前面便是本戈省了。小河兩邊是茂密的森林。森林為當地人提供了很多美味的食物。一路上，時不時可以看到一些正在放聲歌唱的女人，還能遇上一些為他們熱情引路的男人，還有一些人正在為鱷魚製造的不幸事件祈禱。灰濛濛的草叢裡面有很多的蚊子。濃密的樹叢裡居住著很多奇異的小鳥，美麗的小森林就像是斑鳩、鸚鵡、鴿子、老鷹等鳥兒的表演舞臺。很多樹藤纏繞在樹木的枝幹上，好像在擁抱自己親密的兄弟。藤纏樹彷彿是在展現一幅兄弟不離不棄的畫面。

前面的路途仍十分凶險，隊伍繼續行進。安巴卡人心中仍然忐忑不安，一旁的僕人不停地嘮叨著。枝頭的鳥兒開始鳴叫，昆蟲也在一旁混亂地叫著，人一走過，茂密的植物便搖擺著拍打著，小河流水聲潺潺不絕。頭頂的天空已經不再發雷霆之怒，恢復了它原有的樣子。

前方幾公里的道路極其難走：路面上凸起的石頭不時地硌著轎伕們的大腳板。為了轎伕們行走順暢，安巴卡人下了轎跟著僕人一起走。

經過一條崎嶇不平的山路時，一行人看到遠處出現了一個人影。慢慢地，他們才看清那是一個穿著歐式風格服裝的男人。

復仇

「你怎麼獨自一個在這荒山野嶺，難道你不害怕嗎？」安巴卡人用責備的口吻說。

陌生男人是個歐洲白人，他用冷冷的語調說：

「那些混蛋黑人，我的轎伕，他們想要殺了我。就在剛剛。起初我只是聽到他們在那裡喊喊殺殺的，也沒有特別注意；可是後來，我發現其中的危險，我讓僕人停下來，我也下轎步行，把隨身攜帶的手槍上膛，並讓我身邊的隨從注意安全，隨時防範當地人的進攻。」

安巴卡人又問道：「你的僕人呢？」

歐洲白人用一隻手指指了指自己來的方向。他有些受驚，已經沒有多餘的力氣來回答安巴卡人提出的問題了——也許，他的僕人早已經逃跑了。

安東尼奧・塞巴斯汀想深入了解這事情經過——他也擔心自己的轎伕會做出這樣的事。

然而，事情的真相是，由於路途崎嶇，白人的轎伕們用自己獨特的方言說：「先生，石頭太多，路不好走，您還是下來走吧！」白人在非洲待的時間不長，他聽不太懂轎伕們說的姆本杜方言，所以，他誤會了轎伕的意思，認為眼前的轎伕要對他不利。於是他才跑到馬路的另一邊，等待經過的路人。其實並不是黑人轎伕要殺他滅口。

了解了事件原委的安巴卡人的轎伕們開心極了，他們哈哈大笑起來。安巴卡人安東尼奧・塞巴斯汀趕快上前為他解釋清楚那些方言的意思，並派自己的兩個僕人陪他去走完剩下的路程。

五

　　時間來到第三天的下午。烈日炎炎，天氣又潮又熱。香蕉樹、芒果樹、棕櫚樹、可可樹、橙子樹、木棉樹和濃密的雜草周圍溼氣更重。一些土坯製成的山村房屋座落在一些小山坡上。一些男人坐在房前地上的蓆子上面，小孩子則光著身子大聲地嬉笑打鬧，女人們則揹著鋤頭在田間勞作。再往前行，他們會經過一處非常危險的地方，那裡到處能見到鱷魚——本戈地界的特殊物種——那裡也是安巴卡人的終點卡比利村。

　　抵達目的地後，安巴卡人沒有來得及安頓一眾人，便開始到處尋找他的朋友。幸運的是那個時候若阿金正好在家。見到朋友的若阿金邀請安巴卡人吃一小盤橄欖油木薯粉糊糊粥。

　　「塞巴斯汀老哥，你這次前來所為何事啊？你坐在這裡吃啊。」身材瘦弱的若阿金用手指著他面前的一張桌面非常粗糙的木頭桌子說。

　　安巴卡人「唉」了一聲，長嘆一口氣。感謝了自己朋友剛剛提供的食物後，他又說：

　　「哎呀！說實話，我是剛剛從盧安達趕到這裡的。但是，現在我不想吃飯，我沒有一點食慾。我現在只想喝一杯椰子果發酵而成的甜酒。」

　　為了取悅安巴卡人，若阿金急忙去往另一個房間，沒多久，手中拿了一個陶土杯子回到安巴卡人身邊，那杯子裡斟滿了椰子果甜酒。

　　安巴卡人端起斟滿甜酒的杯子咕咚咕咚地喝了起來，一旁的若阿金也陪著他喝酒。他一邊吃東西一邊問長問短。

　　安東尼奧·塞巴斯汀拿出他代表性的東西——半根雪茄菸——他的

復仇

大腦中已經想好了汙巇卡塔麗娜的招式。若阿金將對他所講的事情感到震驚。

安巴卡人對若阿金說，一天晚上，他到卡祖諾村辦事，一個男人的身影引起了他的注意。他小心翼翼地尾隨在這個男人的身後──由於害怕被人發現，這個男人總是東張西望地觀察附近是否有人。

「是不是晚上人家談戀愛啊？」若阿金一邊好奇地問，一邊吃煮熟的鯽魚。這些鯽魚在烹煮之前裹上了一些木薯粉，使得魚味更加香氣撲鼻。

「你先別打斷我的話。」安巴卡人激動地說。他又喝了一大口甜酒，再用手背擦拭了一下嘴唇之後接著說：「你知道那個男人在幹什麼嗎，他是在找誰嗎？」為了讓自己的陰謀得逞，他裝出自己對這事一無所知的樣子，並宣稱自己並不認識那個男人，只是看見那個男人鬼鬼祟祟地走進了一戶人家。

若阿金聽到這裡，又一次打斷了安巴卡人的講話，他奇怪地問：

「他進了誰的家門？」

「你先別著急，聽我說。」安巴卡人一揮手打斷了若阿金的問話。

為了抓住鬼鬼祟祟的男人，安巴卡人說他在那家人門口等待了很長時間。他等啊，等啊，等到幾乎第二天早上黎明時分，才看見那個男人從那戶人家悄悄地離開──出門前他還站在門口東張西望了一會。

「呵呵，這麼說那個男人是進了某個女人的家裡⋯⋯」若阿金呵呵笑著說。

「是啊，他進了一個女人家裡。」

「你認識那個女人嗎？」若阿金又追問道。

安東尼奧‧塞巴斯汀抱著自己的頭沒有說話。若阿金見自己的朋友沒有回答，心中一時有些忐忑不安，他轉過身問安巴卡人：

「你說的那個女人不會是我的妻子吧？」

「你難道害怕說出真相嗎？」若阿金又追問道，他說話的嗓門也變大了。

安巴卡人不吭聲。

若阿金用驚恐的眼神盯住安巴卡人，他腦海中已出現那個男人和妻子調情的場景。但他又對安巴卡人誇張的表現十分不解。若阿金大聲問：

「你怎麼不說話啊？」

「好，我跟你說，可是你不能跟我著急。我也只是把我看到的事情和你說一遍。」

　　若阿金雙眼睜得大大的，屏住呼吸，他聽到了那個女人的名字——卡塔麗娜。

　　猝不及防的答案讓若阿金驚呆了，他感覺自己全身冰冷，視線也變得非常模糊。這事情可能發生嗎？難道他鍾愛的卡塔麗娜背叛了他？在自怨自艾和嫉妒心的夾擊下，他感覺自己變成了一個被背叛的可憐人。他的心怦怦直跳，一口氣卡住了喉嚨，眼淚像閃電一樣立時從眼眶裡流了出來。此時他已氣得全身抽搐，想到自己的女人背叛了自己，整個人快要瘋掉了。他的靈魂像掉進了十八層地獄，正飽受地獄煉火的淬鍊。為什麼遭受不幸的人是他！他的女人為什麼要背叛他？他甚至想給自己插上一對翅膀，立刻飛回盧安達的家中⋯⋯但是，卡塔麗娜是一個完美無瑕的女孩啊⋯⋯突然，一股強大的氣流衝醒了他——這股氣流像一隻貓頭鷹，面容恐怖、聲音粗獷。

　　若阿金表情僵硬地走到安東尼奧‧塞巴斯汀身邊說：

復仇

「你撒謊！卡塔麗娜不是你所說的壞女人！」若阿金用手指著大門大聲說，「你這個大騙子，快滾出去！」

安巴卡人趕快起身，表情尷尬地說：

「好好好！你先忙……」

安巴卡人出門不久，這家的男主人帕斯科爾老爹和萊萊莎老媽來到若阿金所在的房間。帕斯科爾老爹是個禿頭的小老頭，留著一撇小鬍子，樣式十分時髦。上身穿著一件熨燙平整的短袖襯衫，下身穿著一條長布製成的裙子；萊萊莎老媽是一個說起話來嗓門粗大的女人，嗓音甚至有些難聽。這個家還有三個沒有成年的孩子，現在，每個孩子都穿著小內褲，坐在院子的地上興奮地玩耍著。老爹和老媽聽到若阿金在生氣地大叫，便走進屋裡檢視端詳。若阿金看到二老進門，趕快振作精神對他們說自己沒事。聽若阿金說沒事，兩位老人互相看看，覺得有點奇怪，不過，他們還是走出房間來到院子裡面。他們正要陪著孩子們吃自己烹煮的特色食物。

老爹一家人坐在院子，品嘗著下午打來的清澈泉水，一邊消化著晚上美味的晚餐，一邊圍坐在一起聊天。若阿金也坐下來，他點上一根香菸低著頭拚命地抽著，努力地思考著什麼。由於他沒有食慾，便坐在一旁用力地飲用椰子甜酒。一群蒼蠅嗡嗡地飛過來湊熱鬧，由於餐桌上沒有蓋餐桌布，所以，一些蒼蠅飛落在桌面上。

在院子裡，若阿金把安巴卡人剛剛捎來的訊息和在座的人講述了一遍。西斜的太陽光慢慢地照進了屋內的走廊，又慢慢地消失了，夕陽留下一個美麗的身影。院子的大門是使用木板釘製成的，門前的土地上是層層的黃沙。小河旁的植物比較茂密，形成大片的綠蔭。鳥兒非常鍾愛這片小溼地，所以在這裡幾乎每時每刻能聽到鳥兒愉快的歌唱。這裡還能聽到雄雞的啼叫聲，經常還有些豬、羊在此閒逛。

若阿金經過反覆思考後，覺得卡塔麗娜不可能對他不忠。因為卡塔麗娜不像其他女人，總是一天到晚想男人。她從不那樣，而且她為人非常嚴肅，不苟言笑，甚至她不會在其他男人面前露出自己潔白的牙齒，也不會在其他男人面前哈哈大笑。她只是在熟人面前微笑說話，至於說她和別人調情更像是天方夜譚——在和她談戀愛期間，若阿金施展了多少攻勢才獲得了她的芳心。

　　在若阿金的眼中，卡塔麗娜是一個身材苗條的美麗女人，黑色的大眼睛裡透著一股淑女氣質，唱歌的聲音非常優美。說她喜歡別人是不可能的，安巴卡人一定在撒謊。在若阿金的心中，卡塔麗娜只喜歡他自己，再也不會喜歡其他人。

　　若阿金的視線模糊了，他坐在凳子上反覆思考著，手搭涼棚遙望著大門外。藉著那憂鬱的夜色，他看到大群的鳥兒拍動著翅膀各自返回鳥巢。院子裡，人們在竊竊私語。若阿金心中有股衝出院子的衝動，可是最終，理智占了上風。他想，啊，我絕對不能相信安東尼奧·塞巴斯汀的流言蜚語。我必須反駁他的每一句謊言，我相信自己妻子的忠貞。他也許把卡塔麗娜和其他女人搞混了，或者是他在和我開玩笑……但是，說安巴卡人弄錯我的女人，這種可能性又不大，因為他對卡塔麗娜非常了解。難道他說的這一切都是真的嗎？我能相信安巴卡人說的每一句話嗎？我的心裡好亂啊！當然，有些時候女人也會欺騙自己的男人，她們也會口是心非。也許，安東尼奧·塞巴斯汀根本沒有搞混，那個女人就是自己的妻子。事實曾告訴我：在這個世界上，一切皆有可能。人臉並不是人心。人臉我們可以看到，我們可以感覺到它的喜怒哀樂；人心我們卻感覺不到，它可以欺騙我們，因為它躲藏在內心深處。也許，安巴卡人所說的一切是真的，因為女人也會欺騙人，她們口中說忠貞萬歲，心卻早已給了別人。最後，他

復仇

竟然選擇相信自己的朋友安東尼奧・塞巴斯汀的話，因為，盧安達距離卡比利非常遠，而且山路崎嶇，他長途跋涉前來告訴我這個消息，怎麼會是假消息！

當卡塔麗娜曼妙的身姿、會說話的黑眼睛和銀鈴般的聲音出現在若阿金的腦海中時，他又覺得卡塔麗娜絕對不會做出那樣齷齪的事情，安巴卡人所說的一切都是虛假的，她心中只有他一個人，不會再愛其他男人了。敏感的若阿金大腦中現出一幅抽象的畫面。

他又點著一根香菸，沒多久，煙霧就籠罩住了他。此時天空中現出一幅美麗的晚霞風景，光線昏暗。這美麗的風景使人不知該用什麼語言讚美它。院子裡的氣氛非常活躍，房東一家人圍坐在一起悠閒地談天說地。當手中的香菸抽完時，若阿金又屏住了呼吸，腦海中思緒萬千。

不可能，一定不可能。安巴卡人說的一定是假話。卡塔麗娜是一個正經女人──眾所周知。卡塔麗娜絕對不會昏頭做出那樣的傻事。他是這個女人的第一個男人，這個大家也都知道。他的臉面也從未被人玷汙過，也沒人對他指指點點過，可現在怎麼會有人說他的女人行為不端？卡塔麗娜是一個性格和其他女人截然不同的人──有一些女人好高騖遠，總是在想找有錢的高富帥。安東尼奧・塞巴斯汀一定是在和他開玩笑，也許是想嚇唬他，然後，再嘲弄他的膽小。他發誓事實一定是這樣。

但是，左思右想之後他心裡還是有一些不安，他又開始相信安巴卡人的話。因為，安巴卡人跟他說此事的時候表情非常嚴肅，沒有一點開玩笑的樣子。有時候，女人也會欺騙男人，她們的嘴巴並不總是講真話，她們的心也容易背叛。

想到這裡，滾燙的眼淚像斷了線的珠子，順著若阿金的臉頰流了下來。

若昂娜是若阿金恨之入骨的女人,他對她完全死了心,還讓她得到了應有的悲傷的懲罰。他們兩個人最開始感情非常堅定,他們在盧安達也有一個小房子,他們一起展望著未來美好的生活。為了使今後的生活更加美好,那時他也選擇到卡比利村打工。可是,在他外出打工後不久,若昂娜就勾搭上了其他男人。當他知道若昂娜與其他男人苟合後,恨不得拿刀殺死那個賤女人!後來,他漸漸地不再為若昂娜傷心難過了,這種女人不值得他去愛和原諒。

可現在,疼痛再一次撕裂了他的生活,他的心臟彷彿在被不停地捶打——死亡總是如影隨形地跟著自己。嗓子裡彷彿有一顆圓球堵住了氣管,使他不能自由地呼吸,大腦也慢慢地變得遲鈍了。

他看看自己手指上佩戴的銀戒指,這又勾起了他很多不愉快的記憶。他憤怒地把戒指摘了下來,他已經厭倦了虛偽的人性,也許,只有洞房花燭的那一晚她才真正地把她給了自己。他絕望地摘下了結婚指環——只有白人才用這種方式,微笑著和自己心愛的人居住在一起。由於他過於輕信女人,才給自己製造了許多痛苦。多麼愚蠢啊!他為了這個家付出了一切,想不到自己的女人卻是偷男人的臭婊子!

若阿金越想越傷心,他的眼睛在流淚,心卻在流血。他甚至想打開自己妻子的胸膛,看看她的心裡是否裝著他。各種想法一點點地湧上心頭,嫉妒心也在時刻折磨著他,這個黑人被可憐的想法裹挾著。突然,他的腦海中出現了一幅畫面,一幅可怕的畫面:畫面上有兩個人,一男一女,女人是他的妻子,男子則是妻子的情人。他們先是如膠似漆地擁抱在一起,然後又安穩地躺在床上。

多麼痛苦的事情!另外一個男人俘獲了他妻子的芳心。這個女人實在

復仇

太可惡！一定要殺了那對姦夫淫婦！只有殺了他們才能消除心頭的仇恨。在殺死妻子之前，他一定要親口問問她為什麼要背叛自己，為什麼要給他戴綠帽子。這個無恥下賤的女人！

心中的怒火打亂了他的正常思維，眼中的淚水也越來越多，以至模糊了視線，他像瘋子一樣抖動著。他已經不能控制自己的語言和行動，他已經處在絕望的邊緣，他的心似乎被背叛了自己的妻子和悲慘的命運傷得鮮血淋漓。

幾杯甜酒下肚，若阿金以前那些美好而令他痛苦的記憶就像放電影一樣，一幕幕地出現在腦海中。他彷彿看到有人在跳巴圖克舞蹈，那木製的打擊樂奏出了悅耳的樂曲。在舞池中，心愛的妻子卡塔麗娜翩翩起舞，他低聲說出對她的愛慕之情。最終，兩個人情投意合喜結連理。卡塔麗娜愛撒嬌，起初，她總是拒絕若阿金的求愛。現在，很多女人擁有漂亮的外表，內心卻汙濁不堪，可謂金玉其外敗絮其中，卡塔麗娜卻是個例外。若阿金對她一見鍾情，他的心早已屬於卡塔麗娜。最終，卡塔麗娜接受了他的求愛，而且也愛上了他。他們兩個人手牽手走入幸福的婚姻殿堂。夜晚，這對夫婦感受著對方身體的溫暖。小夫妻也會坐下來聊聊家常，卡塔麗娜時不時主動向若阿金示好，她也會爆料好友的小祕密，當然，有時也會說一些抱怨的話。

現在的卡塔麗娜正在家裡忙著準備生孩子坐月子。一個即將出世的小男人將取代若阿金的地位，現在那個小男人占據著她的身體。她的身體很純潔！但此時的若阿金卻感覺不到幸福！他希望一切不幸已經過去！以後，他的家中再也不需要女人，他也可以化身成美麗的蝴蝶到處招蜂引蝶，他的心將對所有的女人都關上大門。他也可以喜歡所有的女人，但是，他不會再和任何人結婚。他一定要報復那些水性楊花的女人，他一定

要報復那個紅杏出牆的女人。

接著,卡塔麗娜婀娜曼妙的身姿、溫情的黑眼睛、美麗動聽的嗓音又出現在他的腦海中。他又一次否定了卡塔麗娜偷情的傳聞,那一定是謠言。他相信卡塔麗娜只喜歡自己,不喜歡其他的任何男人。

過了一會,若阿金從沉思中驚醒。他深深地嘆了口氣,慢慢地站起來走到大門口。外面的鳥兒們都已經飛走了。他抬起頭望著天空中的一彎新月。一陣微風吹來,枝頭的樹葉相互拍打著,微風似乎吹進了他的靈魂,他被眼前的一切陶醉了。突然間,他又彷彿恍然大悟 —— 只有兩情相悅、相互恩愛,才能產生真正的幸福。他獨自回到房間用門閂把房門鎖上,抽著香菸努力整理著自己混亂的思緒。沒多久,走廊外面響起腳步聲。

「若阿金,你睡覺了嗎?」萊萊莎老媽高聲問道。

「沒有睡!我在這裡休息一會。」若阿金急忙回答道。

時間一分一秒地流逝,小客廳裡點燃了一盞橄欖油油燈,燈光把整個客廳映成橘紅色。

「若阿金,你不喜歡吃糊糊粥嗎?」老媽一邊和藹地問,一邊看著飯桌上若阿金一口都沒有吃的食物。

「喜歡,當然喜歡。只不過我現在肚子不餓。」

「我能收拾盤子嗎?」

「好的,您收拾吧。」

萊萊莎老媽拿走了剩餘的飯菜,客廳裡又充滿了悲傷的氣氛。

一束微弱的燈光照在整個房間裡,若阿金靠在門框上,他喜歡夜晚的昏暗。蟋蟀躲在房屋的角落裡鳴叫,他掏出香菸用力地抽著。接著,他又開始新一輪的推理。

復仇

他不知道該傾向誰——是該相信自己的好朋友，還是該相信的自己的女人？難道是安東尼奧・塞巴斯汀弄錯了嗎，還是自己冤枉了無辜的卡塔麗娜？

他又猶豫不決了，甚至感到有些迷茫。

安東尼奧・塞巴斯汀是個嚴謹的人，可是，自己的妻子更不是一個稀裡糊塗的女人。安巴卡人是一個值得信賴的人，卻帶來這樣的噩耗給他。卡塔麗娜是他最鍾愛的女人，他從未質疑過她的忠貞，她的人品、舉止無可挑剔。他到底該相信誰呢？如果相信了自己的好朋友，等於相信自己的妻子在外面偷歡；如果相信自己的妻子，意味著自己最好的朋友在對他撒謊。卡塔麗娜人品端正，應該是自己的朋友在撒謊。因為安東尼奧・塞巴斯汀愛開玩笑，也可能是他在故意開玩笑。

安巴卡人有時候像孩子一樣。比如，掛在牆上的鸚鵡鬧鐘，鸚鵡從屋子裡出來鳴叫的時候，安巴卡人會抓住它以便清楚地看到鐘錶內部的一切。他在別人家的時候不摘帽子，唯一的理由竟是怕自己的帽子被別人偷走。同樣，還有很多故事也非常詼諧！假如你想了解一對同父異母的姐妹，誰是前妻生的，誰又是現在的妻子生的，你會去當著雙方的面問這樣的問題嗎？同樣的道理，當有人想知道自己手腕上的手錶顯示的時間時，恰巧手錶機芯不運轉了，你會幽默地回答「時候不早了」嗎？但是，儘管如此，他並沒有損害到誰的利益，而且，看到他的樣子大家都會會心一笑——安巴卡人從來沒有給大家製造過麻煩。但是，在這件事情上，他說話時態度非常嚴肅，並不是開玩笑的樣子。到底事情的真相是怎樣呢？

若阿金再一次陷入沉思。啊！上帝啊，該怎麼辦！

突然，他腦海中產生了另外一個想法：安東尼奧・塞巴斯汀是親眼看

到卡塔麗娜偷情還是道聽塗說呢？親眼所見和道聽塗說區別很大：看，是透過我們自己的雙眼；聽，是透過別人的雙眼。再說，即便是我們親眼所見 —— 有時我們的眼睛也會欺騙我們。

卡塔麗娜的樣子又一次出現在他的腦海中，那美麗婀娜的身姿、動人的黑眼睛、甜蜜的嗓音再一次征服了他，他又覺得是安巴卡人在說謊 —— 她只愛他一個人，不可能再喜歡其他男人了。

儘管女人會欺騙身邊的人，儘管她們的嘴會說謊話，儘管她們的心也會搖擺不定，但若阿金最終還是堅信自己的女人卡塔麗娜是清白無辜的。解決問題的好方法，就是找到自己的朋友和他進行深度交流，了解清楚這件事。

若阿金走出屋門的時候感到渾身僵硬。

老爹一家人還在院子裡聊天，不過，現在他們都已經躺在蓆子上了。帕斯科爾老爹起身問道：

「若阿金，你今天不在家裡睡了嗎？」

「在家睡啊，我等等就回來。」若阿金急忙回答道。

皎潔的月光令人陶醉，小河流水潺潺，樹叢裡斑鳩們在沙沙地歌唱，鴿子們在鳴叫，鸚鵡在哭泣，烏鴉在嘎嘎叫。

六

當若阿金的幾種想法進行著激烈交鋒時，安東尼奧・塞巴斯汀待在另一間茅草屋裡也陷入矛盾之中 —— 仇恨和理智在不停地博弈。

復仇

　　黑暗籠罩著茅草屋，他已經厭惡了這種玷汙他人名聲的報復行為。他竭力想保持內心的安靜，但這已超出了他的承受能力：當他開始這場報復計劃的時候，一場戰爭便拉開了帷幕。如果他就此罷手，那麼卡塔麗娜和其他人還會嘲笑他的虛榮，而且，他的糗事還會傳播得更廣。在這寂靜的夜晚，他彷彿聽到一些人在瘋狂地嘲笑他。卡塔麗娜必須為此付出應有的代價，現在有這麼多人嘲笑他，都是因她而起。所以，他不顧長途跋涉來到卡比利村找到卡塔麗娜的丈夫若阿金，向他編造出卡塔麗娜偷情的事情，而且，若阿金可能相信了自己的話。如果這件事不能讓卡塔麗娜顏面掃地，他便會去找那個巫師用巫術殺死她──巫師根本不懂什麼是憐憫，而很多人便那樣輕易丟掉了性命。巫師向他展示過報復的種類：汙名、神經和死亡。

　　月亮撕破了黑暗，黑暗的靈魂也在黑夜中出沒，正義的光芒籠罩著邪惡。安東尼奧·塞巴斯汀用簡單的語言便能玷汙一個女人的名節，讓她遭受別人的辱罵，而他卻將自己偽裝成學識淵博的大師。事實上，是由於他的錯誤才招致了大家的嘲笑，這並非是卡塔麗娜的錯。他不認識字，可以把事實說出來，沒有人會去責怪他；並不是所有人都能捧起書本讀書，甚至，很多白人也是大字不識幾個。因此，我們沒有必要虛偽地偽裝自己。如果有人嘲笑你，你必須找出原因，在他們的嘲笑中去改變自己──我們不能去抱怨任何人，更不能報復他人。我們應該從現在做起。如果安巴卡人按照這種方法去平息他的怒火──卡塔麗娜遭遇不幸的事情，那只能讓他受到更大的譴責，他一輩子只能活在別人的陰影下了。

　　以上所說是真知灼見。仇恨像一層黑紗，它可以矇蔽我們，讓我們失去分辨是非的雙眼，且說出一些腦殘的謠言。

　　但是，安東尼奧·塞巴斯汀並沒有覺得自己在說謊──儘管他讓卡

塔麗娜哭泣，但是讓她哭泣不代表他說若阿金已經去世了。雖然追根究柢這事還是因為他不識字而引起的。

「安東尼奧·塞巴斯汀，你在家嗎？」若阿金站在門外邊喊邊敲門。

「是誰在外面啊？是若阿金嗎？」說著，安巴卡人打開屋門。

「嘿，你怎麼想起現在來看我啊？剛剛你是像轟狗一樣把我攆出你家家門的啊！」

「哎呀，塞巴斯汀，你可千萬別生氣啊！」

接著，若阿金請安巴卡人到屋外，想和他聊些事情。

他拍了拍安巴卡人的肩膀，藉著濛濛的亮光，兩個人來到一個四下無人的地方坐下來。

此時，外面突然響起不祥的轟隆聲。樹梢上的葉子瘋狂地搖擺起來，樹叢裡面的斑鳩都停止了歌唱，鴿子卻還在鳴叫，偶爾還能聽到鸚鵡和烏鴉的叫聲。草叢中的螻蛄們像管絃樂團一樣在彈奏、展示著牠們的樂器。在悶熱的空氣中，蚊子嗡嗡地飛著。這裡唯一常年演奏的「樂器」，是那條從本戈省邊界奔流而來的小河。在朦朧的月光下，村子像一隻沉睡的魔獸。

若阿金和安東尼奧·塞巴斯汀兩個人的談話是在煙霧繚繞的環境中進行的，他們聊了很長時間，安巴卡人還添油加醋地偽造了一些汗曦卡塔麗娜清白的細節。若阿金是懦弱的，他被謠言擊潰了。

最終，若阿金用沙啞的聲音說：

「我們明天回盧安達，好好修理那個賤人！」

復仇

月夜

月夜

一

　　月夜，皎潔的月光照著整個山村，人們彷彿披上了一身銀裝，這令他們的心中充滿愛。月夜的場景是如此的壯觀。小山和村莊，小河和大海，情人之間的竊竊私語和熊孩子們的兒歌，所有的一切是那麼美好。

　　卡塔麗娜家的屋子門口放著一張蓆子，卡塔麗娜、吉列爾米娜、洛洛塔和桑塔都坐在蓆子上愉快地聊著天，還有一些人在唱歌 —— 這是一個小型的聚會。一眾人圍坐在地上，形成一個大大的圓圈，小孩子們撿起地上的石子歡快地蹦跳起來，然後，向圈子的中心丟石子，到最後誰的石子丟在圈中最多，誰便是勝利者。小孩子們一邊投擲小石子，一邊歡快地跳舞。大人們搖著手中的鈴鐺，孩子們優美的歌聲迴盪在天空中：

丟石子，

地上滾著走！

在葡萄牙，

地上滾著走！

在木薩米迪什沙漠，

地上滾著走。

鹿神啊，

我們的孩子在哭泣！

鹿神啊，

我們的孩子在流淚！

「啊，我們的孩子在悲傷！

「啊，我們的孩子在哭泣！

「為什麼我們大家不是同樣的膚色呢？一些人是白人，一些人是黑人，還有一些人是混血人……」桑塔問道。因為她看到路邊有一個白人和一個黑人在談話，於是想起這個問題。

「怎麼問那麼笨的問題！這都是上帝造成的結果啊！」吉列爾米娜責備地說。

洛洛塔老太太突然笑了起來，她說：

「妳可別責罵桑塔啊，她的問題非常有意思。小時候，我的爺爺奶奶專門用一個故事解釋過這個問題給我聽過。」

「是嗎，外婆？那您講講那個故事啊。」桑塔拍著手求自己的外婆講故事，她非常喜歡打破砂鍋問到底。

老太太的兩個女兒卡塔麗娜和吉列爾米娜也坐到她身邊請求她講故事，因為，她們也想知道這問題的答案。

老太太接受了孩子們的強烈的請求，微微搖晃著身體呵呵地笑起來。接著，她清清嗓子，開始講述神話：

「古時候，天和地是一個混沌狀的圓球，只有一對夫妻生活在世界上。男子是一個黑人，女子也是一個黑人。後來，他們的孩子陸續出生了，當然，他們的孩子也都是黑人。他們共同生活在一片土地上。在這片土地上只有一個湖泊，而且湖水的面積很小，或者說非常小。一天，他們為了解決洗澡的問題，制定了一個規矩，從父母開始，按照年紀大小的順序去湖中洗浴。這對父母首先下湖洗浴。當他們夫婦走出湖面的時候皮膚變成了玫瑰紅。接著，是一個兒子一個女兒輪流去洗。他們兩個洗浴之後

月夜

皮膚變成了白色。下一對小兄妹跳進了湖裡，隨後，他們變成了混血人一般的皮膚。最後一對小兄妹還沒有來得及洗浴，湖裡的水乾涸了。他們只好用手搓身上的灰泥，所以，這對小兄妹變成了淺色皮膚。」

洛洛塔老太太用手拍打著小外孫女桑塔的腰說：

「這是我的答案。為什麼世界上有白人和黑人之分，就是這個原因……」

小桑塔哈哈大笑，看著外婆說：

「啊！這麼說白人曾經也是黑人啊！……」

小桑塔很少和自己同齡的小朋友玩耍，她反而喜歡和年長的人在一起。

「桑塔說得對啊。現在雖然我們的膚色是不同的，但是，我們的血液卻是一樣的。」卡塔麗娜贊同桑塔的觀點。

吉列爾米娜也隨聲附和說：「是啊，我們的血液和其他東西都是一樣。」

老太太突然改變了語氣，傷感地說：

「小湖的水都乾枯了。如果有足夠的水夠我們大家都洗浴，猜想我們這一家子也都是白人啦。」

接著，她們老少四人都沉默下來。

院子外的小孩子們手拉手，排成一排，再手搭手形成一個拱橋，小孩子一個接一個穿過拱橋。接著，他們把手搭手的拱形橋變換成圓圈形狀。在玩遊戲的時候，他們要高興地唱遊戲歌曲：

我們的老鷹，

死亡之鷹！

我把牠送給你，

我們老鷹。

離開的女人,

日日思念家人。

我把牠送給你,

我們老鷹。

腐爛的香蕉,

日日思念。

我把牠送給你,

我們老鷹。

牠從這裡飛來,

也從這裡飛走……

我把牠送給你,

我們老鷹。

小孩子們三五成群愉快地玩著遊戲,一些孩子還在玩影子遊戲。吉列爾米娜看到自己的孩子桑塔也在玩影子遊戲,不由得訓斥她:

「嘿,妳在這裡幹什麼!妳不知道晚上玩影子遊戲會給你自己帶來厄運嗎?」

小女孩桑塔心中很不高興,不過,還是乖乖地坐回到蓆子上。現在,她只能坐在蓆子上眼睜睜地看著自己的小夥伴嬉戲打鬧。

「外婆,妳講故事給我聽吧。」小桑塔感到無聊,便請求自己的外婆。

外婆說不行,她有些睏了。

卡塔麗娜也請求說:「老媽,我們再聊一會天吧,您看看今天的月亮

月夜

多漂亮啊，我真想一晚上都在這裡待著。您給我們講個小故事吧。」

老太太深呼一口氣，回憶著自己年輕時最喜歡的山區的月夜。她慢慢地說：

「好吧。我讓妳們猜幾個小謎語吧。妳們要注意聽啊！如果猜不出謎底，就都回去上床睡覺。如果你們猜不出來謎語，又不去睡覺，就要接受我的小懲罰。如果妳們不想受懲罰，請注意聽謎題啊。」

她們三個坐在蓆子上面，都表示同意老太太的意見。如果她們三個猜不出謎底，她們都要去睡覺，而且還要接受老太太的懲罰。

老太太清清嗓子，想了想說：

「我開始說謎題了。」

「請出題！」

「我的謎題是：一個老太太開墾一片自己的土地，可是，為什麼到收割的時候什麼收穫都沒有呢？」

小女孩桑塔笑著大聲搶答道：

「是因為她種的都是稻草，而且被大火燒光光了。」

老太太微笑著說：「是嗎？妳們還有其他答案嗎？」

卡塔麗娜笑著說：「謎底是頭髮！」

小桑塔覺得不理解，想知道謎底為什麼是頭髮。老太太把土地和頭皮做對比——頭髮也是可以種植的。

接著，桑塔的外婆又大聲說：

「我開始講謎題了！」

「請出題！」

「從遙遠的葡萄牙寄來一封信，為什麼沒有人能讀懂呢？」

「因為這封信是星星。」吉列爾米娜解釋說。

小桑塔不解地問：「啊！難道星星也是我們的信嗎？」

吉列爾米娜和卡塔麗娜看著小桑塔認真的樣子笑了起來。

外婆解釋說：「是啊，它們是星星，你想想，誰能把天上的星星數清楚啊？沒有人能做到吧！」

老太太又接著說：

「我出謎題啦。」

「請出題！」

「謎題是：一個駝背的小老太婆，身體總是彎著。等到她去世的那天，她的腿卻伸直了。打一個物品。」

小桑塔還沒有等外婆說完謎題，便搶答說：「是O型腿。」

她們三個人聽到小桑塔的回答哈哈大笑起來。

「當人死的時候，難道她的O型腿會伸直嗎？」老太太問道。

「啊！我知道了，謎底應該是菸斗。」卡塔麗娜說。

老太太說：「回答正確！」

她繼續說：

「請你們聽題！」

「請出題！」

「老太婆有一個小家，每天清掃卻還是很髒。打人體一個器官。」

卡塔麗娜假裝打噴嚏地說：「謎底是鼻子。」

月夜

「再請聽題！」

「請出題！」

「它是家裡的主人，但是，為什麼總是睡在路上？打一種植物。」

桑塔拍著巴掌說：

「是南瓜。」

「呵呵，妳終於猜對了一次。」吉列爾米娜稱讚她道。

「請聽題！」

「請出題！」

「一個人在海邊丟了一樣東西，為什麼回來找卻找不到呢？請問他丟的是什麼？」

卡塔麗娜回答：「是腳印。」

小桑塔不明白為什麼是腳印。卡塔麗娜便問她，誰能在海灘上找到自己的腳印呢？

「請聽題啊！」

「請出題！」

「什麼東西沒有腳卻又能走呢？」

小桑塔急忙回答：「是獨木舟。」

「請聽題！」

「請出題！」

「上帝提供給我們一汪清水。打一個果實。」

小桑塔積極搶答說：

「是椰子。」

老太太非常高興：

「哇！我們的小桑塔現在已經學會搶答啦！好吧，我再出一個謎語。」

「小山頂上有一棵棵白色的樹。猜人身上的一件東西。」

吉列爾米娜笑著對桑塔說：「桑塔，你看看你外婆啊……」

小桑塔仔細觀察一番自己的外婆，可是，依舊想不出謎底是什麼。

卡塔麗娜對自己的外甥女說：「桑塔，你現在把外婆頭上的白頭髮拔掉吧。」

洛洛塔老太太笑著說：「好了，這道題算作廢了，卡塔麗娜給小桑塔提示啦。」

「請聽題啊！」

「請出題！」

「在大海中心有個窗戶，窗戶裡面還有一個小窗戶。打一個物品。」

吉列爾米娜揭祕說：「謎底是漁網！」

「桑塔，我現在專門給妳出一個簡單的謎語，看你能不能猜出來。謎題是：外表銀閃閃，裡面金燦燦。打一食物……」

小桑塔沒等自己的外婆說完，立即站起來舉起手大聲喊：

「我知道啊，我知道了！謎底是雞蛋！」

洛洛塔老太太也很高興，拍著小桑塔的頭說：

「我的小外孫女真聰明！真是我的寶貝蛋啊！等過一段時間，我一定幫妳買一件星期天穿著出門的漂亮花衣服。妳聽到了嗎，桑塔？」

趁著外婆的心情好，小桑塔渴望已久的願望終於要實現了：

月夜

「外婆，妳真的要給我買一件像花仙子一樣漂亮的花衣服嗎？哦，我太高興了。」

吉列爾米娜也非常高興，急忙追問：

「老媽，因為小桑塔猜對謎語，妳要幫她買新衣服嗎？」

「當然啊！孩子開心才最重要啊……」老太太解釋說。

卡塔麗娜打斷她們兩個人的講話，說道：

「媽媽、姐姐，妳們別總是聊花衣服，我們還是繼續猜謎語吧。」

老太太笑了笑說：

「好的，請聽題！」

「請出題！」

「我扔下一粒玉米籽，所有的母雞跑過來都能啄一下。打一個物品。」

卡塔麗娜笑著說：「呵呵，我知道啦。謎底是牙齒。」

小桑塔坐在外婆的懷裡哀求說：

「外婆，求您講個小故事給我們聽吧。」

坐在兩旁的卡塔麗娜和吉列爾米娜也輪流請求說：「是啊，老媽，您再講個小故事吧。」老太太神態自若，微笑地看著自己的孩子們，問道：

「妳們還想聽我講故事嗎？」

「想聽啊！」三個人異口同聲地回答。

老太太開始講故事：

有一天，獅子先生肚子非常餓。為了能弄到食物，他不停地在村外徘徊。他走啊走啊，走了很長時間，最終他碰見了兔子先生。啊！獅子先生想，這隻兔子可以給我打牙祭。

獅子先生躡手躡腳地慢慢靠近兔子先生。但是，當他快要靠近兔子的時候，兔子先生卻不慌不忙地搖著手中的摺扇站在一株野草前面，他仔細地上下打量那株野草——行為很奇怪！飢腸轆轆的獅子先生只想著美味的烤兔子肉，噌的一聲跳出數公尺遠的距離！可惜他運氣太差！兔子先生事先在地上挖了一個陷阱，正等著獅子掉進去呢。

　　當獅子掉進陷阱之後，他怎麼跳也跳不出來。於是，他什麼都不做了，只乖乖地趴在地上想自己該怎麼逃脫。

　　時間一分一秒地過去了。突然，一個獵戶出現在陷阱處。獅子先生急忙哀求他：

　　「哎呀，獵戶先生，求你不要殺我啊！求你把我救出去吧！我家裡還有嗷嗷待哺的小獅子啊。」

　　獵戶心地善良，看到這可憐的獅子，產生了憐憫之心；又想到他家中的小獅子們，他立刻把獅子放了出來。這時，又聽獅子先生說：

　　「請把你身上的牛皮皮帶給我吧，我現在真的很餓。」

　　獵戶先生解下腰間的皮帶給了獅子。很快，獅子狼吞虎嚥地吃下了整條皮帶。接著，獅子又向獵戶要求說：「請把你的獵槍給我吧，我的肚子還很餓啊。」

　　善良的獵戶先生把自己的獵槍給了他。獅子先生又一次狼吞虎嚥地把獵槍吞到自己的肚子裡。獅子再一次對獵戶說：「把你的手臂給我吧，我的肚子太餓了。」

　　獵戶先生拒絕了獅子的要求。他們之間爆發了一場激烈的論戰。就在這時，烏龜夫人從他們身邊經過。獵戶先生攔住龜夫人，向她講述了事情的經過，並且請求她幫忙解決他們之間的問題。龜夫人了解了事情的前後

月夜

經過，但是她裝作聽不懂的樣子，不慌不忙地問道：

「獅子先生，你一開始是在什麼地方啊？」

獅子先生一下子就跳進了陷阱裡面，並對龜夫人說：

「一開始我在陷阱裡面，像現在這個樣子⋯⋯」

龜夫人看見獅子跳進了陷阱，哈哈大笑起來，轉身對著獵戶先生說：

「善有善報，惡有惡報！以後你自己一定要注意那些惡人啊！」

老太太講完故事後說：

「我的故事講完了，故事是好還是壞你們自己心裡會明白。」

「這個故事很好。」三個人一起鼓掌。

「這是個好故事啊。您再講一個故事吧。」

老太太欣然接受了大家的請求：「好啊，我再講一個。」

一位獵豹夫人想找一個保母照顧她年幼的孩子們。她的孩子們剛剛出生幾天，所以身體都很弱小。她東問詢西打聽，可是沒有一個人願意幫她照顧孩子。因為所有人都害怕獵豹夫人。最後，她終於找到兔子先生幫她照看孩子——兔子先生非常願意幫她照顧孩子。

當獵豹夫人外出捕殺獵物的時候，兔子先生在家裡好好地陪著小獵豹們。當獵豹夫人回家的時候，兔子先生把小獵豹們交給獵豹夫人，然後，由獵豹夫人一個一個為他們餵奶。就這樣，他們母子和兔子先生相安無事地過了很長時間。

一天下午，狐狸女士手裡拿著一塊肉和一碗木薯糊糊粥出現在獵豹夫人的家門口。不過，這時獵豹夫人並不在家中。兔子非常高興，大口品嘗著狐狸帶來的美食。由於肉的數量少，所以只有木薯糊糊粥剩下很多。

狐狸女士看著旁邊的小獵豹們，眼睛滴溜亂轉，她對兔子先生說：

「我們的肚子還有點餓，不如我們兩個人吃個小獵豹吧？」

兔子先生拒絕了狐狸女士的提議，他害怕小獵豹的母親。但是，狐狸又建議說：

「兔子老兄，你不是每次逐個把小獵豹遞給獵豹夫人餵奶嗎？你可以這麼做：在獵豹夫人餵奶的時候，你把同一隻小獵豹多次遞給她。聽懂了嗎？」

兔子先生笑了，並且同意了狐狸的意見。兩個人開始享用小獵豹。

當女主人回家的時候，兔子先生按照狐狸女士教授的方法把同一隻小獵豹交給獵豹媽媽餵了兩次奶，接著，兔子若無其事地回到了自己家裡。

第二天，狐狸女士又出現在獵豹夫人的家裡，手裡拎著一條蚱蜢腿和一碗木薯糊糊粥。兔子和狐狸兩個人吃得非常高興。他們邊吃邊聊，直到碗裡面剩下很多的木薯糊糊粥。

狐狸女士舔著嘴巴對兔子說：「兔子老兄，我們今天再吃一隻小獵豹吧？」

小獵豹總共有七隻，隨著時間的推移，他們一天一天地消失了。當最後一隻小獵豹也消失的時候，兔子先生決定設計一個故事。他找來一根繩子假裝上吊，以博得獵豹夫人的同情。

跟以往一樣，獵豹媽媽按時回家了，她大聲地叫兔子先生，卻沒有人回應。她找遍了整個屋子終於找到了兔子先生，兔子先生正要尋短見上吊自殺。她急忙把吊在兔子脖子裡的繩子解下來。

獵豹夫人大聲地問：「我的兔子先生，家裡到底發生了什麼事了？」

月夜

兔子先生一動不動地躺在地上,像死了一樣。

「我的孩子們在哪裡啊?他們到底在哪裡?」獵豹夫人聲嘶力竭地咆哮著。

慢慢地,兔子先生開始現出「生命體徵」。獵豹夫人開始問他:

「兔子先生,家裡到底發生了什麼事情啊?」

兔子用微弱的聲音解釋說:

「哎呀,獵豹夫人啊。剛剛來了很多的野獸!他們窮凶極惡地吃掉了妳所有的孩子,我奮力反抗想保護妳的孩子,但他們卻……」

最終,獵豹夫人和她的兔子先生約定展開復仇行動。兔子先生則急忙出去以製造一些虛假的證據。那天,他召集了很多野獸到家裡,讓他們在屋裡唱歌跳舞。

兔子看見野獸們玩得非常盡興,便教他們唱歌,並說:「你們為什麼不用另外一種方式去唱歌呢?你們應該這麼唱:我們吃掉小獵豹……我們吃光小獵豹……」

野獸們覺得兔子先生的建議非常好,他們玩得很高興,並接受了兔子的建議。後來,兔子先生又回到獵豹的身邊,對她說那些凶手們在自己的家裡開派對,而且,還在唱吃小獵豹寶寶的歌曲:我們吃掉小獵豹……我們吃光小獵豹……

獵豹夫人來到家門口,親耳聽到野獸們口中的歌曲。但是,她卻沒有立即衝進去殺死那些野獸。她讓兔子先生用假消息去矇騙那些野獸,她想透過這個假消息了解所有野獸的表現。

兔子按照獵豹夫人的吩咐,回到屋中對野獸們說:「朋友們,告訴你們一個天大的好訊息:那頭老母獵豹已經死了。你們大家跟我一起去獵豹

的家裡慶祝她的死亡吧！」

聽到這個好訊息，所有的野獸都非常高興。他們帶著各自的樂器來到獵豹的家中。

在獵豹夫人家中，獵豹夫人像死了一樣一動不動地躺在地上。看到這樣的場景，大家都相信了兔子的話，開始盡情地歌唱跳舞。只有猴子先生蹲在樹枝上承擔起警戒的任務；但是，獵豹夫人已經死了，猴子也覺得沒有什麼危險存在。

在大家狂歡之後，兔子先生邀請所有的動物到母獵豹裝死的房間裡享用美食。所有動物都跟著兔子進了房間，只有猴子一直待在樹枝上。

趁動物們混亂地交談時，兔子從房間裡走了出來，並把房門鎖了起來。就在此時，獵豹夫人突然站起身咬死了屋子裡所有的野獸……

現在，需要一條長長的繩子捆綁所有動物的屍體，於是兔子先生跑到一座荒涼的小村子裡找繩子，在路上卻碰到一條飢腸轆轆的蟒蛇。蟒蛇女士想吃了兔子先生。

「哎呀，蟒蛇大嬸，求求妳不要吃我啊。我的個子這麼小，也不夠妳填飽肚子啊！如果妳想吃飽肚子，我就帶你去獵豹夫人家裡啊。」兔子先生渾身顫抖著說。

蟒蛇女士覺得他的提議很不錯——而且兔子跟她說獵豹夫人已經死掉了。就這樣他們兩個人來到獵豹夫人的家裡。

蟒蛇女士和獵豹夫人碰面之後，便廝打在一起。蟒蛇用力用自己的身體纏住獵豹夫人的身體，最後，蟒蛇大嬸殺了獵豹夫人。

為了燒火煮肉，兔子先生又跑出去找火。但是，沒多久，他便回來對蟒蛇說：火源存放在狗先生家裡，但是，狗先生卻不願意借給我火。為了

月夜

拿到火，蟒蛇女士跟著兔子先生一同前往狗先生家中。

當他們拿到火的時候，兔子先生點燃了地上的雜草。由於他身手矯健，三步併作兩步跑出了火區，而蟒蛇女士卻被火烤成了蛇肉乾。就這樣，兔子先生輕輕鬆鬆地解決了身邊所有的威脅。

老太太講完了這個故事。

「小故事我已經講完了。是好還是壞，妳們心中自知……」

三個人開始議論起來：「這是一個非常不錯的故事。」

桑塔要求外婆再講一個故事，因為晚上的月夜太漂亮了，她們根本沒有睡意；而且，其他的小孩子也還在外面玩遊戲。

老太太對小桑塔笑著說：

「如果妳想再聽我講故事，妳得幫外婆抓頭上的蝨子。」

老太太高興地平躺在蓆子上面，並把自己的頭輕輕地放在外孫女的懷裡；然後，把綁在頭上的紗巾解下來放在蓆子上；接著，小桑塔開始給外婆抓頭上的蝨子，並用自己的指甲輕輕地把蝨子碾碎。老太太開始講她的小故事：

「都聽好了，我開始講新的故事了。」

「您快開始講吧。」

老太太開始講小故事：

這個故事的男女主角是一對夫婦。女人天天下田務農，並且早上一大早去下田，直到很晚才回來。男人則在外面做一些小買賣。每天，女主人都會準備豐盛的美味給自己的丈夫當午飯。

時間一天天過去，小夫妻生下了一對健康的龍鳳胎。孩子們一天天長

大，開始學會自己吃東西了。女人也漸漸把生活的重心從丈夫的身上轉移到孩子們身上。

男人不喜歡被冷落的生活，他以為妻子已經不再愛他了。久而久之，男人的心裡累積了怒火，他嫉妒自己的孩子爭奪了屬於他的「豐盛午餐」。

兩個可愛的小孩子總是跟著自己的媽媽。但這一天，女人獨自一個人下田工作去了，兩個小孩子在家裡等母親回家。男人看見孩子就非常生氣，便把他們帶到離家很遠的地方。最後，他把自己的孩子拋棄在荒野中。

女人回家後問丈夫，孩子們去了哪裡。男人則回答說，也許是小孩子自己出去玩耍了。女人到處尋找兩個孩子。但是，人們都說沒有看見她的孩子。她整個人像瘋了一樣，四處尋找孩子。她拜託附近村子的村民幫她尋找孩子，可是，到最後也沒有發現兩個孩子的影子。

「哎呀，他們兩個小孩子可能是被野獸吃掉啦。」眾人議論紛紛。

時間慢慢地過去了，女人的心碎了。男人也後悔了——不該做出傷天害理的事情。

被拋棄的兩個小孩子分別叫亞當、夏娃。當他們迷失在荒野中時，他們大聲地喊叫著爸爸媽媽，一邊喊一邊哭。天漸漸地暗下來，兩個小孩子心裡充滿了恐懼，他們不知道自己該去哪裡。後來，亞當只好牽著妹妹的手爬上一棵高大的猴麵包樹，以防晚上出沒的野獸襲擊他們。荒野中野獸經常出沒，所以，夏娃只好留在樹上，亞當為了找尋親人便爬下樹。在他爬下大樹的一瞬間不幸的事情發生了：一頭野獸跑過來吃掉了他。

沒有父親、母親和哥哥的照顧，夏娃變成了一個可憐的孩子，不過，她是一個勇敢的孩子。飢餓的時候，她便小心翼翼地爬下樹，找一些能充

月夜

飢的食物。她靠吃野果子充飢生活了很多年。

有一天，一個獵戶和他的僕人經過夏娃藏身的那棵猴麵包樹。從遠處看，獵戶還以為猴麵包樹上是一隻大猴子，但是，他的僕人說不是猴子，而是一個飢腸轆轆的人。獵人沒有開槍射擊，他急忙跑到了樹下面。

啊！太令人高興了！原來樹上果真不是一隻猴子，而是一個漂亮的女孩子！僕人立刻爬上樹，把可憐的夏娃安穩地抱了下來。接著，獵人把夏娃帶回自己的家中。

再後來，獵人和夏娃結婚了。夏娃的丈夫還繼續自己的獵人生活。

某一天，獵人和自己的朋友聊天，朋友說所有的女人都非常奸詐。獵人不同意他的說法。最後，他們兩個人決定打賭定輸贏：獵人的朋友決定用計謀測試一下夏娃的忠貞度。獵人滿口答應。

那朋友竟使用了下流卑鄙的無賴手段：他和一個女乞丐約定好，用裝可憐的方式獲取夏娃手上的戒指。夏娃是一個心地善良的女人，總是施捨一些食物給乞丐。女乞丐總是三不五時地跑到夏娃的家裡索要食物，所以，她了解到夏娃的性格和一些生活習慣。女乞丐了解到夏娃總在同一個時間去沐浴。這一天，當女乞丐在門口吃飯的時候，夏娃回到後院沐浴，她把自己的戒指放在屋子裡的桌子上。於是，女乞丐成了女小偷，她拿著夏娃的戒指逃走了。

獵人的朋友從女乞丐手中拿到戒指之後去找獵人。獵人看到自己女人的戒指出現在自己朋友的手上時，感覺五雷轟頂。他想立即殺死夏娃，可是，他又非常愛自己的妻子。所以，他把夏娃帶到一個非常遙遠的地方，並命令她待在那個鳥不拉屎的地方。

儘管夏娃盡力反抗，但她還是遵從了丈夫的命令。她走了很遠的路才

看到一戶人家，這戶人家居住著一對老夫妻和他們的兒子。她並不認識這個男人，但是她曾經聽說過這個男人，他是一個有名的麻煩製造者。夏娃被偷的戒指就戴在他的手指上。夏娃默默地看著戒指，她想知道事情的原委。

於是，夏娃便留下來生活。她聽見這戶人家的老太太對自己的兒子說：

「兒子，你看看，剛剛到我們家的客人不是男人，而是一個楚楚動人的小女人。」

兒子聽到自己媽媽的話，笑了，他知道會是這樣的。老太太擁有豐富的人生經驗，她在烹飪的食物中放了很多肉，以便博得夏娃的好感。可是此時，夏娃根本沒有胃口。隨後，那兒子建議夏娃和他到花園裡休息——如果他們兩個人能睡在一起，就算達到目的了。在花園裡夏娃一直假裝睡覺。最後，她接受男人的邀請到大海邊沐浴。這時她只想逃跑，當她脫下身上的救生衣時，男人拿出一封信。這封信帶來一個壞消息。信中寫道：夏娃的丈夫把她嫁給了這個男人。

一天下午，夏娃和這家人正坐在院裡乘涼，有四隻小鳥落在地上，兩隻個頭稍大的鳥在互相啄對方。所有人看到鳥兒打鬧都笑了起來，只有一旁的夏娃沉默地坐著。

過了一會，夏娃慢慢地說：這四隻小鳥是一家人，兩隻打架的大鳥是一對夫婦。公鳥性格輕浮，母鳥決定和牠分居，並且要把兩個孩子帶走。但是，公鳥和母鳥的想法剛剛相反，所以，牠們便廝打起來。

這家的老頭子是一個受人尊敬的人，他對夏娃說：

「假如妳能聽懂鳥語，妳一定對牠們說：兒子跟隨母親生活，以後牠可以照顧母親。女兒跟著父親生活，以便以後持家過日子。」

月夜

　　夏娃用特殊的鳥語和四隻小鳥交流起來，牠們拍打著翅膀感謝她的建議。隨後，兒子跟母親飛走了，女兒則跟著父親離開了。

　　作為一份獎勵，夏娃獲得了一個屬於自己的地方。她心裡很高興，就寫了一封信給丈夫，請求他來這裡找她。

　　最後，她的丈夫終於出現了，態度也比以前好了很多。

　　獵人也暫時居住在這戶人家裡。晚上，晚餐過後，獵人問大家是不是想聽一個故事。在場的人都非常高興聽他講故事，只有夏娃默默地站起身離開了。獵人把自己身上所發生的故事講述給在場的每個人聽，只不過把名字換了。後來，他假裝需要找一些東西，便跑到房間裡去找自己的妻子。正在此時，太神奇了！夏娃突然出現在他的面前。現在，夏娃身著漂亮的衣服，像貴婦人一樣雍容華貴地站在眾人面前。

　　獵人用自責的口氣說：「我剛剛說的故事的女主角就是我的妻子；我就是這個故事裡的男主角；故事裡搬弄是非的小人，就是你們的兒子。」

　　也許，是上天的懲罰──沒過多久，獵人的朋友被裝滿瀝青的油桶燒傷了。

　　洛洛塔老太太講完這個故事後說：

　　「我的故事講完了，是美還是醜，你們心中自知……好了，現在我們也該回去睡覺了，等我睡著，小桑塔再抓蝨子給我。我們如果再不睡覺，肚子該叫了。」

二

　　與此同時，若阿金即將趕到盧安達城。月亮照亮了所有的路，隊伍也按照原計劃到達了目的地。安巴卡人的僕人們跟隨在隊伍的最後面，他們還差一小段路程就抵達盧安達城地界了。

　　到達因孔博達市地界後，若阿金走下轎子打發走轎伕，獨自一個人回住所──丈母娘家。夜已深，村子裡已經沒有了歌聲，沒有了孩子們嬉戲打鬧的聲音，也沒有了情侶們打情罵俏的甜言蜜語。村民們已經安睡，只是不時有幾聲狗叫和公雞鳴叫的聲音。家家戶戶的煤油燈都已經熄滅了。若阿金牽著兩匹馬，直接往卡塔麗娜的所在趕去。

　　一陣微風襲來，吹透了他的靈魂，吹得他渾身都在顫抖，整個人陷入了悲傷之中。他的心被輕易地碾碎了，令人驚訝的是，他竟然沒有勇氣去見自己的妻子卡塔麗娜。若阿金牽著兩匹馬停在自己家的轉彎處，他心中猶豫地想此時此刻是否要進家門。

　　突然，傳來一個小孩子的哭鬧聲。聽到孩子的哭聲，若阿金整個人都不好了，他心中為這個陌生孩子的哭聲升起一團怒火。他心想，這個孩子到底是誰的孩子呢？這難道是其他女人的孩子嗎？這時屋內傳來一個女人的聲音，仔細一聽，這個女人正是他的岳母，她一邊唱催眠曲，一邊哄著小孩子睡覺。

　　這時，屋內傳出一個女人的聲音：「妳是不是該給小孩餵奶了？晚上睡覺的時候一定要關好門窗，留意別讓凶猛的老鷹飛進屋子裡。」

　　沒多久，孩子的哭聲止住了。這個時候，老太太從房間走了出來，經過一條走廊回到了自己的屋子裡。她身上鈴鐺發出的聲音在寧靜的夜裡顯

月夜

得那麼的清脆。

嘆息了一聲，若阿金決定繼續往前走。他試圖躲在一旁偷窺屋子裡面的動靜，也許明天對他來說都太遲了。

站在房子附近，他心裡十分激動。窗戶上閃過不同人的影子。微風吹過，樹枝被風吹得沙沙響。若阿金仔細觀察著四周的情況，他的耳朵注意聽著每一個細微的動靜。但是，一個人影他都沒有看到。他的心中有些猶豫，腿也變得沉重起來。他又靠近些，心想，是繼續監視，還是繼續向前走進家門？

村外，貓頭鷹在咕咕叫，青蛙在呱呱叫，斑鳩們也在鳴叫。牠們的叫聲像是哭泣的警報。突然，一群公雞也啼叫起來。

若阿金最終決定了，他躲到了卡塔麗娜的房間的窗戶邊聽牆根。可是，仍然一無所獲，沒有看到不尋常的事情。這一刻，折磨他的痛苦彷彿瞬間蒸發了，他相信是安東尼奧・塞巴斯汀製造假象迷惑了自己的雙眼。

卡塔麗娜曾經和他親愛的若阿金親密無間，可是，這時她卻不知道自己的愛人已經站在了窗外。

正在此時，身懷六甲的卡塔麗娜打開了窗戶。看到窗外的人她大吃一驚：

「若阿金，是你嗎？」

若阿金瞬間感覺到自己的血液沸騰了，他變得怒火中燒，說：「看來事情是真的！妳這個臭婊子！妳是不是打開窗戶迎接你的情人⋯⋯」

還沒有來得及聽清若阿金說的話，卡塔麗娜就跑到門口打開了屋門。若阿金像猛獸一般氣勢洶洶地跑進了屋子。剛進屋子，關上門，暴風雨般的拳頭便重重地打在卡塔麗娜的身上。

「哎呀,哎呀,你想殺了我嗎?」卡塔麗娜哭喊著。

卡塔麗娜的哭聲透過半開的窗戶傳到屋外。此時,卡塔麗娜的母親洛洛塔和姐姐吉列爾米娜在另外的一個房間裡休息,她們兩個人聽到哭聲立即穿上衣服,腳踩木屐跑到卡塔麗娜的門口。

「天啊!是卡塔麗娜在裡面嗎?快把房門打開啊。」吉列爾米娜站在門口激動地對屋裡面大喊,她雙手緊緊地攥起來,像兩個鐵錘。

左鄰右舍的男男女女們聽到哭聲,也迅速穿好衣服跑出家門,順著哭聲傳來的方向找過來。老太太和吉列爾米娜進不了門,聽著卡塔麗娜撕心裂肺的哭聲也禁不住大聲哭了起來:

「哎呀,我可憐的女兒啊!卡塔麗娜,有人想要殺了妳嗎?」

「嗚嗚,我的好妹妹啊!我可憐的妹妹啊!裡面發生什麼事情啊?妳到底怎麼樣了?」

在一片混亂當中,若阿金不再毆打卡塔麗娜了。他順手拿起放在一邊的自己的草帽,一邊瘋狂地給自己搧風,一邊打開門往外跑。

「妳這個淫娃蕩婦!臭婊子!妳一定會不得好死啊!」若阿金口中大罵著。

此時,卡塔麗娜整個人在地上翻滾起來,痛苦地呻吟著:

「哎呀……我快被打死了!……我要死了!我的媽啊!哎呀……上帝啊!」

老太太和吉列爾米娜兩個人著急萬分,但她們只能蹲在地上放聲大哭。夜黑燈暗,她們並沒有看清到底是誰在毆打卡塔麗娜。救援的人們也都陸續趕到,他們也想知道到底是誰在毆打屋子裡的女人。最終,所有人都把懷疑對象集中在若阿金的身上。於是,他們又開始追問打架的原因。

月夜

現場有兩個男人：一個男人有六十歲的樣子，臉上留著大鬍子，名叫貝爾納多，他身穿一件黑色的長大衣。另一個男人叫雅辛多，年紀在四十歲左右，下巴上留著一撮山羊鬍。他上身穿一件帶劃痕的襯衫，下身穿一條灰色細棉布褲子。他們兩個人決定沿路追擊若阿金。

若阿金現在像被瘋狗咬了一樣，整個人都在發瘋。他們追趕若阿金的時候，腳下的拖鞋發出「啪啪」的聲音。他們努力地往前追趕。

「站住！快站住，若阿金！」雅辛多大聲喊叫著。作為回答，若阿金更加努力地往前跑。

「站住！快站住！若阿金，你等等我啊！」

若阿金沒有停住腳步，貝爾納多老頭大聲地開玩笑般說：

「嘿！你們都看見了嗎？我猜想這個傢伙是被卡比利的蒼蠅叮過，人是得了瘋病啊！」

「你說得對，我看也是被蒼蠅叮啦！貝爾納多大叔，你看看那個傢伙的鳥樣……那些蒼蠅不單單能傳播瞌睡病，還可以讓人像瘋狗一樣發作。這麼說若阿金是被那裡的帶病的蒼蠅叮了，要是這樣他可玩完了！」

「是啊，雅辛多。這個傢伙的腦子肯定不正常，要不然怎麼會無緣無故毆打自己的妻子呢……」

若阿金一直往前奔跑。

貝爾納多老頭氣喘吁吁地停在一塊大石頭前面對著雅辛多說：「孩子，我的兩條腿已經不聽使喚了，我要趕快坐下來休息一下。你現在趕快追上去，抓住那個犯瘋病的若阿金。」

老頭子深深吸了一口氣坐在了大石頭上，雅辛多則還緊隨在若阿金身後。

「若阿金，你快站住啊！快站住！」

雅辛多終於追上了若阿金，兩個人停住了奔跑的腳步。

「若阿金，你在幹什麼傻事，你為什麼毆打卡塔麗娜？你妻子到底做了什麼對不起你的事情？」

「她到底做了什麼見不得人的事情？你最好自己去問她！」

接著，若阿金又跑起來。這時，天漸漸變亮，但是，並沒有大亮。這是一個留下詫異、疑問和疼痛的夜晚。

月夜

破鏡重圓

破鏡重圓

一

在位於今天的布拉加村的薩爾瓦多·庫雷亞高級中學附近，躲藏著主角若阿金。他反覆思考著自己這件難事。他變得異常的頹廢，再也沒有力氣去工作了，只是拿著自己心愛的菸袋鍋子抽著土菸。他一想起在卡比利村的日子，眼睛就會被眼淚浸溼，小夫妻相聚的場景也總是在他的腦海中閃現。

這樣東躲西藏地過了兩天，收到訊息的若昂大叔和馬努埃爾便趕過來找到了他們的好朋友若阿金。透過若阿金的敘述，他們了解到麻煩的製造者是安巴卡人安東尼奧·塞巴斯汀。

這場讓人痛苦的風波，並不是所有人都不喜歡。幸災樂禍的人就有一個，她便是若昂娜。現在，她聽說自己的前男友若阿金的葬禮竟然是一場鬧劇，內心湧起了萬分邪惡的想法——如果卡塔麗娜的希望都落空了，那麼現在的結果將非常有利於她若昂娜了。她幻想著伸出曾經被若阿金拋棄的雙手，若阿金能夠重新選擇她。現在，若阿金夫妻間出現了嚴重的裂痕，彷彿是上帝又給了她一次得到若阿金的機會。她希望再次得到若阿金的愛！她希望看到轉機！若阿娜暗想：再次感謝上帝，又給我一次得到若阿金的機會。她整個人像打過興奮劑一樣歡欣雀躍，她獨自一個人跳起舞，一邊拍手一邊歌唱著他們小夫妻的不幸。現在，若昂娜的另外一個朋友告知她若阿金的現狀——他每天都在東躲西藏，她和自己的朋友大笑起來……她真的是幸災樂禍！但是，這注定是徒勞無果的。人家說：壞的不靈好的靈！

此時的若阿金，坐在一棵腰果樹下，這裡是他臨時的家。他身邊還有

另外兩個男人。這天上午一大早，太陽便開始發出強烈的光，前夜一場大雨使得現在的空氣中充滿了溼氣，給人一種窒息的感覺。

與若阿金飽受痛苦煎熬的形象形成鮮明對比的是他面前一百多公尺外的農場忙碌的情景——農民們在這裡忙碌地工作著，而若阿金則坐在腰果樹下煩惱傷神。在農場裡工作的人都是一些前來做客的客人，他們也到農場幫街坊四鄰工作。有些人則是專門被邀請過來幫忙烘焙麵包果的果肉粉的。農場裡架起一公尺多高的大型的泥質烤爐，然後，將塞在烤爐裡面的稻草點燃，火爐的爐口直接對著一個銅質的架子，這個架子也是烤爐的支撐點。所有在農場工作的人都在辛勤地工作著。第一個完成分配任務的是一個由男人組成的團隊，接著女人團隊也提前完成了農耕任務。

然後，人們找來兩根長長的鐵絲，用鐵絲捆綁住麵包果殼，麵包果果肉則放進陶鍋反覆烘烤。人們手拿工具開始工作，他們把一些農作物倒進一個三公尺高、直徑一點五公尺的竹筐裡。到底是些什麼東西被裝進這麼大的筐子裡呢？比如香蕉樹的樹莖，香蕉樹的葉子。一旁的女人們則拿著長長的大砍刀，努力地分切剛剛從地裡刨出來的木薯。木薯被切成小塊之後，會放在一個大水桶裡進行發酵，發酵的時間在兩個星期左右，發酵過後再把木薯鋪在地上晒乾，晒乾之後再放在一個木頭樁子做成的木頭碓臼裡面，用木棍把木薯塊搗成粉末。那時，一些女人們則在木臼旁邊翻揀出來木薯粉塊的粗大纖維，並將形狀比較大的木薯塊再次放進木臼裡，進行第二次研磨。

年紀大的老人家則躺在蓆子上面，頭下面枕著一個用衣服包裹起來的圓滾滾的木棍枕頭。他們悠閒地躺在蓆子上抽旱菸，或者回憶一下自己年輕時的故事，或者指導一旁的人做一些農活。除了年長的老人，還有一些家庭主婦也坐在凳子或者是大石頭上面休息。她們主要負責所有人員的工

作餐。她們支起三腳架，放上一口大大的陶土鍋烹飪美味的食物。每當勞作的人們飢餓時便可以來品嘗美味可口的飯菜。一旁的女孩子們也都沒有閒著，她們主要負責前往河邊打水。男孩子們主要負責來往酒館購買紅葡萄酒和白酒，同時，他們還買了一些椰子發酵的甜酒。麵包果果肉粉在農村是非常重要的食物來源，而且它的味道鮮美，營養價值也非常的高，現在，它們在人們的精心烘烤之下終於變成可以安心食用的麵包果麵粉了。

「嘿，若阿金老弟，你是不是在卡比利村被帶毒的蒼蠅叮了？」若昂大叔責罵道。接著，他坐在了若阿金的身邊。

若阿金沒有回答若昂大叔的問題，只是臉上布滿了苦笑。

馬努埃爾也同樣坐在紅土地上，用同樣的口吻責罵若阿金，而且說話的語調還拖著長音。他到底是怎麼回事，難道出了什麼事情嗎？若阿金曾經是那麼愛他的妻子，而且一直保護著她！他現在的所作所為實在讓所有的人感覺到痛心難過，還有一些匪夷所思。

由於感覺內心委屈，若阿金心中又升起一團怒火。他站起來，麻木不仁地說：「是啊，我心裡是感覺羞愧，可是，是因為那個無恥的女人才讓我感覺到羞愧。」

若昂大叔憤怒地質問道：「可是，你為什麼動手打人？」

若阿金生氣地說：「那又怎麼樣啊！難道她被我打死了嗎？她不是沒有死嗎？那個臭婊子！」

「臭婊子？卡塔麗娜可不是你口中的臭婊子！」馬努埃爾用嚴肅的口吻說。

「她怎麼不是臭婊子？你了解她多少……」若阿金生氣地說。

若昂大叔拿著菸袋鍋，皺起眉頭說：「卡塔麗娜不是你口中的臭婊子。

她是一個勤勞的女人。以後,有很多東西你需要慢慢去了解啊。」

他們三個人坐在樹下陷入沉默,一隻藍知更鳥在樹上鳴叫起來。

一杯茶的時間過去了,若阿金的好友若昂大叔忍不住開口說:

「兄弟,我的話在你心中到底占多大比重?難道到現在你還覺得自己的女人是個無恥之徒嗎?」

慢慢地,若昂大叔抽完了手中的菸,他用一種同情的眼光看著面前的若阿金,他知道若阿金心中仍然存在很多的疑問,便開始慢慢開導他:「若阿金,假如是你的男人去世了,你能體會到做女人的心中是多麼的痛苦嗎?」

在他們身邊一公尺開外的地面上,有一隊黑色的螞蟻軍團,牠們在自己將領的帶領下,排列有序地往前行進。馬努埃爾正試圖打亂這支螞蟻隊伍,聽到若昂大叔責備的話語,他也用同樣的語氣對若阿金說:

「你好好看看自己的妻子,想想你妻子平日的表現,她會做出對不起你的事情嗎?」

若阿金的大腦中產生一個疑問:難道是他們在故弄玄虛嗎?但是,看著他們兩個真摯的表情,他又迷惑了:

「可是,安東尼奧‧塞巴斯汀跟我說了卡塔麗娜的糗事。他千里迢迢從這裡到卡比利村就是為了跟我說那些事情!」

若昂大叔和馬努埃爾兩個人對視一下,更加確定了他們的猜測。

「這件事我們兩個人早預測到了⋯⋯」若昂大叔笑著說。

馬努埃爾心中也憋著一股勁,從地上站起身,用手拍打了一下若阿金的後背。他把前段時間讀信風波的前前後後給若阿金講述了一遍。他曾經給自己的妻子寫過一封信,而且,那封信交到了自己的好朋友安東尼奧‧

破鏡重圓

塞巴斯汀的手中。而安東尼奧裝模作樣地讀完書信之後，跟卡塔麗娜說了兩個字：「哭泣！」由於所有人都相信了他的話，所以出現了很多問題……所以，他的話全部是誹謗！大家知道他的那句話給當事人造成了多大的麻煩……

在他們三個人討論期間，樹上的藍知更鳥由一隻變成了兩隻，並且，牠們在樹上不停地嬉戲打鬧，後飛來的藍知更鳥還用喙啄對方。接著，兩隻小鳥都跳到地面上。

聽到馬努埃爾的解釋，若阿金心中非常吃驚。他們兩個人所說的一切和安巴卡人所說的完全相悖，他不由得心中一涼——難道這就是一個天大的謊言？突然，一來神祕的光照亮他的內心：若昂大叔、馬努埃爾、安巴卡人安東尼奧·塞巴斯汀三個人都是我的好朋友，可是我現在該相信誰啊？

若阿金回頭看著若昂大叔。他想問他們兩個人他到底該相信誰。他剛要開口說話，便聽到遠處的幾隻狗汪汪叫起來。

若阿金支支吾吾地說：「卡塔麗娜怎麼樣了？」

「哎呀，可憐的女人啊，她現在臥病在床，身體狀況很不好！這都是你這個混蛋一手造成……」若昂大叔站起身回答。

「你現在最好趕快回到她的身邊好好照顧她。」馬努埃爾語重心長地對若阿金說。

「呱呱呱！」一隻烏鴉從他們頭頂飛過去。

若阿金不再唉聲嘆氣了，他看到了讓自己興奮的畫面。男人們穿著破爛的衣衫，腰間都繫著一條腰帶，在巨大的盆地裡勞作著，收穫豐碩的麵包果，然後，把麵包果果肉掏出來放在草蓆子上晾晒；女人們頭上戴著有

流蘇的毛巾，有的女人背後揹著小孩子；光屁股的孩子們身穿一條小內褲，在木薯地和乾草地上的火爐旁玩耍。場面非常的喧鬧，但是卻充滿了歡樂的基調。

「啊啊啊！別在這裡扯謊了！」從遠處飄來幾聲女人的聲音。

美麗的農村風景並沒有映入若阿金的眼睛裡，另外一個幻覺畫面卻突然出現在他的大腦中。出現在腦中的畫面便是卡塔麗娜打開窗戶的情景，她結結巴巴叫出自己的名字，想起她當時的樣子，簡直是一場噩夢！隨後便是一場暴風雨式的拳打腳踢。再後來，安巴卡人出現在卡比利的畫面也出現在他的腦海中，他為他講述妻子見不得人的糗事。卡塔麗娜現在可憐的樣子都是拜他所賜！如果，她因此去世怎麼辦啊？我該怎麼辦啊？她現在懷有身孕，身體狀況還很差。我可憐的老婆啊！我為什麼要相信那個可惡的安巴卡人，而不相信自己的妻子啊？該死的安巴卡人！

腦海中兩個不同的場景互相交織著，兩種對立的感覺產生敵對的畫面。懺悔，他想立即回到自己妻子身邊向她懺悔，哀求卡塔麗娜的原諒。每當他想到懺悔的時候心中便無比的疼痛，甚至有種疼到死的感覺。而另外一種感覺是仇恨，仇恨沖刷著他的內心，使他心中產生無名之火。

腰果樹上一隻紅尾鸚鵡嘰嘰喳喳地叫個不停，牠痛苦地讓出了自己的領地，入侵者停留在腰果樹上啄咬著美味的腰果。

若昂大叔和馬努埃爾兩個人安靜地抽著菸，對自己朋友現在所感覺到的痛苦只有深深的遺憾。出於對朋友的信任使他遭受到如此的打擊，並作出傷害自己妻子的事情。他沒有相信自己的妻子，而是像一匹吃了生薑的野馬，沒頭沒腦地相信了那個可惡的安巴卡人。他把自己和妻子之間的夫妻之情拋到九霄雲外。

破鏡重圓

安巴卡人曾是他最尊重的人！真是太可惡了！

「安巴卡人，這個混蛋！」若阿金喃喃自語。

在他念叨這些話時，公雞們時不時地啼叫起來。

一頓責備之後，若昂大叔又像父親一樣說：

「你已經知道事情的真相了，現在趕快回家吧！」

若阿金感到非常後悔，便用力咬著自己的下嘴唇。他不知道自己是否還有勇氣站在卡塔麗娜、岳母和吉列爾米娜的面前。自己真是太草率了！他在卡比利飽受痛苦回到這裡，現在卻不敢再去見自己的妻子。

既然誤會已經解除了，馬努埃爾便伸出一隻手抓住若阿金的手臂問：「你為什麼不想回家？難道你以為你這張臉是卡祖諾村的大人物的嗎？」

「我是覺得不好意思啊！」

「你覺得是不好意思重要，還是悔過重要啊？」若昂大叔深情地說。

「你不是一個傻子，該做什麼事情你自己心裡明白，你現在最重要的是求得卡塔麗娜的原諒。」馬努埃爾對他說著，一隻手還用力地抓住若阿金的手臂。

若昂大叔的話最終打動了若阿金。是啊，現在唯一可以做的是請求卡塔麗娜的原諒。因為，這一切都是他自己的錯。卡塔麗娜或許已經不再恨他，但是，給予他的柔情也一定不會像從前一般了。羞辱，總是會帶給人一段刻骨銘心的痛。

三個人站起身，開始往卡塔麗娜家走去。

二

太陽高高升起。廣闊的沙地上留下血漬般的汙點，彷彿在炫耀太陽燙傷人們雙腳的功績。腰果樹上懸掛著誘人的肥厚的果肉，腰果已經變成微微的金黃色。樹上傳來鳥兒們清脆的叫聲，其間的斑鳩和知了也在不停地鳴叫。豬和羊懶洋洋地趴在地上，張著嘴巴美美地享受著樹蔭的涼爽。村子裡散落的茅草屋裡，時不時會響起說話聲，還會聽到有些人家正在用木臼研磨木薯粉的敲擊聲。

這裡是一個喧鬧的地方，女人和孩子們在這裡抓美味的白螞蟻。由於前夜下雨的原因，地面上累積了很多白色的泡沫。在捕捉白螞蟻的時候，一些女人開始食用螞蟻，另一些女人則把螞蟻裝在一個盆子或者罐子裡。一個頭頂盆子的小販，高聲叫賣自己製作的烤鼴鼠肉，價格為三十塊錢一串。若阿金、若昂大叔和馬努埃爾三個人風塵僕僕地趕往卡塔麗娜的家中，只為終結這個悲慘的故事。

當他們趕到卡塔麗娜家的時候，若阿金害怕走進這個曾經進過無數次的大門。他心中充滿了悔恨和內疚，鄰居們也都趕來規勸他要好好對自己的妻子。他還年輕，不能因為這件事痛苦一輩子。安巴卡人才是真正的惡魔、真正的混蛋！

若昂大叔像惡棍一樣大力地推了若阿金的腰一把，說：「我們進去！難道一個女人我們還搞不定嗎？快進去！」

他們三個人走進了一個涼亭，卡塔麗娜躺在涼亭裡面的小床上，身上蓋著一塊質地粗糙的大布。她獨自一個人在家中，發著高燒，臉變成紫紅色。

破鏡重圓

「卡塔麗娜，我們把罪犯抓來了，現在就聽妳發落……」若昂大叔對卡塔麗娜開著善意的玩笑。

馬努埃爾也用同樣的口氣對卡塔麗娜說：

「若阿金他現在就在這個院子裡！是打還是罵，就聽大人您盼咐……」

他們兩個人的笑話，把卡塔麗娜逗樂了。

當若昂大叔和馬努埃爾離開的時候，若阿金已經坐在卡塔麗娜的床邊了，他輕輕地抓住妻子的雙手小聲耳語說：「麗娜，請你原諒我曾經做過的混帳事吧！」

卡塔麗娜眼中飽含著淚水。現在沒有任何語言可以表達她內心的感受，於她而言，只有原諒和疼痛兩件事。

「妳難道不願意原諒我嗎？妳要恨我一輩子嗎？」若阿金苦苦地哀求說。

卡塔麗娜的雙手在若阿金的手中顫抖了：

「不，我會繼續做你的好妻子！我的心已經告訴我，愛已經回到你的身邊……」

兩個人陷入濃濃的幸福和感動中。

若阿金是一個卑微的小人物，他再次回想起自己所做的蠢事，他像賊一樣偷偷躲藏在窗戶下面偷聽自己妻子的動靜。他覺得自己是一頭披著羊皮的野獸。卡塔麗娜發出的讓人痛徹心腑的哭聲和叫聲「哎呀！……我的媽啊！」在他的腦海中反覆迴盪，眼淚在他的心裡流淌。可憐的卡塔麗娜！太可憐啊！黑色的月亮神啊！為什麼這種事情要發生在她的身上，為什麼要讓她飽受疼痛的折磨？難道這些事情都要讓那個混蛋安巴卡人償還嗎？「哎呀……我快死了！我的上帝啊！」卡塔麗娜的哭聲一次又一次地在他的腦中重放，聲音由遠及近。

卡塔麗娜接受了若阿金的道歉，並試圖走出悲傷的世界。陰霾的天空忽然出現太陽的影子，太陽驅散了身旁的雨雲，露出了它久違的笑容。卡塔麗娜流淚的臉上現出一絲絲的微笑。微笑帶來歡鬧給他們。當若阿金打開窗戶的時候，卡塔麗娜也打了他一巴掌。雖然捱了自己妻子的巴掌，但若阿金心裡別提多高興了。心中所有的煩惱都拋到腦後，妻子能原諒自己，多少巴掌他也願意承受。這一輩子他只願記住自己所愛的人。

　　回想那天晚上，卡塔麗娜小酌了幾杯甜酒，若阿金便忽然出現在她面前，讓她感覺驚喜萬分。晚上她睡覺的時候，蓋了一床很薄的床單。每次她聽到屋外有動靜便會設想是自己的丈夫若阿金回來了，於是她便會從床上蹦起來跳到地上，然後，再跑到屋門口打開屋門，可是，每次都是希望落空。在她被毆打之後，她停止了這種想像，剩下的只有痛苦和眼淚了。

　　大門口，一隻食籽雀歡快地叫著飛進家門，院子裡瞬間變得熱鬧起來。在小床旁邊的一個高凳子上放著一個大瓷盤，盤子裡面還有吃剩下的一些玉米糊糊粥，幾隻蒼蠅嗡嗡地飛在上面。透過小窗戶，太陽光照射著洗臉盆中的水，折射出五顏六色的光。太陽光和折射出的美麗的五彩光芒融合在一起又投射在茅草屋頂。

　　「都是混蛋安巴卡人害慘了我們小夫妻！」若阿金生氣地說。

　　「現在所有的人都不再相信他！」卡塔麗娜說自己在打開小窗戶之前，在夢中見到了若阿金，起床之後才發覺這一切都是夢境。她期望有一天若阿金能奇蹟般地出現在窗戶外面。那天晚上，卡塔麗娜小睡之後覺得天熱，便起身開窗戶，沒想到正好撞上若阿金站在窗外。

　　「怪我太相信安巴卡人安東尼奧・塞巴斯汀的話。我以為妳起身打開窗戶是為了迎接自己情人……」若阿金用悲哀的聲音對妻子說。

破鏡重圓

卡塔麗娜深深地吸了一口氣，她迅速地把自己的雙手從若阿金的手中拿開，對他說：

「若阿金，你難道真的想過我是一個不守婦道的婊子嗎？」

院外，一個從此經過的年輕人吹了一聲響哨。

對於卡塔麗娜的質問，若阿金自知自己罪有應得，所以內心又開始顫抖。但是，這次他主動出擊，又一次抓住妻子的手喋喋不休地說：

「麗娜，妳罵我是應該的！我做了對不起妳的事情！但是，這一切都是嫉妒心在作祟，是嫉妒讓我做出所有的傻事。安巴卡人講的那些謊話每天都在煎熬著我的心。我起初是不相信他說的話的，直到我從卡比利村回來之前也是抱著懷疑的態度！但是，當我看到你開窗戶的時候，我的心不能平靜了，它在流淚。我總是時而相信他的話，時而又質疑他所說的每一句話。哎呀，這都是我的嫉妒心惹的禍！它可以讓我喪失理智啊！最後，我還去找了一個巫師，讓他幫我答疑解惑。他跟我說的每一句話都是負面訊息。我相信他的每一句話，因為他在卡比利是小有名氣的巫師。可是，我真沒想到巫師的每一句話也都是謠言。所以，最終我放棄那裡的生意專門趕回家裡。」

一位小販曾經說過：「芒果是甜的，如果你想吃到甜芒果，就必須經得起磨難。」

卡塔麗娜流著眼淚聽完若阿金的講話，她大聲地發洩般地說：「哼！沒有關係！上帝會看到這一切！上帝是我們的父親，不是我們的繼父！」說到這裡，她笑起來看著若阿金又說道，「這個世界上善有善報，惡有惡報！那個安巴卡人也有自己的兒女！難道將來他給自己的孩子讀書信的時候，也只會給自己的孩子說兩個字：哭泣？他為什麼會那麼讀書信，只能

說明他是一個富有的文盲。哈哈哈！」

村子裡，慈祥的母親們正在照顧自己的孩子，小斑鳩們在附近的樹上嘰嘰喳喳。

這時，若阿金的兩個朋友若昂大叔和馬努埃爾以及卡塔麗娜的母親和姐姐四個人走進了他們的房間。

洛洛塔老太太看到若阿金便開始擼手臂挽袖子，她雙手叉腰對著他大罵起來：「都是你做的好事啊！你還想跑到我們家裡殺死我的女兒嗎？」

若昂大叔急忙替若阿金解圍說：「好了！那些不開心的事都讓它過去吧！現在我們應該繼續往前看。」

「我的爺爺奶奶曾經告訴我：在這個世界上沒有人能認清到底誰對誰錯！」

此時，洛洛塔老太太和吉列爾米娜兩個人坐在床上，若昂大叔和馬努埃爾則坐在一個行李箱上面。若昂大叔語重心長地說：「卡塔麗娜，原諒妳的丈夫吧！現在厄運已經過去，你們還是恩愛的夫妻。再說了，這件事的罪魁禍首是那個安東尼奧·塞巴斯汀。」

「是啊，先生！在他設下隱祕詭計之後，他還巧舌如簧地出現在我們家門口，嘴裡像抹了蜂蜜一樣。」吉列爾米娜拍了一下巴掌說道，隨後，她又打了一個響指。

「這個安巴卡人，真該狠狠地揍他一頓。」馬努埃爾嚴肅地說。

此時的洛洛塔老太太臉色依舊很難看，她站起身說：「哼！這件事還沒有完啊！」

一段時間之後，卡塔麗娜心中產生了報復的念頭。俗話說，善有善報惡有惡報，不是不報時候未到。如果他是無辜的，那麼神靈也會原諒他。

破鏡重圓

神靈會保佑我們所有的人，誰是惡人上帝會為我們指清楚。

「汪汪汪！」院子裡的小狗叫起來，小桑塔在院子裡和小狗一邊玩耍一邊哈哈大笑。

洛洛塔老太太最終同意了他們的觀點，她對著若阿金說：

「你是不是要跟她道歉啊！」說著，她雙手重重地拍打著牆面，雙眼看著天空。接著，她又拍著手祈求說：「上帝啊！我想看到事情的結果，是誰的錯就讓誰受到懲罰吧！」

「老媽說得對：有因必有果，有孽必有報。」吉列爾米娜憤怒地說。

若昂大叔和馬努埃爾也不住地點頭。安東尼奧·塞巴斯汀就是一個徹頭徹尾的混蛋，他一定得為自己的行為負責。

若阿金還處在自責的懊喪中，一直坐在床邊垂頭喪氣地聽著大家的議論。他把自己的一根手指屈起來放在另一個戴著戒指的手指上面。他不會原諒那個安巴卡人所做的挑撥離間的事情。如果那個安巴卡人現在就在盧安達，他一定會揪住他狠狠地教訓一頓！

關於所謂的詛咒，對於那些聰明人來說沒有任何的作用。洛洛塔老太太咬著牙對在場的人說出自己的觀點，聲音時而高亢時而低沉。不過，她說話的時候總是喜歡指手畫腳，她開始了自己的演講：

「麗娜還是一個小女孩。說實話，她現在應該跟著我一起住，一對夫妻不能總是抱著分歧過日子。這件事往小了說，是下雨天打妻子；可是，往大了說，是夫妻感情破裂。今天，別人告訴他自己的妻子在家裡偷漢子，他回到家就可以不問青紅皂白拳打腳踢自己的妻子嗎？現在我心裡窩著一肚子火。作為女人我們也常常捫心自問：這些事情，就像放在火上的

一口鍋，鍋裡面出現了閒言碎語，為什麼鍋下面的火炭和支架卻打了起來？」

「是啊，鐵鍋裡面的三言兩語，怎麼會引來火爐支架和火炭的爭吵呢？」吉列爾米娜隨聲附和說。

「是啊，安巴卡人和鐵鍋一樣是天大的騙子！」

接著，老太太又用同樣的口氣說：

「可憐的女人因此離開自己男人，猜想到後來後悔的便是打老婆的漢子。他們要是聰明懂得挽回女人的心，就應該實誠地向女人道歉。女人也會原諒他。但是，原諒有時也會產生不好的後果，那些男人會回到河邊用幾個臭錢找其他的女人。女人輕易地原諒男人的過錯，是在助長他們的錯誤。」

後來，大家都在狠狠地指責安東尼奧·塞巴斯汀，大家異口同聲地說：「讓他飽受貧血病的折磨吧！」

破鏡重圓

贖罪

贖罪

一

若阿金離開卡比利村回到盧安達城之後，安東尼奧・塞巴斯汀心中竊喜。他又趕到潘帕・雷阿爾村，在那裡他擁有大量的資源，包括土地。由於他感覺到心中有些羞恥，所以他每天都喝到酩酊大醉。他的心中有種說不出的愧疚感，他的內心每時每刻都受到良心的譴責。

安巴卡人之前的強烈的報復心慢慢地消失了，因為他被自己的良心一次次地譴責著，整個人也陷入深深的悔恨當中。他沒有心情工作，總是獨自跑到一個無人的地方，陷入沉思。時間慢慢地過去了，但他的眼前總是出現一些可怕的畫面：一個殺人的畫面。自責的感覺實在太痛苦了！而且，他聽到一個神祕的聲音在責罵他，時不時還會看到卡塔麗娜尾隨在他身後。

安巴卡人在幻覺中看到一個模糊的畫面。他看到卡塔麗娜和她的家人以及她的丈夫若阿金，他們全是該事件的知情人。他們的詛咒像冰雹一樣狠狠地砸在他的身上。他整個人彷彿被巫師控制了一樣。安巴卡人那些日子處於昏昏沉沉的狀態，感覺到生活非常的枯燥乏味。又彷彿被邪神包圍住他的身體！也許，這是因果報應！這件錯事是因他造成的，所以，他也算是自作自受，沒人會為他承擔責任。他會遭人嘲笑，他不是傻子，他知道後果！

安巴卡人的腦海中出現一些他不願意回想起來的畫面，特別是他幫卡塔麗娜讀信的場面，畫面中他裝模作樣地幫卡塔麗娜讀家書，麗娜心急如焚地問他：「大叔，信上都說什麼啊？」而他卻為了自己的面子，不懂裝懂假作斯文地回答說：「稍等啊！」直到最後，他的嘴裡也沒有說出家書的大

意，只是讓卡塔麗娜「哭泣吧」！這些全是他自己做出的蠢事、傻事！

安巴卡人不單單自己的內心受到良心的譴責，而且身體狀況每況愈下，飽受病痛的折磨。他心中只剩下兩個字：懺悔。由於安東尼奧‧塞巴斯汀汙衊他人清譽，反而使得自己受到精神和肉體的折磨。他所受的痛苦源於他內心邪魔的作祟。他獨自坐在濃密的樹下，大口抽著旱菸。鄉間的景色無比的優美，可是，他卻沉浸在無邊無際的痛苦中。枝頭的樹葉在風吹動下不停地擺動，隨風飛舞，並展示出各種不同的色彩。一旁的小溪正為自己永恆的命運潺潺呻吟。

一些人從盧安達城來到此地，他從他們口中聽說了卡塔麗娜被若阿金毆打的事情——她現在已經生重病臥病在床，而若阿金已經把她拋棄。這些話讓安巴卡人感覺到更加的內疚和自責。他只好和自己的妻子嘮叨幾句。他的妻子坐在他身旁安慰他，但是，那些安慰的話卻讓他感覺到更加的內疚和痛苦。

不久，安巴卡人抱病在床，高燒不退。一天晚上，他做了一個非常可怕的噩夢：夢中出現的是卡塔麗娜，她像一個影子一樣時時刻刻跟隨在他的身後。在夢中，卡塔麗娜躺在一個棺材裡，在她的身上和棺槨旁邊堆滿了黃色的菊花。她雖然躺在棺材裡，兩隻眼睛卻怒目圓睜，彷彿她有天大的仇恨沒有了結，並會生生世世一直圍繞在他的身邊，還會一直困擾他的子孫後代。他的生活被人詛咒，他每天都生活在詛咒的陰影下，無論是在家裡還是在路上，還是在其他任何地方，他的生活陷入難以擺脫的詛咒陰影中。現在的安東尼奧‧塞巴斯汀已經不是那個時髦洋氣的安東尼奧了，那個頭戴椰子殼帽、手戴金戒指並夾著雪茄菸的時尚人物。現在的他是一個身穿破衣爛衫、神情低落的窮老頭。之前，所有認識的他的人都會主動模仿他的穿衣風格，甚至是話語言談。可是現在，見到他的人紛紛避開

贖罪

走，並且大家都稱呼他為巫師。在他的夢中，所有人都在模仿他的動作，大家還在他的額頭上綁上一個小樹枝，又在他面目猙獰的臉上塗上五顏六色的顏料。有人雙肩上用帶子綁著一隻大鼓，一邊打鼓一般扭動大大的屁股。脾氣暴躁的人從人群中跳出來，像發瘋的大蟒蛇一樣舞動自己的身體……

每天，安巴卡人都起得很早。這一天，他更是讓妻子聽從自己的安排，早早把燈點上，他恐懼黑暗。安巴卡人的妻子也不知所措了，立刻下了床在旁邊的桌子上找到一盒火柴，劃著一根，點燃了一盞牛油燈。安東尼奧・塞巴斯汀氣喘吁吁地跟妻子講述了剛剛夢中的可怕場面。妻子只好安慰他說，人家都說是日有所思夜有所夢，可能是你白天想得太多啦，加上你現在還在發燒，所以才做了那個噩夢。

燈光依舊亮著，安東尼奧看著牆上自己的影子，彷彿是幽靈在跳舞。那時幾件洗過的衣服正搭在一根繩子上晾乾，他卻把它們的影子想像成魔鬼的影子。接著，他像孩子一樣憤怒地要求妻子把燈熄滅，因為他不想再看到牆上的影子。妻子一口氣吹滅了亮著的牛油燈，整個屋子又陷入了黑暗。

安東尼奧・塞巴斯汀的睡眠品質也越來越差。他躺下去會在夢中看到面目猙獰的卡塔麗娜，她仍然繼續迫害著他，好像她要在夢中報復他。在夢裡，卡塔麗娜用惡狠狠的眼神盯著他，他述說著自己的無辜，而卡塔麗娜卻責罵他卑鄙無恥。突然，他的腦海中又一次出現那個讀信的畫面：他坐在凳子上讀信，卡塔麗娜則充滿期待地聽著。不知什麼時候，突然出現很多在追趕他的人。為了躲避他們的追打，他拼了命地往前奔跑。但是，他並沒有感覺到自己被人刺痛，也沒有感覺到自己的腳底板被石頭割傷。他時不時回頭看著身後追趕他的人，那些暴民緊追不捨，而且一邊追一邊

喊：「抓住巫師，打死巫師！」他拼了命地往前跑，如果他停下來一定會丟掉性命。他漫無目的地跑著，沒多久，跑到進城的一條大路上，跑過了自己熟悉的道路和村寨，但前方是哪裡他卻一概不知。突然，在他的面前出現了一個很可怕的懸崖。他高高跳起，跳過了懸崖。可是，追在他身後的人卻一個一個掉下懸崖，在他們墜崖時，他們大叫著安東尼奧・塞巴斯汀的名字。突然，他氣喘吁吁地又被噩夢驚醒了。

睡在一旁的妻子立即起床檢視，並點上蠟燭。隔壁房間住著其他人，他們也跟著起了床，男男女女趕到安巴卡人的窗前小聲議論著，他們已經了解了安東尼奧・塞巴斯汀騙人的來龍去脈。他們坐在蓆子上等到天亮才慢慢地散去。最終，大家建議安巴卡人找一個巫醫診治一下。

二

當天，安巴卡人家裡就請來了一名巫醫。巫醫中等身材，身形消瘦，眼神卻很奸詐，年紀在六十多歲。他走路的時候右腿有一些蹣跚。他身上披著一件長袍，禿頭上戴著一頂碩大的草帽，左手拎著一個皮包，一個僕人攙扶著他的右手。

卡塞薩，安巴卡人的妻子，把巫醫領進屋子裡。他們進屋後都坐在蓆子上，巫醫向在座的人展示了自己隨身攜帶的法寶。他拿出來一些白色的石灰粉，與其他大法師一樣做出一些必要的診斷姿勢：他拿出一些泥土，在他的手掌和手背上各畫出一個十字架的圖樣；接著，用石灰粉在一根木棍上畫出另外一個十字架；然後，在一塊木板上畫上一個十字架；又在一

贖罪

件法器上畫出四個十字架：一個長十字架，三個橫十字架。

在巫醫做好一切準備工作之後，他伸開雙腿讓安巴卡人躺在他雙腿之間的木板上，然後，摩擦著他的身體大聲喊叫。

巫醫手中拿著一根魔棍比劃著說：「你的病因從何而來？難道是詛咒而來的嗎？如果是，請說是；如果不是，請說不……啊，不！原來不是詛咒所致！那為什麼你會患病啊？難道是你欠人錢財賴帳不還嗎？如果是，就回答；如果不是，就回答不。」可是，他手中的魔棍沒有給他任何的啟示。他又接著說：「病因從何而來？是否是你欺騙自己的妻子？還是你承諾和她居住，而後卻很少和她在一起？如果是，就回答是；如果不是，就說不。」

就在這時，一個女人走進屋子。巫醫停止了施法，用傲慢的眼光看著女人說：

「你是誰啊？」

安巴卡人感覺有些窩火，便又回到自己的木床上。

卡塞薩女士和自己的小姑子一起坐在一張蓆子上面。她用婉轉的語氣回答巫醫道：

「巫醫大師，她也是我們自己家人啊。」

巫醫怒火中燒地反駁說：「我這個人不喜歡馬馬虎虎！在我施法的時候，必須是病人和家屬在場，其他人都不能代替病人和病人家屬。」

為了屈就巫醫的怪癖和他的個人喜好，小姑子趕快請求剛剛進門的大姐稍等片刻，她說：

「好姐姐，妳稍等片刻啊，我馬上就來。」

小姑子出去以後，巫醫看著大門口說：「妳們這樣是在削弱我的治療

效果。如果效果大打折扣，到最後受苦的還是你的家人。」

「大師，您說得對啊。請您繼續做法吧！」卡塞薩建議說，態度非常禮貌。

巫醫拿出一點石灰粉，朝著大門吹了一口，然後，又對著病人吹了一下，接著，在屋子裡轉來轉去說：

「病因從何來啊？是因為和他人有仇怨嗎？如果是，就說是；如果不是，就說不。」巫醫手中的棍子像定住了一樣，不能再繼續擺動。他又繼續說：「好的，病根找到了！就在這裡，安東尼奧你別動啊！」

卡塞薩急忙謙卑地問：「大師，您找到病因了嗎？」

巫醫像勝利者一樣說：

「它們現在就在我的指頭尖上。但是，現在我還不能讓它們現原形！」

巫醫扔掉手中的小棍子，從地上捏了一小撮灰塵，把灰塵揚灑在木板上，又用他的指頭尖在木板上打了幾下，然後他又拿起自己的魔棍。

「這個仇怨是和其他女人有關嗎？如果是，請說是；如果不是，說不。」巫醫手中的木棍又一次定住不能動了。巫醫高興地說：「啊，我現在已經勝券在握，病因也已經知曉。」就在這時，病人安東尼奧·塞巴斯汀又回到巫醫身邊說：「大師，不是您說的那樣啊！您不是在測謊吧？」

「我已經知道你的病因了。我們繼續看啊！」

站在一旁的巫醫徒弟高興地大叫著：

「您看我現在能做些什麼啊？現在神靈已經給了明示嗎？

為了讓魔法棍子重新活動，巫醫又演示了一遍剛剛的步驟。

「和你有仇怨的女人是你女朋友嗎？如果是，請說是；如果不是，請

贖罪

說不。」小棍子繼續擺動著，巫醫的手指劇烈地顫抖，彷彿手指尖的魔鬼在憤怒地咆哮，一次又一次地憤怒咆哮！最終，魔鬼從巫醫的指尖逃走了！巫醫盯著安巴卡人說：「安東尼奧，這都是你自己做的好事！你曾經對那個女人施過巫術！你為什麼要這麼做？」

心中愧疚的安東尼奧‧塞巴斯汀用充滿希望的眼神看著巫醫，他問：

「大師，我的病還能治嗎？」

「當然，我當然能治好啊。但是，首先我想知道那個女人在哪裡。」

正在這時，一個女人走進了房間。巫醫整個人暴怒了：

「媽的！我已經跟你們說過，我不喜歡馬馬虎虎做事！如果你們沒有做好做法的準備，我們不要再繼續了！」

女人心中有些不安，立即向巫醫道歉，並請求他繼續施法。

雷霆之怒過後，巫醫開始繼續施法驅邪。

安東尼奧‧塞巴斯汀請求說：「大師，您別介意啊。這些人進來看熱鬧都是因為心裡好奇啊。」

為了清除施法棍子的魔力，巫醫又用手指沾了一些白碳粉末，並在小棍子上輕輕敲擊了幾下，接著施法說：

「那個和他結怨的女人在這裡嗎？」棍子還繼續執行著。「難道她不在這裡，而且離此地非常遠嗎？是不是很遠啊？」小棍子又一次定住不再擺動。「哦，我了解這事情的原因了，我馬上解決所有問題！」巫醫閉上眼睛，右手捋著自己的山羊鬍對病人說，「好了，我能幫你解決身體暫時的疼痛，可是，我這個方法治標不治本。如果你想徹底解決自己的問題，需要你自己親自去解決。俗話說，解鈴還須繫鈴人。你必須到那個女人的所在地跟她當面道歉。」

所有人都同意巫醫的看法。是啊，這就是因果報應吧。

為了施展法術，巫醫讓他的家人準備一隻白羽毛母雞。羽毛必須是純白色，其他顏色都不行。安巴卡人的妹妹收到巫醫的指示，立即去院子裡找白色母雞。由於尋找母雞的時間比較長，巫醫不耐煩地說：「我在施法期間不能出任何的差池，而且，你們一定要注意不能隨意汙衊他人。在我的病人當中，很多人是因為汙衊誹謗他人，最終導致家毀人亡的。這就是我們所說的，行惡業必得惡果！」

安巴卡人的妹妹手裡抓著一隻白色母雞回來了。可是，巫醫又說需要一根帶子，女人又拿著掃把出去了。沒多久，她把巫醫需要的一根小帶子交給他。巫醫拿著帶子把母雞的雙腿綁了起來，把牠放在蓆子上面。隨後，他雙膝跪在蓆子上面用力拍著雙手說：

「女士，你如果希望自己的丈夫身體康健，在他出門的日子裡，晚上你必須在屋中睡覺。如果想讓他病情痊癒，他必須親自向被他汙衊的女人道歉，並請求她的原諒。」

施法之後，巫醫拿起母雞和包白色石灰的紙放在病人的身邊。同樣，他需要向神靈祈求禱告。

安東尼奧·塞巴斯汀坐著，心裡有一種說不出的煩悶。他小聲說：

「大師，您先幫我解決身體當下的毛病，以後，我再去向她道歉。大師，我曾經做過壞事，可是，我是有自己的原因的。我現在希望您能治好我的病，您需要多少費用儘管開口。」

根據巫醫的指示，安東尼奧拈來一小撮石灰粉，塞進了母雞的嘴裡，然後，吐口吐沫把粉末黏在母雞的下巴處。

到此，法師做法全部結束。

贖罪

三

「讓我們再回到盧安達城，讓卡塔麗娜擁有健康的身體和自己的丈夫繼續相親相愛。」這想法讓安東尼奧・塞巴斯汀心中高興了很多！他的心像在黑暗中突然看到一絲微微的亮光，如果是這樣，他心中的懺悔也會少一些。他不想讓那個半透明的影子出現在某一個地方，走時卻留下很多的傷害。所以他想盡力去修復自己曾經給若阿金小夫妻倆造成的傷害。在他病癒之後，他踏上了前往盧安達城的路，並最終實現了自己的諾言，向卡塔麗娜懺悔道歉。

報復

報復

一

　　卡塔麗娜在床上躺了八天的時間。儘管病情已經沒有大礙，但是，她的心卻時不時隱隱作痛。她心中最初的憤怒早已煙消雲散。也許是大風吹來了陣雨令她的身體又開始出現不適。

　　復仇會給人帶來巨大的快感，洗脫他人給自己帶來的罵名！在一開始的階段，安巴卡人會因為自己的後悔產生一些屈辱感。當他慢慢地拋開因為罪惡行為所產生的道德譴責時，他也會感到自己的罪行是不可以得到原諒的。其實，在我們每個人心靈深處都存在著一個惡魔，不管是文明社會還是原始社會，人都會存在惡的一面。

　　一天，已經是上午十一點左右了，卡塔麗娜要前往因孔博達地區，她聽說那裡居住著司法女神的看護人，所以她決定和自己的姐姐吉列爾米娜一同前往。

　　在她們前去的路上，經過一個轉彎處，卡塔麗娜看見了自己的情敵若昂娜。若昂娜頭頂著一個大大的托盤和圖圖里老奶奶一起經過這裡。儘管，面前的圖圖里老奶奶是頗受人尊敬的老太太，可是，卡塔麗娜為了躲開自己情敵犀利的眼神而故意躲開了她們。卡塔麗娜非常了解若昂娜，現在的她還在為馬樣卡取水井附近被人嘲笑和毆打的事情耿耿於懷，一直想尋找機會報復自己。而若昂娜呢，想到自己的前男友若阿金毆打併拋棄了卡塔麗娜的場景，心裡便樂開了花，甚至會情不自禁跳起歡快的桑巴舞。卡塔麗娜並不真正了解若昂娜的仇恨，她也從未想到自己的情敵對她的仇恨是如此根深蒂固。所以，她只能向世人展現自己的高尚品格，祈求上帝為她主持天理公道。

「那賤貨怎麼還沒有去死啊！」若昂娜小聲嘀咕著，翻著白眼看著前方。也許，這便是天意，仇人見面分外眼紅。

不過，幸好卡塔麗娜的母親對她講過很多做人的大道理，才使得她擁有超出常人的忍耐力。

「如果她罵你，千萬不能回口對罵。」吉列爾米娜對自己的妹妹說，她雙眼看著前方地面往前走。

姐妹兩人繼續趕路，假裝沒有看到迎面走過來的那兩個人。但是，令人不快的場面還是出現了。若昂娜看到姐妹二人，便朝著地上狠狠地吐了口吐沫，並對著圖圖里老太太說：

「看她們那醜惡的嘴臉，又要去請求巫師做法，是不是啊？肯定不得好報！」

圖圖里老太太則連忙向卡塔麗娜姐妹打招呼說：

「我的好孩子們，妳們是去做禮拜啊？」

姐妹二人沒有停下腳步，只是看著圖圖里老太太大聲地說：

「早安，圖圖里老奶奶！」

兩組人就這樣擦肩而過。若昂娜心裡仍有些不快，便開口說：「我真想和她打一架，把她那張善於偽裝的臉裝到屁股上，看她以後還有沒有臉出門。」

圖圖里老太太聽見她的話，心裡有些不高興：

「喂，若昂娜！妳的心是怎麼啦？妳為什麼謾罵她們兩個人？難道妳自己覺得安心嗎？啊！我可不想看到妳這樣的行為！」

若昂娜則粗魯地反駁圖圖里老太太說：

報復

「她的面子那麼大嗎？連妳都為她打抱不平嗎？」

姐妹二人一直往前趕路，不理會若昂娜嘰哩咕嚕的謾罵。這並不是懦弱膽小，這也是一種自然的發洩：以後，再也不想看到這個醜八怪！

大家都在熱火朝天地工作著，村子裡充滿了人們工作時產生的各種聲音。在廣闊的草坪上面，一些人正在晾晒衣物。時不時有一些豬、母雞和羊在草地上漫不經心地找尋著食物。

最後，姐妹倆到達一個中檔級別的住所。這所房屋和那些建築在野灌木叢旁邊的土坯房子一模一樣。

「索菲亞女士，在家嗎？我們來這裡想求見司法女神啊。」卡塔麗娜在門口說。

索菲亞女士是司法女神的看護人。進門後，她遞給吉列爾米娜一個帶靠背的椅子，並請卡塔麗娜到自己休息的房間去。卡塔麗娜緊緊跟隨在個子不高的索菲亞女士身後。

走進房間裡，卡塔麗娜才發現這屋子是如此的破舊：屋頂是用一張破破的草蓆遮蓋而成的；床鋪上蓋了一些草稈，床榻像一個雜草堆砌的臺子；靠著小窗戶放著一張做工非常粗糙的桌子，桌子上面放著一盞土燈、一個水盆，水盆裡面放著幾個小杯子和一面已經照不出人影的鏡子；在牆的另一邊，放著一個刮刀、一個牙刷棍和兩個大小不一的行李箱。

索菲亞女士打開其中那個小的行李箱，箱子裡面存放著一些小玩意和一些護身符，護身符當中放著一尊司法女神的雕像。索菲亞女士恭恭敬敬地將司法女神雕像放在一個凳子上。整理完畢後，卡塔麗娜雙膝跪地祈求說：

「尊敬的司法女神，我來此請您為我主持公道。事情的緣由是因為一

封信，我的朋友安東尼奧‧塞巴斯汀不認識字卻幫我讀信，並且汙衊我的名節。他向我遠在卡比利村打工的丈夫若阿金說我私通他人。不幸的是，我的丈夫信以為真。他腦中充滿了怒火，返回到盧安達城把我打得死去活來，差點葬送小命。接著，我的丈夫拋棄了我。不過，上帝在幫助我們。透過一些朋友的幫助，他了解了事情的真相，並且向我懺悔求得了我的原諒。今天，我覺得身體好了很多，我心裡的傷口卻不時疼痛。儘管所有人都知道那個人所說的一切是謊言和誹謗，可是，今天我還是想司法女神能幫我斷定公道。如果這件事是我的過錯，我願意接受一切懲罰；如果是安東尼奧‧塞巴斯汀的責任，請司法女神懲罰他的過錯，並讓他跪地向我道歉，讓所有人知道他的罪行。尊敬的司法女神，這是我的請求，請您解除我心中的怨氣。」

祈禱之後，她站起身來。索菲亞把司法女神的雕像重新放回箱子裡，並把箱子合起來。

「好！現在我們等司法女神處理吧。」索菲亞女士說。隨後，卡塔麗娜兩姐妹便離開了。

二

若昂娜沒有好臉地告別了圖圖里老太太，她覺得自己心裡很委屈，便直接前往好友因格拉塔的家裡。

若昂娜坐在自己朋友房間裡的蓆子上，開始破口大罵：「我今天覺得非常糟糕！不知道為什麼我會碰到那個醜八怪！」

報復

「可是，妳說的到底是誰啊？」因格拉塔不明就裡地問。

「是誰？還不是那個讓人討厭的醜八怪卡塔麗娜！」

「妳們兩個打架了嗎？」

「沒有。並不是我不敢和她打啊。如果不是那個可惡的老太婆圖圖里擋住我，我會把那可惡的兩姐妹一起收拾了。」

因格拉塔笑著說：「呵呵，她們姐妹倆是一對臭味相投的東西。」

若昂娜用一種凜冽的口氣大叫說：

「我不能忍了！再也不能忍了！我一定要找一個人好好收拾一下那個臭婊子！她如果不死，我心裡這口怒氣難消！」

大路上，小孩子們高興地玩耍著，一些人也在路邊談論著感興趣的話題。為了防止其他人偷聽她們的談話，因格拉塔走到門口把大門關了起來，並且用門閂把門插上。接著，她回到自己好友的身邊。

「那個賤貨肯定和巫師一起睡覺了！」若昂娜看著自己的好友說。

因格拉塔若有所思地看著一縷陽光，這道陽光透過窗戶照在屋子的地面上。隨後，她溫和地說：

「妳別再難為卡塔麗娜啦！她的男人已經狠狠地抽打過她，而且，妳已經達到報仇的目的了。」

「達到報仇目的？這些遠遠不夠啊！我一定要看到她死啊！」若昂娜生氣地用手掌狠狠地拍打著地面。

「如果妳沒有充足的道理，巫師會反過來會懲罰你。妳一定要知道因果報應！」

聽到自己朋友的建議，若昂娜皺起眉頭說：

「妳是什麼意思啊?難道妳是在保護她嗎?」

「當然不是,我只是在給妳忠告啊。因為妳現在想用巫術解決問題……」

「對啊,我就是要用巫術!卡塔麗娜使用巫術搶走我的男友,我為什麼不能成為一個女巫好好地教訓她?」若昂娜繼續生氣地說,「難道她真的沒有使用巫術嗎?那個女人為什麼願意穿著一身黑衣?而且,當時她的丈夫還像我們一樣好好地活在人世間。如果她沒有使用巫術,她是怎麼詛咒自己遠在卡比利的丈夫,並且最終在窗戶邊看到自己的丈夫的呢?我敢確定,卡塔麗娜肯定是一個不折不扣的大女巫。」

「嘿,若昂娜!妳是怎麼了解他們夫妻二人的事情的?」

若昂娜用手托著臉頰,下巴放在自己食指和大拇指中間,她慢慢地搖著頭,又一次開始自己的高談闊論:

「哇!今天妳怎麼像換了個人似的!妳像她的皮條客一樣處處在保護她啊!」

因格拉塔心中也有些生氣,說:「妳怎麼這麼說話?我從來沒有保護過她。」

接著,因格拉塔又笑起來說:

「告訴我實話,妳家裡有人做過巫師嗎?」

「沒有啊。妳為什麼這麼問?」

院子外面洗衣女人優美的歌聲飄進了院子裡。她的歌聲裡有一種悽美的調調。

因格拉塔對若昂娜解釋原因。傳說在夢中,一個病人的靈魂想讓自己投身巫術,巫師便傳授給他一身的巫術本領,而且,贈送一根魔法棒給

報復

他。用魔法棒輕輕地點一下石頭，便可以輕而易舉地清洗自己身體的任何關節。後來，他弄來一隻小貓和一隻剛孵化的小雞，他把小貓和小雞放在火炭上燒烤，隨後，把焚燒後的炭灰抹在自己的眉頭上，他便能看到那些已經死去人的鬼魂。巫術有時候是可以遺傳的，並不需要別人教授。接著，因格拉塔帶著諷刺口吻說：

「當然，假如妳不想繼續使用巫術，必須找一名神奇的巫醫幫妳解除身上的法術……」

若昂娜右手托著下巴靜靜地聽著自己朋友的講解，時不時地用眼睛看看樹枝，或者看看清理嘴巴的牙刷，再或者眼神停留在紅土包裹的土牆上以及堆在牆角處的盤子。

「不過，妳現在沒有其他方法學習巫術吧？」因格拉塔諷刺說，「妳有勇氣殺死你自己的母親或者其他妳心愛的人嗎？如果妳有這個勇氣便可以成為一個出色的巫師。」

「嘿嘿嘿！妳不要跟我說這些沒用的話啊！我可是一個冷血動物！」若昂娜堅定地說，一邊說還一邊扮鬼臉。因格拉塔又繼續說：

「妳只能六親不認才能成為一名合格的巫師！如果妳不懂巫術的真正含義，妳不會知道自己的膽量如何。因為巫師只會殺無辜的人，製造負能量。他們的心是寬大的，因為，在他們的心裡只有陰謀，他們可以殺死自己的親人。所以，沒有人能夠請求巫師真正幫助他們。當一個巫師向另外一個人施展巫術的時候，必須了解被施法對象的一些愛好。只有這樣被施法人才能迅速得到懲罰，他的心臟會迅速膨脹！巫師可以毀掉他的生活。妳知道是為什麼嗎？因為，巫師把自己關在房間裡，搖晃著自己手中棕櫚樹的樹枝，每天都在用惡語迷惑可憐的人們。哎，巫術是這樣啊！」說著

因格拉塔裝成巫師的樣子說,「你們想生活得美好嗎?你們想得到別人所擁有的一切嗎?請稍等,我會讓你們得到一切!巫師邊說邊從一個罐子旁邊拿起一個木頭勺子。」

「哇!照妳的說法好像妳曾經害過其他人一樣!」若昂娜像看小丑一樣看著眼前的好朋友。

因格拉塔笑著說:

「所以妳才要向我學習……據說,巫術曾經是一種思想。不過,我們還是繼續我們的話題。當一個巫師去世的時候,為了避免鬼魂的迫害,必須剪掉死者的一些頭髮和指甲。如果在白天不能立即下葬,必須在當天晚上把死者下葬。不然,屍體會爬起來問:『你喜歡吃椰子果嗎?我一定會殺你。為了報復你的行為,他也會懲罰你。』逝去的巫師也會突然站起身,把妳抬起來,把妳應得的報應全部轉移到你家人的身上。所以,巫師死後必須立即把屍體下葬。然後,把剪下來的頭髮和指甲全部燒掉,再把燒掉的灰燼收集起來用作施法的寶器。但是,為了更好地扣住鬼魂,還要找到那根魔法棍。然後,把棍子埋在一個非常隱蔽的地方。在殺死一個人的時候,都會產生一個魔法棍。在深夜時分,去世巫師的家裡總會聽到石頭撞擊的聲音和貓的叫聲。那個時候,沒有人能夠入睡。為了家人的身體健康,人們會請來一位巫醫幫助家人診病。隨後,巫醫會認定是巫師生前作惡太多,必須把他生前身邊的一切物品全部埋掉,並且,要埋在離家非常遠的地方。在那個地方挖一個大洞,大洞旁邊必須有流水經過,然後,把物品放在洞中加上聖水一起埋起來。只有這樣才能把巫師生前的一切罪惡清洗乾淨,不留厄運給後代子孫。好啦!我知道的故事已經講完了。這些都是真實的故事,不要忘了我剛剛跟妳說過的,在夢中接受的巫術是最強大的法術。」

報復

若昂娜陷入困惑，她產生了另外一種想法：

「我最好去做一名巫醫啊！巫醫不單單能救人性命，而且還能輕而易舉地殺人。」

「賣橙子嘍，又香又甜的大橙子嘍！」大街上一個頭頂著筐子的小販一邊走一邊高聲叫賣著。

因格拉塔頗有耐心地問：「妳做過幾次巫醫學徒啊？」

若昂娜伸伸舌頭，表示從來沒有做過學徒。

「如果他們不願意傳授妳巫醫的本領，妳去找誰教妳？」

若昂娜有些生氣，突然站起來，雙手扯著自己的裙子，把裙子拉到膝蓋處說：

「媽的！卡塔麗娜可以做一切，我為什麼不能做啊？」

接著，她坐了下來繼續沉思。然後，嘆一口氣說：

「走著瞧吧！我一定會讓你記得我的……」

因格拉塔調皮地笑著說：「好姐妹，妳別生氣！現在還有其他途徑可以做巫醫啊。我還沒有跟妳說，妳的家人當中有做過巫醫的人嗎？」

若昂娜聳聳肩說：「我不知道啊！」

「得到巫醫本領的方法和夢中得到巫術的方法一模一樣。如果妳的家人曾經做過巫醫，那麼他的鬼魂也可以把巫醫的本領全部傳授給妳。在夢裡，他會向妳展示一片浩瀚的森林，在森林裡面有各式各樣的巫醫方法。妳會看到一切，可以看到植物和一個十字路口，妳也可以看到巫醫處理方法的寶典法則……巫醫是可以家傳的，當妳得到祖先全部的真傳，妳可以像巫醫的小徒弟一樣在現實中實踐。妳知道，巫醫們頭頂著燦爛的光環，

可是，誰知道他們也有很多見不得人的勾當被封存起來了……巫醫總是在夢中出現，而且巫醫的法力十分強大。」

「我有一個祖先就是這樣得到巫醫傳授的，不過，他現在能在我的夢裡出現嗎？」若昂娜有點動氣，她總是因為一些小事情大動肝火。

正在這時，村子裡激動的工人們又唱起了屬於他們的小調。

「關於你的問題，當然有辦法解決。現在我講一件事情，而且，這件事是我親眼所見。你還記得祖碧拉先生嗎？他是個巫醫，居住在比斯波海邊。」

「記得啊，那又怎麼樣啊？」

「有一次，我去他家看到了讓人驚嘆的一幕。那件事情發生在他自己家裡，而且，那件事情發生後一個小時左右，他就撒手人寰了。還有那個和妳同名的小女孩若昂娜，她是穆西瑪嬬嬬的女兒，居住在馬古魯蘇地區，妳認識她嗎？」

「是那個總愛眨眼睛的女孩子吧？」

因格拉塔一邊點頭一邊拍著自己的大腿說：「對，就是她！她也是我的好朋友，那天和妳同名的小女孩就待在院子裡乘涼。我的天啊，可不得了啊！只見她『噌』的一聲從蓆子上站了起來，開始痛苦地呻吟、抽搐，但是，她卻不能說話，只是低聲呻吟和全身抽搐。所以，家人請來一個巫醫幫忙診治。妳知道這種情況我們只能請求巫醫幫忙。巫醫到病人家後開始拍打她的腦袋，並在她的腦門上滴下一滴水，並要求在女孩子身體裡的鬼魂冷靜。當時的場面混亂極了。」

因格拉塔回想著當時的場面：所有的人都圍繞在生病女孩的身邊，人們的喊叫聲充斥著院子。她長長地嘆了口氣，接著說：

報復

「那件事過去之後,記不清楚是幾個星期之後,穆西瑪嬸嬸請另一名巫醫前來診治她的女兒。當時,她家裡擠滿了人,甚至那些鬼魂的家人也趕到現場。院子裡,他們鋪了一條大大的蓆子,然後,巫醫在凳子上灑下一些石灰粉。他命令小女孩坐在凳子上:『妳過來,坐在上面!』隨後,巫醫緊緊地抓住小女孩的手臂,讓她坐下去再站起來,來來回回總計九次。最後一次他讓小女孩坐在了凳子上。然後,在她面前擺上了豐盛的食物。」

若昂娜對自己好友講的一切非常感興趣,便打斷她的講話問道:

「那些豐盛的食物都是什麼啊?」

「妳很喜歡打斷我的發言嗎?那盤豐盛的食物不是給人吃的,而是給那些藏在小女孩體內的鬼魂享用的。首先,巫醫在盤子裡放了一些樹葉的碎末;接著,又放了一些玉米發酵酒、紅酒和水。妳現在明白了吧?」

若昂娜笑著說:「我明白,妳接著說。」

因格拉塔帶著譏諷的語氣繼續說:

「如果妳想成為一個巫師,我現在把這裡面的利害關係一點一滴地講清楚。巫醫手中拿著一把小刀,來回走走停停開始施展巫術。只見巫醫大喊:『聽清楚了!妳不能跟我說謊話!腦子裡要充滿善念!』生病的小女孩雙目圓睜,直勾勾地看著眼前的豐盛美食。為了逼迫藏在小女孩身體內的厲鬼現身,巫醫又回到小女孩身邊,開始用力拍手。慢慢地在場的人跟隨著巫醫開始吟唱驅散鬼魂的歌曲。」

這時,因格拉塔也像當時在場一樣拍起手大聲唱道:

你已經死去,靈魂卻在蠢蠢欲動,

你來吧,讓我們看看你的尊容,

你來吧,在我們前面顯身!

你已經死去，靈魂卻在蠢蠢欲動，

靈魂是偉大的，

他消失了，就不再出現！

靈魂啊，快啊，快啊！

啊！啊！

靈魂啊，你走在不遠的大路上！

啊！啊！

靈魂，你從不遠的地方而來！

啊！啊！

靈魂，請停下你的腳步！

啊！啊！

「沒多久，小女孩開始流眼淚，她不住地搖頭，一邊呻吟一邊哭泣。在場的人鴉雀無聲。為了讓真正的厲鬼鬼魂現身，巫醫開始命令小女孩在凳子上來來回回坐下起身整整九次。接著，在她的舌頭上扎下一根針並放上一塊正在燃燒的木炭，還有一些毛髮的灰燼。」

若昂娜聽到此處不由得不寒而慄。

「哎呀！那個可憐的女孩沒有痛苦地大叫嗎？」

「當然沒有。如果她大喊大叫，厲鬼便不會從她身體裡出來。隨後，巫醫把扎在舌頭上的針放到盤子裡，把火炭扔到地上，又命令小女孩坐在凳子上，並詢問鬼魂一些問題。鬼魂說出祂們自己的名字。祂們說很喜歡這個名叫若昂娜的小女孩，所以，才選擇附在她的身上，並且，希望透過她的身體說出自己的怨恨。這些鬼魂使得小女孩受到無盡的折磨。鬼魂心

報復

中的哀怨和要求必須得到巫醫的幫助才能實現。鬼魂們開始抽泣流淚。說實話，當時聽到鬼魂的哭泣，我的心撲通撲通直跳。看到女人哭泣，在場的孩子們也都跟著哀號起來。所有的人走到小女孩面前緊緊地抱住她。」

「是啊，鬼魂讓她吃了不少苦啊……」若昂娜點頭說。也許，她已經把自己的心事忘光了。

「祂們帶來很多苦難和恐懼給小女孩！慢慢地從小女孩的身體裡走出若干個鬼魂：卡佐拉老太太的鬼魂輕飄飄地從小女孩身體中走出來，蒂尼昂加太太和卡比塔太太的鬼魂也分別從小女孩的身子裡走出來。在場所有的人都親眼看到藏在小女孩若昂娜身體裡屈死的冤魂一一現身。祂們向大家發出想要講話的手勢。慢慢地小女孩又開始呻吟、搖頭，巫醫趕快找來她的毛髮遞給鬼魂。最後，這個故事是以喜劇收尾的，人們為了慶祝小女孩病體痊癒高興地載歌載舞。」

若昂娜聽得十分認真，所以，因格拉塔又用開玩笑的口吻說：

「如果妳想復仇，我還有另外一個建議給你：當一個執掌鞭刑的女人。當然這個工作是男人們的強項。不過，現實生活中也有女人做鞭刑女。」

若昂娜笑著說：

「媽的！我從來沒有想過妳竟然懂這麼多東西啊！」

「是嗎？妳現在才知道。我平時是不喜歡侃侃而談，我知道的東西比妳想像的要多啊。」因格拉塔笑著回答。

「是啊！妳現在給我講講，我聽妳還能說些什麼。」

「妳喜歡聽我講故事，是嗎？我們認識的持鞭驅魔人共分為三類，看妳自己挑選哪一類。」

因格拉塔小聲地開始給自己的朋友解釋：

「好了，我的小女巫。我講講持鞭驅魔人的工作。他們主要是抓捕那些施展邪惡巫術的巫師，也就是那些黑巫師。所以說持鞭驅魔人的巫術要比巫師還要強悍。是誰給了他們強大的法力，當然還是那些巫師和巫醫。他們的神力主要都集中在手中的鞭子上，他們手中的鞭子其實是一根普通的木棍。」因格拉塔用手比劃著，看樣子，這根木棍的長度在一公尺半左右。她又接著說：「這根黑檀木製成的神鞭上面鑲嵌著一些漂亮的海螺，並且，海螺排成十字架的形狀。她們還有一個從墳墓附近的樹上摘下來的小圓毬果子。當持鞭驅魔人出門抓捕巫師的時候，打開門之後必須雙臂開張在門口等一會，然後，把那個帶著粉末的小圓球放在自己的舌頭下面。在他前進的路途上，他只能往前看不能向後看。他的左手拿著另一個圓球，右手拿著法力無邊的神鞭。當他覺得眼前的人可疑時，會把左手中的圓球放在自己的額頭上。如果眼前的人是巫師，持鞭驅魔人會與他保持距離，然後施法，將其收服。如果巫師在他前面止步，巫師便沒有辦法逃脫持鞭驅魔人的手掌心了。當持鞭驅魔人趕到巫師的面前，使用手中的神鞭逼他說出自己的真名實姓時，如果巫師變化成一條大蟒蛇，那麼驅魔人就會變化成蛇的剋星，變化成一條長長的神鞭；如果巫師變化成火焰，驅魔人就會變成火的剋星，然後用神鞭用力地敲擊巫師的額頭；巫師變成水，驅魔人變成水的剋星，再用神鞭擊打巫師的額頭。持鞭驅魔人就是如此，直到巫師再一次變回人樣他才會停手。這時的巫師會下跪求饒，懇求驅魔人放他們一馬。不過，驅魔人在施法期間是不會和任何人講話的，巫師會做一些肢體語言，表示如果驅魔人放他一馬，他願意奉上一份大禮給驅魔人：或者給他一隻羊、一頭豬，甚至是一頭黃牛。啊，對了，我差點忘記提醒妳，即使是一個法力無邊的持鞭驅魔人，也不能貪得無厭。如果驅魔人索要太多的供品，會給自己招來殺身之禍。我告訴妳，今天我們兩個人

報復

的交談，只能我們自己知道，不能告訴外人啊。當巫師奉送貢品給驅魔人的時候，必須是以自己朋友的名義奉送。如果持鞭驅魔人想讓世人看清楚巫師的醜惡嘴臉，就不能接受賄賂。所以，在驅魔人的一生中不能向巫師收取三次以上的禮品，不然，他的法力會急遽下降。即使巫師使用巫術殺人，驅魔人也無力管轄。所以驅魔人也必須遵守職業法則，不能私下接受供品。我的爺爺奶奶也總跟我說：『持鞭驅魔人如果把握不好自己的品德，很容易變成邪惡的巫師。』」

最後，因格拉塔像說笑話一樣說：

「我的故事講完了。這個故事是美還是醜，你自己心裡知道。」

若昂娜站起身說：

「哇，我現在後悔了！我現在不想做巫師了。知道為什麼嗎？我現在想，如果那個可惡的卡塔麗娜是一個女巫，我要去當一個持鞭驅魔的女人。到時候，我到山澗裡拔一顆龍舌蘭，當一個名副其實的女驅魔人。每當她從我面前經過的時候，我可以找她的麻煩。如果她膽敢和我叫板，我就讓她嘗嘗我手中神鞭的威力，還有她那個可惡的姐姐，我把她們兩人一起收拾！那兩個大混蛋！」若昂娜一邊小聲嘟囔，一邊還噘著嘴問身邊的因格拉塔，「怎麼，妳這是要走了嗎？」

這時的因格拉塔已經站起身，知道她的朋友要做不理性的事情，她急忙跳起來說：

「妳放過卡塔麗娜吧！妳為什麼要用龍舌蘭抽打她啊？那種抽打人的方式都是對那些……聽著：用龍舌蘭抽打人的方法，只能是在師傅和學徒之間才能使用！」

「難道妳想讓我用草稈抽打她嗎？」若昂娜生氣地說。

「說實話，自從我走上正道，就再也不能看到那些骯髒的勾當啦！妳知道她們為什麼打我嗎？因為那天我的母親看見我和巫師西基圖老太婆講話。她們認為我和巫師有合作！」因格拉塔用手摀住自己的嘴巴，又接著說，「我媽媽從山澗裡找了一些龍舌蘭狠狠地把我抽打一頓！當時要不是宮古老爺爺前來勸我老媽，我可能被當場打死了，就是說，妳再也看不到我了……」

　　若昂娜整理著自己的裙子，小聲說：

　　「那些老太婆都是不可理喻的！她們只會私底下偷偷做不可見人的事情，妳說她們做人還有什麼意思！」

　　「現在我們是成年女人啦！」因格拉塔深吸一口氣，對自己的朋友語重心長地說，「好啦，妳還是放過卡塔麗娜吧！她丈夫已經狠狠地打過她了，她受的苦已經足夠啦。」

　　「足夠嗎？我可不這麼認為！妳現在真的變了，好像妳是她的皮條客一樣！」說完，兩個人便分開了。

三

　　卡塔麗娜在姐姐的陪伴下，從因孔博達地區朝著回家的方向走去。

　　在一片生長著茂密仙人掌的灌木叢裡，若昂娜手裡拿著一個爛玻璃瓶子，試圖砍掉一根龍舌蘭當自己的「神鞭」。

　　「今天，我要好好教訓一下卡塔麗娜這個賤女人！我要故意難為她，挑她的錯，直到她跟我說話！如果今天我不打她，心裡就難受！」若昂娜

報復

高聲咆哮著。

突然，若昂娜手中的玻璃碎片掉在了地上 —— 好像有什麼東西在咬她，她哀號起來。卡塔麗娜姐妹兩人正好打此經過，她們聽到女人的喊叫聲，心中感到十分好奇，便停住腳步。誰在這裡叫得這麼悽慘啊？兩個女人往聲音發出的地方跑過去。

「啊！原來是若昂娜！」吉列爾米娜低聲說。

還沒有聽到自己的姐姐的話，卡塔麗娜便趕到了自己的情敵若昂娜的附近。她看見自己的情敵身體有些扭曲，而且，還在不停地用頭上的毛巾擦拭著緊閉的雙眼，眼睛裡還不時流出眼淚。

「怎麼了？妳為什麼在這裡大喊大叫啊？」

當若昂娜聽出是卡塔麗娜的聲音時，心裡非常不高興，她試圖用毛巾蓋住自己的臉，但是，由於心中害怕，所以忙中出錯。一瞬間，那些對她不利的想法像彈動的鋒利的鋼刀一樣嗡嗡地響起來。她不知為什麼自己突然變得非常膽小，她對卡塔麗娜姐妹說她來這裡想拿一樣自己需要的東西。話音未落，她感覺自己的眼睛裡有東西往外噴射。她已經不能忍受那強烈的疼痛了，這種疼痛像辣椒粉末撒進眼睛裡。

「我們現在要回家了，有人陪妳來這裡嗎？」卡塔麗娜一邊說一邊把她攙扶起來。

「走吧，我們陪妳回家！」吉列爾米娜也過來攙扶住若昂娜。

接著，三個人走出了灌木叢。卡塔麗娜和吉列爾米娜攙扶著若昂娜快速地往她家中趕去。姐妹二人為了減少若昂娜的疼痛感，不顧她們之間的複雜關係，像相聚很長時間的好朋友一樣安慰她，告訴她不用擔心，這種病非常容易治療，而且根本不需要到藥店裡買藥就可以治療。可以到野地

裡找一些龍舌蘭和馬齒莧，然後把它們磨碎，再在碎末裡滴上一點水，將其攪拌均勻就可以。以後的日子裡，每天用這些草藥的碎粒清洗眼睛，不日則可痊癒。

她們三人快要趕到若昂娜家中的時候，小孩子們圍住了她們問到底發生了什麼事情。她們邊走邊回答孩子們：「應該是眼鏡蛇咬傷了若昂娜的眼睛。」一些人加入了她們的隊伍，其他人則走在她們前面。

圖圖里老奶奶正好和她一個徒弟的女兒在此。她們頭上頂著售賣貨物的大盤子，坐在一棵無花果樹下休息，看到她們三人從此經過便說道：

「偉大的上帝！沒有人做壞事能逃過上帝的法眼，做壞事太多會得到報應啊。」

「師傅，您說得太對啦！若昂娜想著害別人，現在因果報應出現了，她這是自作自受。」

「是啊，我的孩子！人這一輩子，看不到將來到底會發生什麼事。沒有人能預測未來。那天，我們兩個人在一起，我聽到她無端地罵人還教訓了她幾句。哼！」老太太張著嘴開始打響指。

「師傅，您說這是上帝在懲罰她嗎？」

「妳現在還年輕，注意自己說話的方式啊！」老太太嚴厲地說。

與此同時，卡塔麗娜她們的隊伍也慢慢壯大起來，人也越來越多。若昂娜的狀態已經比剛剛被蛇咬的時候好了很多。這次，如果不是卡塔麗娜兩姐妹的幫助，她也許早翹辮子了。若昂娜的心眼遠比不上卡塔麗娜姐妹好。

當她們三人走進院子的時候，正在洗衣服的若昂娜的母親急忙扔掉手中的刷子，跑到她們面前問道：

報復

「怎麼了？這到底是怎麼回事啊？」

「妳女兒剛剛被眼鏡蛇咬傷了！」隊伍中的人搶著回答老太太的問題。

當所有人走進院子的時候，若昂娜把事情的經過向他們講述了一遍。

「哎呀呀！妳去山澗峽谷做什麼啊？一個人是不能去那個危險的地方啊……現在可好，不幸的事情發生了……」若昂娜的母親不停地嘮叨著，一邊說還一邊不停地拍手，然後她把兩隻手臂交叉起來放在自己的胸前。

若昂娜身體後仰靠在床上，因為她的床榻沒有床頭。她一邊呻吟一邊祈禱。看熱鬧的人真不少，一些人站著，一些人坐在那張形狀奇怪的床上。有些人還提醒若昂娜的家人去弄一些龍舌蘭和馬齒莧，或者找一些沾露水的綠草，或者是帶有尿水的雜草。若昂娜的母親有些愚笨，她有些不知所措，也許，她一生中從未碰到過這種棘手的事情。若昂娜自己也非常害怕，請求母親去請一名巫醫來幫她診治，以便判斷這次事故是上帝給予的還是魔鬼施法的。

街坊四鄰走到若昂娜的家中。發生什麼事了？所有人進門時都會詢問事情的緣由，在場的人也願意告訴他們事情的經過。這時，巫醫安熱利卡還沒有趕到，大家只能直勾勾地盯著眼睛腫脹的若昂娜。這時，她的胸部開始慢慢地鼓起來，隨後，她的胸部流出乳白色的奶水。

眼鏡蛇咬人的事傳開後，若昂娜的家被擠得水洩不通。洛基亞大嬸是若昂娜的鄰居，年紀老邁的她不慌不忙地說：「曾經，有一條蜂蛇鑽進一對夫婦的床底下，年輕妻子看到蜂蛇心裡非常恐懼大叫起來：『救命啊！蛇！蛇！』夫婦二人的兒子正在院子裡玩耍，聽到母親的喊聲，便拿著一根竹棍一下子把蛇打死了。那條蛇不大，但是，看到的人都會覺得不寒而慄。沒有多久，一個老鄰居大喊大叫著跑到夫婦家裡說他們的兒子死了，

而且是因為他們而死的。」

在場的聽眾感覺十分的好奇，問道：「難道那條蝰蛇是一個巫師幻化而成的？」

洛基亞大嬸用手指挖出一塊鼻屎，走到窗戶邊彈了出去。接著，她又走回來坐在一個木樁上面回答說：「是啊！那條蛇是巫師變化而成的。事情還沒有結束，第二天婦人喊叫說自己肚子痛得厲害，她的肚子非常腫脹，她的丈夫和鄰居們趕快幫她灌腸。我的上帝啊！竟然從她的肚子裡弄出來許多的小蛇。」

在場的聽眾聽到這裡都有些驚恐，問：「妳說的是真的嗎？」

「嘿！你們覺得我能撒謊嗎？我剛剛所說的一切都是我自己親眼看到的。我對上帝發誓，剛剛所說的都是真事。儘管那個女人經過白人和黑人醫生的診治，可是，最後還是魂歸天國了。」

正在人們議論紛紛的時候，雅辛塔嬸嬸和另外一個女鄰居也講了另外一件非常稀奇的事情：「曾經有一個獨居的男人，午飯過後總是喜歡躺在自己的小床上睡午覺。每當他起床的時候，都覺得自己有些不舒服，他的身體也越來越消瘦，並且伴隨著頭疼。有一天，他的一個朋友有事來到他家裡，家裡的房門是開著的。這個朋友小心翼翼地走進屋子想看看自己的朋友在做什麼。你們知道他看到了什麼嗎？家裡的主人仰面躺在床上，一條巨蟒正在吸食他的血液！」

「夠啦，夠啦，不要再說啦！太可怕啦！」一旁的聽眾心中都有些害怕。

雅辛塔大嬸有些意猶未盡，仍然手舞足蹈地繼續說：「那個朋友看到巨蟒吸人血的一幕，趕快跑出去呼叫附近的鄰居。一些人拿著木棍，一些

報復

人拿著砍刀，大家一闖而入闖進房間將巨蟒砍死。可是，沒幾天時間，這些砍殺巨蟒的人都離奇死亡了。」

「每當我聽到巫醫們的名字，心裡便久久不能平靜。」若昂娜的母親深信不疑地說，她仍然坐在自己女兒的身邊，用一隻手臂把她摟在懷裡。

雅辛塔大嬸站在若昂娜母親身邊說：

「西卡老姐，這些都是真的啊！那些可惡的蟲子總是如影隨形，只要我們做壞事，牠們就會出現在我們的生活裡。」

「妳的孩子被眼鏡蛇咬傷也是不幸啊！人家說，善有善報惡有惡報，不是不報時候未到啊！」

在場的人紛紛點頭贊成。

「是啊，最好請巫醫幫我看看病，我的眼睛已經沒有起初那麼疼⋯⋯」若昂娜呻吟著說。

經過巫醫的救治，若昂娜的病情得到了控制。卡塔麗娜和吉列爾米娜兩姐妹在整個過程中都保持沉默，隨後，她們向在場的人們告別準備離開。

「親愛的孩子們，我非常感謝妳們救助我的女兒。」若昂娜的母親西卡老太太雙手抓住卡塔麗娜的手以表示真摯的感謝，「我求妳忘了我女兒曾經對妳的不禮貌吧。」說著西卡老太太又看著自己的女兒說，「若昂娜，妳聽見我的話了嗎？從現在開始妳們兩個人之前的一切恩恩怨怨要一筆勾銷。我希望妳們還能像以前一樣，是一對非常要好的朋友。」西卡老太太說話的時候，雙手還一直暖暖地握著卡塔麗娜的手。最後，她雙眼盯著卡塔麗娜說：「孩子，妳說我說得對嗎？我從未想害過妳啊⋯⋯」

兩姐妹和所有人告別之後便走出了若昂娜的家，院子裡所有人都對她們姐妹二人稱讚有加。

四

　　一個星期天，出於朋友情誼，若昂大叔在若阿金的家中完成兩件大事，第一件是促成一對夫婦的複合，第二件是恩怨的和解。

　　若昂大叔樂呵呵地問道：「嘿，你們兩個人關係還沒有好嗎？你們糾結了那麼長的時間，還不應該好好享受一頓美味的魚塊糊糊粥嗎？把那些倒楣的霉運全部給扔得遠遠的。現在是時候把那些不中聽的話埋在肚子裡啦。只有這樣，你們小夫妻才能得到真正的解脫。

　　安東尼奧造謠說若阿金去世，然後，若阿金又突然出現在麗娜的窗戶旁邊。我們為若阿金能夠『死而復生』也要好好地慶祝一番。是不是該準備一些母雞肉、棕櫚油大豆飯，隨便弄點小酒給我們喝喝，也讓我們高興一下啊？」

　　院子裡的一棵黃酸棗樹下，擺放著一張大桌子，桌子用一塊乾淨的桌布罩了起來。若阿金、若昂大叔和馬努埃爾三個人坐在桌子旁享用著大餐；桌子旁邊的地上鋪有一張蓆子，蓆子上面又鋪了一張毛毯，幾個女人坐在毛毯上休息。

　　紅酒的酒勁已經開始衝上幾個男人的腦袋了。幾個人談話的聲音越來越大，還總是發出一些震耳欲聾的笑聲。幾個人中誰的話最多呢，當然是我們可愛的若昂大叔。他總是在談話中回憶起自己年輕時的事。聊天中他還不忘狼吞虎嚥地填飽自己的肚子。他的幽默氣質讓大家都忍俊不禁，一件非常沒有意思的事情，透過他的嘴巴講出來會讓大家覺得很好笑。

　　「嘿，怎麼回事？你想把你的臭臉放在我的餐盤裡面嗎？這個大笨蛋！」小女孩桑塔在吃飯時候，見她的小狗也探頭來吃她餐盤裡的食物，便拿起

報復

木勺子敲打牠的腦袋。

若昂大叔聽見小女孩的罵聲，清清嗓子嚴肅地對她說：

「小女孩，妳知道妳這樣子跟小狗說話非常不好嗎？」

小女孩桑塔整個人蜷縮起來，有些害怕，她看著眼前的小狗想問清楚為什麼不能那樣罵小狗。

「如果妳的媽媽好好教訓妳一頓，妳還會在這裡問我們為什麼嗎？說實話，現在這些小孩子非常沒有禮貌啊！」桑塔的外婆洛洛塔老太太大聲訓斥著自己的外孫女。

「妳們不要生氣，先不要責罵不懂事的小孩子！她年紀還小，不懂事，可以理解。我現在就告訴她為什麼不能那麼做。妳想知道為什麼不能那麼做嗎？」若昂大叔說道。

桑塔沒有回答，她只是假裝聽不明白他們的話。

「嘿，妳沒有聽見你若昂爺爺在和你講話嗎？」吉列爾米娜也斥責自己的女兒。

「那好吧，我現在講一個小時候我的爺爺經常講的故事。」說著，若昂大叔拿起紅酒杯，下巴一抬喝掉一杯紅酒，他繼續說，「小女孩，聽聽我的故事。」旁邊的兩個男人掏出兩根香菸開始抽。「故事是這樣的：曾經有一個女人，她的家裡養著一條狗，每天，女主人都要下田務農，回到家裡還要洗衣服、做飯、掃地，還要去水窖處打水。一天，做完農事回家後，她感覺身體非常疲憊，便發牢騷說：『哎呀！做人實在是太累，覺得渾身乏力還要強打精神做家事。』說著她看著身邊的小狗心裡非常生氣，她說：『如果你是人就好啦，也可以做一個好幫手啊。可是，你只是一條狗，整日只會吃飯睡覺！』小狗很多次聽到女主人發出這樣的牢騷，終於有一

天地做完了家裡所有的家事。當女主人回家的時候,感覺非常的奇怪:地已經掃過,飯菜已經做好,水已經打好。女人奇怪地問:『這都是誰做的啊?』小狗神奇地回答:『誰做好的家事?當然是我啊!我已經厭倦了妳每天的牢騷。』沒多久,這個女人就去世了。」

小桑塔驚奇地問:「您說的是真的嗎?」

「妳若昂爺爺跟你說的故事都是真的啊。妳聽見了嗎?」洛洛塔老太太又解釋說,這也是很多人都曾經聽過的故事。

大家應該明白,狗的工作是看家護院,牠總是陪伴著我們大家。當你回家的時候,有自己的小狗搖著尾巴迎接主人。總體上說,狗和人一樣。雖然牠們聽不懂我們講話,可是,牠們能感覺到一切。主人的水準高低直接影響小狗的情緒。因為,牠們能明白人們的話。所以,再也不要謾罵自己身邊的狗,不然,牠會給人帶來災禍。

正在這時,突然有人在門外敲門。接著,院子裡所有人的目光都集中在門口。小桑塔急忙跑過去打開大門:

「是安東尼奧・塞巴斯汀大伯!啊!啊!啊!你怎麼在這裡啊?」

大家只見一個人跪在門口,頭上戴著一頂椰子殼帽子。安巴卡人爬進院子。小桑塔跟在他身後大笑起來,然後,回到她的座位上。

「嘿,妳在這裡笑什麼?趕快出去玩吧!」吉列爾米娜命令自己的女兒。小桑塔聽到母親的命令立即跑出了家門。

洛洛塔老太太看著安巴卡人爬進自己的家門,便放下手中的餐盤,大聲咆哮:

「你來我們家做什麼啊?」

在場的人呆呆地看著眼前的場景,他們沒有想到會看到眼前的一幕。

報復

安巴卡人搖著頭低聲地嘟囔著。他講的不是葡萄牙語，而是安哥拉當地的方言姆本杜語。他抬起頭對大家說：

「我來這裡是向大家道歉的！」

「你沒有必要來這裡給我們道歉！你自己的所作所為只能到地獄裡才能償還！」

洛洛塔老太太情緒十分激動，衝動地站了起來，跑到安巴卡人的面前搖晃著右手，大聲地訓斥他：

「如果你不認識字，你為什麼讓我們哭泣？你是在和我們開玩笑嗎？」

「阿姨，您說得有道理。事情都已經過去了！」安巴卡人道著歉，畢恭畢敬地趴在她面前。

「事情都過去了嗎？當然沒有！如果你沒有看見卡塔麗娜和別的男人在一起私會，你為什麼要到卡比利村告訴若阿金他的妻子和別人私通？」

「您說得對，阿姨。你們原諒我吧，讓一切過去吧！」

「事情都過去吧？當然不會過去！如果我的女兒當初被人打死，誰該負責啊？」老太太高聲喊叫著，一邊搖著頭一邊看著後面說，「嘿嘿嘿！你少在這裡裝可憐啊！」老太太雙手拍著巴掌站在安巴卡人面前說，「你是一個巫師，等著遭報應吧！」說完，她又坐在蓆子上用手托著自己的下巴。

場面一下子冷了下來。木頭房子商店的主人站在院子外面的小路上；山羊鬍子的老頭帶著顫抖的聲音在外面叫賣自己的貨物，他的聲音是那麼的平淡；外面傳來嘈雜的叫賣聲，有小孩子在自家圍牆下面玩耍；一隻土狗嘴裡叼著一根雞骨頭在主人身邊享用美味。

等洛洛塔老太太心裡平靜下來之後，安東尼奧‧塞巴斯汀用沉痛的語氣說：

「阿姨，我非常了解自己犯下的罪過，我沒臉求得妳們的原諒。雖然這幾天我感覺非常的難受，可是，上帝他並不想看著我死掉。您知道，是這場大病救了我的命，因為，它讓我知道自己所犯下的錯是多麼嚴重，我的心在劇烈地疼痛。洛洛塔老媽，求您原諒我的過錯吧。卡塔麗娜她已經原諒我的過錯啦。」

其他人用同情的眼神安靜地看著他。面對這個卑躬屈膝可憐兮兮的安巴卡人，大家的心裡都充滿了同情並原諒了他。但是，洛洛塔老太太卻仍然不為所動。對她來說，現在安巴卡人所遭受的痛苦遠遠不能消除她的心頭之恨，只有死才能消除他的誹謗罪。儘管卡塔麗娜已經原諒了他，可是老太太仍然憤怒地說：

「麗娜，她從未真正地原諒你！」

卡塔麗娜也對他心生同情，但她卻沒有說話。她的心在偷偷流淚。也許報復能讓人產生快感，可是，卡塔麗娜的心卻像掠過一陣狂烈的強風，恥辱的黑雲又籠罩住她整個靈魂。現在，她只能在司法女神的面前去衷心懺悔，尋求女神的指引。

在鴉雀無聲院子裡，安東尼奧‧塞巴斯汀費力地爬到卡塔麗娜的身邊：

「大姐，我是自作自受！這都是因為我的虛榮心和壞脾氣在作怪。我不知道當時為什麼會那樣做，我怎麼會想起用汙衊的手法去玷汙妳啊？大姐，不管妳能否真正原諒我，我現在所說的每一句話都是出自我的真心，到現在我的心還在流淚。」

若昂大叔知道安巴卡人是真的感到恥辱和羞愧了，於是他大聲說：

報復

「你現在覺得心裡有愧,那是上帝對你的懲罰。你考慮過你給這個家庭帶來多大的傷害嗎?現在,上帝在用同樣的手法懲罰你。安東尼奧老弟啊!我們大家真的沒有想到你竟然能做出這樣的蠢事!你現在看到報應了嗎?」

卡塔麗娜給自己的母親打了一個手勢讓她冷靜一下;但是,老太太卻越想越生氣——那時候自己的女兒每天以淚洗面。

安巴卡人的表情變得非常的可憐,聲音裡也充滿痛苦的語調。大家已經不能想像這個男人竟然成了這個樣子——面前的他成了一隻完完全全的可憐蟲。

若阿金心裡對他已經沒有了任何的惡意和抱怨,他向自己的妻子請求道:

「麗娜,妳原諒了這個可憐的傢伙吧。他現在已經知道懺悔了。再說了,以前的事情就讓它們過去吧。我們都別再想了。」

「絕對不能原諒他!如果麗娜原諒了他,說明她自己不知羞恥!」洛洛塔老太太咆哮著,她緊咬著鋼牙,雙手還不住地捶打著自己的大腿。

面對這尷尬的場面,馬努埃爾心裡很難過。他插話說:「洛洛塔大姐,您還是原諒他吧,麗娜也應該原諒他!他現在像囚犯一樣出現在你們面前,上帝已經重重地懲罰了他!從現在開始,讓一切結束吧!」

「我已經說過了,我不想再多說了。」

「老媽,麗娜為了此事還專門去參拜司法女神。她已經看到了自己想要的結果,現在也該原諒他了。」吉列爾米娜也請求自己的母親。

「好啦!我剛剛已經說過啦,我不會輕易原諒他!」

卡塔麗娜不再保持沉默,她說:

「他現在已經知道懺悔了，我也應該原諒他。現在，你跟我去趟司法女神那裡還個願吧。」

洛洛塔老太太氣得五雷轟頂，她憤怒地回到自己的房間裡喃喃地說：

「妳們想怎麼辦便怎麼辦吧，我不管啦！」她腦子中還想著要讓安巴卡人受到應有的懲罰，必須要讓他深深地贖罪。

「謝謝啊！謝謝你們啊！」安東尼奧・塞巴斯汀高興地感激起大家來，他激動地抓住了卡塔麗娜的手。

接著，他站起來，準備和卡塔麗娜一同前往司法女神的住所。讚頌聲和道歉聲在空中飄蕩。

卡塔麗娜心中明白，早晚自己的母親也會像自己一樣去做。如果有人質疑她的清白，她可以向所有人證明自己的忠貞。

這時，吉列爾米娜指示安巴卡人繼續跪在地上，她伸著舌頭、拍著自己的腦門說：

「哎呀！我差點忘記一件大事。」說著吉列爾米娜朝著走廊的方向跑去。

看到自己的大姨子離開了，若阿金便對安巴卡人說：「安東尼奧大哥，你站起來吧！」

安東尼奧像小孩子一樣站起來，嘴巴朝上翹，兩行眼淚從眼睛裡流出來：

「若阿金，我的好兄弟！事情都已經過去了，都過去了！現在我們還是和以前一樣的好兄弟！」

正在此時，吉列爾米娜手裡拿著一個墊子回來了 —— 這個墊子是讓安東尼奧放在地上坐的。接著，她又離開準備換衣服出門。

報復

在酒桌旁，聰明的若昂大叔手中拿著一個紅酒杯說：「好了，萬事大吉啦！現在大家的心都可以安靜了。」他一邊說一邊笑。

與此同時，小桑塔在廚房大喊著說要收拾桌子上的餐盤。四個男人坐在桌子旁邊喝酒抽菸聊大天。聊天的氣氛十分的融洽。突然，和諧的氣氛被打破了。因為，酒精沖昏了若昂大叔的頭，他開始發酒瘋了：

「哎，我的青春歲月啊，我的日子啊！你就懲罰我讓我忘記跳舞吧！」

若昂大叔像得了癲癇一樣，「噌」的一聲從墊子上站了起來，開始跳屬於他自己的桑巴舞。他牽著吉列爾米娜的手，想邀請她共同跳一曲——這時，吉列爾米娜手中拿著一塊黑色的布已經回到院子裡了。

所有人都在大笑，卡塔麗娜的臉紅得像一個紅蘋果。她用一塊印有海螺圖案的印花布把自己包裹起來，開心地笑了。

「安東尼奧大哥，我們走吧。」

五

下午三四點鐘的時候，天空泛起棕色，驕陽似火。大自然彷彿也在飽受痛苦，空氣中瀰漫著潮溼的氣味。大自然在空中吸納悲傷，而悲傷已經進入它的心房。

枝頭的小鳥和知了不停地鳴叫著。通往小酒館的小路上，狂歡者們在縱情高歌。這邊，一個瘋瘋的男人正手持吉他彈奏優美的音樂小調；那邊，一個由原住民組成的小團體也歡快地彈奏著手中的樂器。在這條路上到處都發出巨大的嘈雜的聲音，路邊的小孩子們拉起風琴、吹起口簧琴。

一位當地的花花公子身穿一套羊絨衣，衣服上釘著粉紅色的扣子，頭戴一頂漂亮的椰子帽子，悠閒的他手托下巴抽著名貴的雪茄菸。在每家每戶的大門口，人們或坐在凳子上或坐在路沿上休息聊天，每週辛苦的勞作之後，人們都會聚在一起閒話家常。

在索菲亞女士家附近，安東尼奧‧塞巴斯汀雙膝跪地往前爬行。

「索菲亞女士，罪魁禍首已經帶過來了。我剛剛已經原諒了他，現在還想請司法女神也能夠饒恕他的罪過。」卡塔麗娜畢恭畢敬地請示索菲亞女士。

索菲亞女祭司聽到這個訊息心裡非常高興：「我早知道這一天會很快到來，司法女神是不會饒恕那些惡人的。這樣很好，非常不錯啊。」女祭司一邊說話一邊把靠椅遞給了吉列爾米娜，並讓她去院子裡坐著。她們幾個人嘰嘰喳喳低聲私語了一會，然後，女祭司把卡塔麗娜和安東尼奧‧塞巴斯汀引進自己的房間。

在諸邪勿擾的情況下，女祭司請出了司法女神的雕像，並將雕像放在木床上，隨後三個人雙膝跪地趴在神像前面。

「司法女神啊，罪犯已經在面前。他知道自己罪孽深重，並且已經深深懺悔。現在他請求得到您的原諒，請司法女神不要再降罪於他。他願意給您供奉所有的供品。」司法女神的守護人在一旁說著。

渴望得到救贖的安巴卡人用懊悔的語調說：

「我願意付出一切，所有的東西。我只想讓自己罪孽的心平靜下來，讓我的生活安定下來。司法女神，求您饒恕我的罪孽吧！」

接下來，彷彿時間靜止一般，所有的人都保持著沉默，屋子裡靜得有些可怕。過了一會，司法女神的守護人使用通靈的方法說：

報復

「如果想讓自己的心靈得到安寧，司法女神將向你索要一瓶蓖麻油、一瓶蜂蜜、一瓶棕櫚油、一包白高粱米、一匹大布、一個黑紫檀木的木球和一條圍巾。」

在感嘆中安東尼奧・塞巴斯汀承諾會衷心懺悔：

「我會兌現我的承諾。我現在只想要我身體健康，我只想生活得開心一些。」

索菲亞女士站起來，走到走廊處找到幾片無花果樹的葉子，她讓卡塔麗娜和安東尼奧拿著葉子，隨後，又分別給他們一人一根樹枝，並用樹枝蘸上水灑在他們身上：

「司法女神，請原諒他的罪惡吧。他已經承諾奉獻所有的供品，請您把安靜的生活還給他。請您不要再懲罰這個可憐的惡男人。」

司法女神接受了女祭司的建議，安東尼奧・塞巴斯汀也兌現了自己的承諾。為了表示對卡塔麗娜的歉意，他還特地送給她一對耳環。雖然他再也沒有賠償給她任何的東西，但是卡塔麗娜心裡已經十分滿意了。如果她願意，可以要求他賠償給自己更多的東西。但是，這樣下去罪惡便不會停止，她的靈魂也將得不到安寧。

致敬

致敬

一

　　上午的天有一些陰沉，天空像一塊美麗的絲綢，太陽好像戴著一副墨鏡看著天空下的黎民百姓。人們都在光明的神殿誠心地祈禱。

　　洛洛塔老太太離開自己位於因孔博達的家，來到吉列爾米娜和小桑塔所在的一個小商店裡。現在，卡塔麗娜的心裡已經不再空虛，她利用自己的空閒時間參加了一些學習活動。她最好的女徒弟阿妮卡這幾天回來了。年僅十三歲的阿妮卡，跟隨著卡塔麗娜學習一些生活技能，兩個人的關係好到無話不談。

　　洛洛塔老太太離開商店後，直接來到卡爾莫神殿，她經常到這個地方進行自我修行。透過兩個星期的修行和牧師們的開導，她已經獲得心靈的釋放。可是今天，她心裡還有另外一個心結和願望——希望能得到神靈的指引和幫助。關於自己的願望她從未向任何人提及，以免遭到家人和其他人的反對——「你為什麼這麼做啊？安東尼奧‧塞巴斯汀已經向妳們道歉了，上帝會解決此事嗎？」安巴卡人到底對她做了什麼天大的錯事呢？每個人都有自己的思考方式，所以每個人感受痛苦的程度也不同。她作為一個母親，辛辛苦苦養大自己的女兒們，她不願意看到任何人汙衊自己孩子的名聲，也不願意看到任何人偷走她們幸福的生活或財產。卡塔麗娜、若阿金、吉列爾米娜和其他人都原諒了安巴卡人的缺德行為；可是，她覺得他所受到的病痛折磨還不夠，他必須得到更痛苦的折磨。到底誰能懲罰他呢？也許，只有愛情守護神聖‧安東尼奧能懲罰安巴卡人棒打鴛鴦的行為。

　　為了兌現自己對神靈許下的諾言，這段時間洛洛塔老太太只是洗臉刷牙不再沐浴更衣。在她祈求愛情守護神聖‧安東尼奧的八天時間裡，她不

能清洗自己的身體，如果她不小心清洗了自己的身體，就會給自己帶來災禍。只是她給神靈供奉的供品不夠，所以，她每天上午都以做生意為藉口到神殿裡祈禱。

這天一大早，靜謐的氣氛籠罩著整個村子。所有在院子裡的人，特別是女人們，手持大大的牙刷棒，上面塗上木炭和鹽巴的混合細粉，然後蘸上一點水清潔自己的口腔。她們還可以用它清潔自己的舌頭。這種生活習慣是安哥拉地區獨有的。為了能夠快些到達市場，小販們便跟隨在一些打水的家庭主婦身後抄近路到市場搶占攤位。

這時，神殿的大門已經敞開了。在十字架和大門之間，擺放著一尊樸素的聖女德肋撒的神龕。神殿裡面顯得空蕩蕩的，只有一盞長明燈孤獨地亮著。

在昏暗的燈光下，時空彷彿靜止了一般。神殿裡，那尊聖潔的神像令人充滿敬畏，而這裡的每個人彷彿都走進了自己的內心世界裡。

洛洛塔老太太在胸前畫著十字祈禱神靈庇佑。她走到愛情守護神聖‧安東尼奧的聖像前面，親吻披在聖像身上的精美的刺繡。然後，她用一隻手緩慢地撫摸著聖像的臉頰，接著，用另外一隻手撫摸聖像的身體；她雙膝跪在墊子上膜拜聖像。最後，她幾乎趴在墊子上了。她一會扶著自己的腰部，一會又摸著自己的胸口，一會又跪在墊子上，一邊祈禱一邊指手畫腳地不知在說什麼。有時候她還用雙手捶打自己的胸口，還時不時地雙手拍掌，後來，她又開始高聲祈禱：

「愛情守護神聖‧安東尼奧，我來這裡是向您講述一段發生在我身上的事情，並請求你為我們做主。我女兒的一個朋友為了自己的虛榮心而汙衊她，他對我女兒遠在卡比利村打工的丈夫說她有了外遇，到處賣弄風

致敬

情。她的丈夫聽到自己朋友的訴說，心裡深信不疑，回到家中把我的女兒一頓暴打。我可憐的女兒差一點被打死。可是，可惡的惡魔上門道歉，我善良的女兒和其他人都接受了他的道歉。可是，我不認為事情可以這麼簡單地結束。惡人雖然經受了病痛的折磨，但我覺得他遭受的痛苦遠遠不夠。我尊敬的聖神安東尼奧，如果您同意我的祈求，我會給您供上一升香油、十二根蠟燭、兩根烏木和兩把掃帚。」說完，她站起身深深鞠了一躬後離開了。

在這八天的時間裡，洛洛塔老太太沒有更換衣服，也沒有做任何清洗自己身體的行為。

二

由於想吃鯰魚，所以卡塔麗娜夢到自己吃了很多秋葵，而且還吃了新增了很多橄欖油的白色玉米糊糊粥。這些都是她曾經最愛吃的食物！但是當她起床後才發現自己一點胃口都沒有！現在，她和其他女人一樣，心裡有了很多沒有實現的願望。

卡塔麗娜是一個固執的人。她邁著沉重的步伐到位於保羅・迪亞斯・諾瓦伊斯大街的賣魚市場去。

那是上午時分，天色灰濛濛的。在布滿沙子的路旁生長著枝葉茂密的無花果樹。城裡到處是一派繁忙的景象：一些人趕著驢車給每家每戶送水，還有一些人則使用牛車運送食用水，套在黃牛脖子上的鈴鐺叮叮噹噹地響著，聲音非常的清脆；貴婦人乘坐著高大上的轎子出行，四個轎伕哼

唱著屬於他們自己的歌曲，繫在腰間的酒壺隨著他們的動作左右上下翻轉；在市政府上班的女人們悠閒地在街上漫步；販賣鹹魚、水果、蜂蜜、大豆、木薯粉和花生油的小販們走街串巷高聲吆喝著自己販賣的貨物名。

「喂，卡塔麗娜啊！」一個人大聲呼喊她的名字。

卡塔麗娜轉身往後一看，原來是若昂娜在叫她。若昂娜迅速跑到卡塔麗娜的身邊笑了笑。自從若昂娜被眼鏡蛇咬傷之後，卡塔麗娜的大度胸懷讓她深刻認識到麗娜是多麼好的一個女人，原來心中對她的敵意消失殆盡，所以，她們兩個人的關係也緩和了很多。

兩個人友好地打著招呼。

「妳的眼睛現在好多了吧？」卡塔麗娜問身邊的若昂娜，並仔細地看著她被蛇咬傷的眼睛。

若昂娜深吸一口氣：

「我的好妹妹，妳看我的傷口都好了！我現在覺得比以往都要好啊。」

「我的姐姐，上帝會保佑妳的！」

「我被蛇咬傷是惡魔在作怪。肯定是他們做法陷害我。」

「啊？是誰做法謀害你啊？」

「我的妹妹，在那個山澗裡發生那樣不祥的事情已經不是一次兩次了，做這樣壞事的人便是那幾個黑巫師。」

「難道是有其他什麼人讓巫師們在山澗灌木叢中施巫術嗎？」

「是啊！我的母親曾經還請過一名巫師。你不記得了嗎？我被蛇咬傷之後，那個巫師到我家裡來給我治病啊。」

「我的姐姐，我們應該感謝上帝的庇佑，上帝在我們每一個人的身

致敬

邊。對啦，妳這是要去哪裡啊？」

「哦，我去海邊買一些墨魚和木薯粉回家做墨魚肉拌飯。」

卡塔麗娜笑著說：

「那好吧，我也正好要去那裡，我們正好順路。我昨天晚上在夢裡還夢到吃鯰魚木薯糊糊粥。」

「是嗎？」若昂娜低頭看著卡塔麗娜隆起的肚子，繼續說，「妳還有多久到預產期啊？」

由於面前的女人曾經是自己的情敵，雖然兩個人現在成了朋友，誰知道她還會不會再生歹意。於是卡塔麗娜謹慎地說：

「不知道啊，猜想還早吧……」

卡塔麗娜用一個無關緊要的謊言回答了若昂娜的問題（其實她還差一個月到預產期），兩個人慢慢悠悠地走著，離魚市場已經不很遠了。天空依舊那麼陰沉，微風夾雜著溼氣吹來，一種惆悵的氣息蔓延在整個空氣中，樹枝上的鳥兒不住地鳴叫。

沒多久，她們兩個人來到魚市場。坐在小凳子上的女人們叫賣著鮮魚，鮮魚都放在一些盒子上面。魚市場的後面，有一長排攤位，商販們都是來自本戈地區的農民。他們搭起一頂頂的帳篷，在帳篷前面鋪上一張蓆子，所有的貨物都在蓆子上擺放得整整齊齊。他們在這裡售賣甘蔗、棕櫚果、可可果、乾蘆葦稈、房梁、陶土盆等物品。在鵝卵石檯面上，小船靜靜地停在那裡等待著自己的主人──這裡是漁夫們的地盤，其間還摻雜著一些外地人。賣家和買家們都各自高聲喊著售賣或所需要的貨物名。這時的天空有些混沌，空氣中瀰漫著死魚的腥臭味道。

「魔法棍，專為男人量身定做的魔法棍啦！誰想買魔法棍？可以為家

庭消災除禍！」一位來自本戈省的商販在大聲叫賣。

魔法棍作為一種誘餌，是專門引誘那些男人的。有些男人一副無賴相，嬉皮笑臉地走過去購買魔法棍；一些男人則躲躲藏藏地跑過去扔下錢拿著魔法棍離開；還有一些人等在一旁要求小販講解魔法棍的功能。小販則用自己經常叫賣的方式唱了起來：

這個魔法棍是讓男人們在外面能夠拈花惹草，

卻不讓家中妻子發現的法器。

它的使用方法也特別的簡單：

拿著魔法棍用力在石頭地上摩擦，

然後，在棍子上吐口口水，

再用棍子在自己身體的每個關節處用力摩擦。

使用方法得當的話會得到意想不到的效果，

即便是男人們在外面和其他女人偷情，

也不會讓家裡的妻子發覺。

外行人聽了小販的解釋心中甚是歡喜，他們都購買魔法棍「以防萬一」。

在另外一個地方，一個女人懷中抱著一個發育不良的孩子，正在專心地給孩子餵食。餵完後，她一邊跳舞一邊搖著手搖鈴歌唱：

我是孩子的母親，

一個可憐孩子的媽媽！

孩子有些發育不良，

我求求你們救我的孩子，

致敬

我是一個可憐孩子的媽媽！

「我們去聽聽她在唱什麼歌謠吧！」兩個人買完東西之後，卡塔麗娜對若昂娜說。

「我們去看看吧。應該是發育不良孩子的母親在這裡行乞……」

兩個人走到女子的身邊，還有一些女人也在這裡聽那可憐的母親講她悲慘的故事，大家都力所能及地給她提供食物或者是金錢。

「可憐人啊！」卡塔麗娜心中升起一股憐憫之情，她從自己口袋中的手絹裡拿出一枚五元硬幣遞給了可憐的女人。

若昂娜也很同情她的遭遇，從自己的籃子中拿出一塊木薯遞給她。

當她們快要離開市場的時候，把各自盛滿物品的籃子放在自己的頭上，然後，用一個傳統的黑布袋把自己買的乾糧裝好背在身後。

太陽光很強烈。在椰子樹下面，一棟房屋的幾個窗子打開了。這裡是一所私立學校。在課桌周圍擺放著長長的板凳，孩子們和成年人都坐在教室裡用功地讀書。黑人和混血兒在一起讀書，他們異口同聲地高聲朗誦：

「墨魚，墨魚的墨，墨魚的魚！墨水，墨水的墨，墨水的水！陌生，陌生的陌，陌生的生！」

「唸得非常好！」老師稱讚說。老師是一位取得了成功業績的黑人，他站在講臺上，身穿一件短袖衫，手中拿著一根蘆葦稈。

卡塔麗娜和若昂娜路過這裡時，卡塔麗娜邊走邊說：

「哇！讀書的聲音傳得挺遠啊！」

「是啊！」若昂娜點頭同意，跟在卡塔麗娜的身後。高興的時候，她們兩個人還有模有樣地高聲讀：「墨魚，墨魚的墨，墨魚的魚。哇，這樣

子讀書像唸經一樣啊。」

在古代特殊法制時期，有些地方存在嚴重的奴隸販賣現象。直到現在，這種現象仍然存在。卡塔麗娜和若昂娜兩個人看到兩個手帶枷鎖的年老的奴隸。她們停住腳步，停在枷鎖面前，想和他們兩個人交流。一條麻布死死地拴住兩個人的腰部，又有一根根的繩子綁著他們的頭髮。

「兩位老爺爺，你們在這裡做什麼啊？」若昂娜問道。

一個老頭用充滿悲傷的語氣回答說：

「我們現在的所作所為是為讓大家看看，奴隸主是怎麼對待我們這些黑人的！我們曾經也像鋼鐵一樣團結……有一天，我的老闆命令我來這裡，我當時被他們打得鼻青臉腫，他們用力打我，打得我體無完膚，還流了很多的血！」

「我也是啊，我也曾經被他們毆打過很多次，我的第一個老闆是非常壞的人！」另一個老頭也用悲慘的語氣說。

卡塔麗娜心裡非常難受：

「可憐的老人啊！都怪萬惡的社會造就萬惡的罪孽啊！」

「是啊，他們把我們這些人當成他們自己的牛，想罵就罵，抬手就打……真是太可惡啦！」若昂娜發牢騷說。

第一個說話的老頭接著說：

「我們就是他們的老黃牛，他們還用火烙鐵在我們每一個人的身體上烙上印記。」老頭一邊說一邊展示著胸口被烙上的標記。

「妳們看看，我的烙印在我的腰上。」另一個老頭也向她們展示身上的烙印。

致敬

　　卡塔麗娜又一次從自己的口袋中拿出兩枚十元錢幣分別遞給兩個老頭，說是讓他們拿這些錢去買些菸抽。

　　若昂娜心中也覺得兩個老頭可憐，她也效仿卡塔麗娜從自己的口袋裡拿出錢送給他們。兩個老頭鼓掌感謝她們的幫助。卡塔麗娜和若昂娜心中帶著憐憫之情離開了。

　　太陽肆意地揮霍著自己的能量。一陣狂風吹來，吹得大樹的樹枝東搖西晃。大風夾帶著一些灰塵飛了起來——一股魔鬼般的大風。

　　兩個女人趕快大聲吆喝說：「諸邪勿擾！」然後，用手指在自己的胸前畫十字架。

　　一股可怕的旋風吹到她們的身旁，這些旋風也許會帶來危險的疾病，她們加快了步伐，並重複默唸：「諸邪勿擾！」

　　在路上，一股夾著垃圾碎屑的風吹進了一戶人家。一會，從那家裡出來一個女人，她一走出大門便開始破口大罵自家的鄰居：「你們這些混蛋巫師！如果我的家裡遇到不幸的事情，我一定讓你們血債血償！」接著，她關上家裡所有的門和窗戶。

　　旋風越刮越大，它裹著樹葉、紙張和碎垃圾飛了很遠，從遠處看去像一團巨大的火焰。每當人們遇上這樣的旋風便會大喊：「諸邪勿擾！」

三

　　改過自新之後，安東尼奧・塞巴斯汀經常到若阿金夫婦家裡做客聊天。雨季裡的晴日，他總是手裡拎著一些禮物來到若阿金家裡和他們一起

聚會。不過，他的心裡還是時不時地有些悔罪感，他覺得自己給這對夫婦帶來的不幸是他永遠償還不完的債。他還要像空中的太陽般釋放更多的善心才能抹去他的罪惡。卡塔麗娜是一個個性比較倔強的女子，有時還有些調皮。她經常拿出自己愛吃的小零食逗弄那些可愛的孩子們。「阿姨，您就給我們一些好吃的零食吧。」孩子們向她索要美味的撒糖餅乾、可可果、花生糖、香蕉乾、羅漢果、櫻桃等食物。

「晚安！」一天晚上，安東尼奧・塞巴斯汀來到若阿金家，向大家問好之後，他從口袋裡掏出一根金線手鍊。這根鏈子是他給卡塔麗娜肚子裡還沒有出生的嬰孩準備的。

小客廳裡，一盞點燃的棕櫚油油燈安靜地待在桌子上，整個屋子裡都瀰漫著油燈的臭味。卡塔麗娜坐在一個靠著牆壁的凳子上，身上披著一件漂亮的繡花布。在旁邊的一個凳子上，坐著卡塔麗娜的小徒弟阿妮卡，她正在往枕套上繡一個十字架。繡完後，她又在枕套上繡上一個藍色公牛的圖案。枕套在今晚就能全部製作完成，這之後，就可以把枕頭芯放進枕套裡面封口了。當然，還有其他一些生孩子時的必需物品也都已經準備完畢了。還有一些女工繡的漂亮衣服，這些都是必須提前幫即將出生的新生兒準備的。

卡塔麗娜笑著接過安東尼奧・塞巴斯汀手中的禮物，包括那個裝滿母嬰用品的盒子說：

「謝謝，大哥！」

若阿金靠著桌子站在那裡，臉上也洋溢著幸福的笑容說：「我們都是自家人了，妳還這麼客氣啊。」

一股潮溼的風吹進來，棕櫚油油燈反而燃燒得更旺了。

致敬

卡塔麗娜的眼睛裡充滿了幸福的味道，她高興地欣賞著自己手裡的金手鍊。安東尼奧・塞巴斯汀也高興地說：

「好了，別再看啦。」

「嘿！手鍊的確非常漂亮啊！」卡塔麗娜高興地說。

阿妮卡為避免挨自己師傅的打，她只偷偷地斜眼瞄了一眼卡塔麗娜拿著的手鍊。「禮物魔術師」給了這個對做母親有著熱切願望的女人很多禮品，這些禮品對做母親的人而言是必需的。比如，女人懷孕的時候，必須為身體補充各種營養，所以，要吃很多很多有營養的食品。當然，給未來的小寶貝買一根金手鍊也很「必須」！

蟋蟀們吱吱地叫著，角落裡的牠們彷彿在哭泣。

這時，安東尼奧・塞巴斯汀坐到一個墊子上，然後他將身邊的一個包裹遞給若阿金，包裹裡裝滿了信件。

若阿金把裝滿信件的包裹放在桌子上：

「這些信件是給雅辛託老先生的，就是你們家隔壁的那個老先生，那個守夜的老大爺。」

安東尼奧・塞巴斯汀站了起來對若阿金說：「如果你現在有約了，我就去別處玩。」

他慢吞吞地撅著屁股在屋子裡走起來，悠閒地從這個房間轉到那個房間，東看看西看看。

「老哥，你坐啊，若阿金一會就回來。」卡塔麗娜一隻手扶著腰說。

安巴卡人又坐了下來：

「好啊！我就再坐一會。」

屋子裡安靜了下來。若阿金已經修好了那把沒有腿的凳子。安巴卡人擺弄著手中的物件並敲打著自己的雙腳，然後，開始搓自己的雙腳。他現在做的是小時候每個孩子都會玩耍的遊戲。安東尼奧・塞巴斯汀走到那盞棕櫚油油燈前說道：「想尿尿。」

卡塔麗娜孩子氣地說：

「大哥，你不會像孩子一樣在床上撒尿吧？」

大家都沒有注意到，這時，一隻蜈蚣和一隻蟑螂正在牆根處展開一場廝殺。

聽到卡塔麗娜的話，小徒弟大笑起來。安東尼奧・塞巴斯汀也笑了，他正好利用這個機會說出自己的願望：

「不開玩笑啊！我現在向你們夫婦提議啊，以後我們必須是一家人，如果你生下來的是女兒，她就要嫁給我；如果生個男娃，我就當他乾爹。」

若阿金咳嗽了一聲，卡塔麗娜則大笑起來——這種回答也非常新奇了。也許安巴卡人的想法有些滑稽可笑，但是，若阿金夫婦為了不得罪面前的大哥，他們說這事同意與否要看安東尼奧・塞巴斯汀妻子的意見。

屋外，枝頭的布穀鳥一直在悲傷地鳴叫。

為了說服若阿金夫婦，安巴卡人還列舉了很多村子裡的風俗習慣：在那個村子，這樣子的婚禮比比皆是。申請人只需要提供女孩子所有的生活費用，等到她十歲之後就可以娶她為妻啦。

若阿金也扶著腰說：「老哥，剛剛講述的這些風俗習慣，不知道你的老婆知不知道？你最好提前問清楚！」

安巴卡人說：「在盧安達地區，就存在這樣的習俗……」

致敬

一隻貓咪突然竄出來，追逐一隻逃跑的老鼠。

「倉鼠！」女徒弟驚慌失色地大叫起來。

「啊！錯啦！不是倉鼠，是老鼠！」安東尼奧・塞巴斯汀噘著嘴糾正小徒弟的錯誤用詞。

卡塔麗娜卻語氣粗魯地用方言對女徒弟說：

「嘿！妳到底是在聊天，還是在繡東西？」接著，卡塔麗娜又用手指指著她說，「好了，不要繡了，現在去睡覺吧！等妳繡東西的時候，再好好想想老鼠的事情！」

在座的人聽到卡塔麗娜的話都笑了。阿妮卡結束了自己的工作，吞吞吐吐地說：「祝你們幸福，晚安！」她雙膝跪地手臂交叉放在胸前。她和在場的每一個人說晚安，然後，所有人也都給予她回應。

接著，大家換了一個話題，說起一封信件終止兩個男人決鬥的事情。

四

生了對雙胞胎！

雙胞胎，

來到人世間，

不幸的人世間！

魚水之歡過後，

孩子們即將誕生！

魚水之歡過後，

孩子們就要來臨！

天才的母親，

行過魚水之歡！

天才的母親，

得到男女情愛！

雙胞胎，

是我們的掌聲！

雙胞胎，

是我們的喝采！

雙胞胎的母親，

體內擁有胚胎，

快速成長的胚胎！

卵子在女人體內成長，

精子在男人體內成長！

偉大的孩子！

一個由六對雙胞胎組成的隊伍一邊唱一邊用腳重重地踩著大地往村子裡走。這幫人是應洛洛塔老太太的請求來這裡，向蒼天諸神致敬的。他們拿著很多神聖的植物，只為保佑老太太一家人平平安安。這天上午，按照當地的風俗，卡塔麗娜必須在生孩子之前進行沐浴，沐浴的水中還新增了很多種草藥。

眾人到達一棵生長了很多年的無花果樹下停住腳步。在無花果樹下，

致敬

艾娃大姐帶領所有的人把放在地上的瓶子裡面的東西全部倒出來。他們還請求一個居住在車站附近的女人提供些幫助，她的聲音非常優美：

「先祖們啊，我們為您奉上一切。在這片大地上，我們向您供上紅酒、玉米發酵酒，我們為雙胞胎穿上聖衣。」然後，她擺弄著兩隻手中的帕塔科金幣，開始拔取需要的蔬菜。所有的孩子和成年人都跟在艾娃大姐的身後高聲吟唱和散那：

雙胞胎啊，雙胞胎，我的孩子，只有你才是我唯一的摯愛！

為雙胞胎命名，他們的名字卻不僅僅是他們自己的姓氏，啊！

衣服已經準備完畢，這一切給雙胞胎享用，不為其他任何人！

雙胞胎啊，雙胞胎，我的孩子，只有你才是我唯一的摯愛！

手帕已經準備完畢，這一切給雙胞胎享用，不為其他任何人！

雙胞胎啊，雙胞胎，我的孩子，只有你才是我唯一的摯愛！

布匹已經準備完畢，這一切給雙胞胎享用，不為其他任何人！

雙胞胎啊，雙胞胎，我的孩子，只有你才是我唯一的摯愛！

在陽光燦爛的下午時分，唱詩班的每一個人都感覺非常開心。接著，所有人收到了不同樣式的衣服。

「好了。現在我們穿上屬於我們自己的服裝。」艾娃大姐命令大家。隨即，大家都坐在草地上換衣服。

下午時分，熱浪席捲著整個大地，高高在上的樹枝在微風的吹動下左搖右擺，像是在開一場演唱會。

人們把糾纏在一起的藤蔓植物割下來，製作成花環和肩帶——這是一項比較有難度的手工編織工藝。編織完畢後，就可以把它們佩戴在頭

上、肩上。肩帶可以形成一個英文字母 X 的形狀。不過，在這裡穿戴這些編織的衣服，必須在別人的指導下才能完成，特別是當這種衣服還是為身懷六甲的孕婦定做的。艾娃大姐在院子裡搖晃著手裡的編織衣服，唱詩班每個人懷中都抱著一個包裹。在路上，所有人手舞足蹈地往前行進，一些人高興地鼓掌，一些人歡快地唱歌：

雙胞胎，

你要吃什麼呢？

我們要吃大豆泥。

儘管你有些貪心，

我卻為你鼓掌！

在院子裡，家人都趕到現場，洛洛塔老太太拿著兩瓶紅葡萄酒歡迎唱詩班的到來：

「歡迎雙胞胎唱詩班大駕光臨，你們都有很多的優點！你們可以到田地裡隨便弄些香蕉吃，可是，不能把香蕉樹弄斷啊！」說著，老太太為六對雙胞胎和其他人倒上紅酒，然後，按人頭支付給每個人一枚硬幣。

祝福活動結束後，人們都來到屋子裡。在屋門口，艾娃大姐向戶主索要一些紅酒，她需要製作一種特殊的紅酒泥。她很嚴肅地在卡塔麗娜的額頭、胸前、脖子後面畫上十字架；然後，又按照相同的方法在卡塔麗娜剛剛出生不久的雙胞胎孩子身上畫上十字架；最後，給在場其他參加活動的人畫上十字架。

「這裡是妳們要穿的衣服。」艾娃大姐對卡塔麗娜說。接著，她向這位剛剛做母親的女人致敬。卡塔麗娜身邊的剛剛出生的雙胞胎將是她這一生最大的財富。

致敬

伴隨著讚美聲,卡塔麗娜的雙胞胎孩子靜靜地躺在嬰兒床上,頭頂上還戴著雙胞胎唱詩班製作的花環。

「你們為小雙胞胎穿衣服吧!」艾娃大姐高興地邀請著在場的人。

若阿金卻有些反常,他手裡拿著兩瓶紅酒跑到客廳裡。家人、母親、大嬸、吉列爾米娜、桑塔和阿妮卡等都走過去給雙胞胎穿衣服,每個人臉上都洋溢著幸福的笑容。

卡塔麗娜居住的臥室門關了起來,歌聲開始響起:

生了對雙胞胎!

雙胞胎,

來到人世間,

這個不幸的人世間!

巫術

巫術

一

　　第二天上午十點鐘左右，若昂娜直接來到卡塔麗娜的家裡。她聽說卡塔麗娜已經生了，所以到她家中來拜訪。她還特地帶著自己的一個十二歲左右的小女徒弟，小徒弟頭上頂著一個大大的盤子，盤子裡面放了十斤火炭、一條肥皂、一瓶煤油和兩盒火柴。

　　就像大風能把小樹吹得東倒西歪一樣，卡塔麗娜生孩子這件事也一直籠罩著若昂娜的心，甚至在她晚上睡覺的時候也能夢到自己的情敵卡塔麗娜生孩子時的景象。啊！男人們都是忘恩負義的東西，他們總是辜負女人對他們的一片痴心！若昂娜是那麼愛自己的前男友若阿金，他卻因為自己向他索要幾個小錢提出了分手！如果當初她和若阿金能在一起，今天做母親的人便是她，而且，她也能享受做母親的快樂和幸福了。但是，事實並非如此，命運沒有讓她成為若阿金的女人，而是讓另外一個女人和他生活在一起，並享受著天倫之樂。命運啊！並不是所有人都有這麼好的命運。在這個世界上，當一些人幸福的時候，另一些人卻非常的痛苦。她的心也試圖接受其他的男人，心中也非常渴望得到其他男人的愛。她的心死了嗎？當然沒有！但是，如果她再沉淪下去，她心會慢慢地死掉。上帝已經原諒了她！她再也不會去做傷害卡塔麗娜的事情了。啊！那些可惡的記憶！為什麼總是在自己的腦中出現？陰謀和陷害，她再也不會去那麼做了！讓它們過去吧。也許，這便是她悲哀的命運。內心的創傷一直在隱隱作痛，但是，她希望自己能很快走出陰霾世界！讓不愉快的一切早些離開！現在她的內心是純潔的。卡塔麗娜在她的心裡是一個高大正直的形象。在被毒蛇咬傷之後，卡塔麗娜不計前嫌救了她的命，所以，卡塔麗娜

是一個不折不扣的好女人！

當她趕到卡塔麗娜家門口的時候，她敲了敲院門。

「哪位啊？」院內一個聲音問道。

「是我啊，妹妹！」

剛剛問話的聲音又說：「阿妮卡，你去開門。」

「麻煩啦。」若昂娜跟著阿妮卡來到院子裡。

菲娜姨媽正在廚房為孕婦烹飪美味可口的玉米糊糊粥，她一邊做飯一邊低聲和身邊的人議論著什麼。她看到若昂娜進來還是非常開心的，立即迎上去說：

「快請進，若昂娜！」

兩個人寒暄過後，若昂娜請求到屋子裡見見卡塔麗娜。

阿妮卡受菲娜姨媽的調派，跑進屋向大家傳話。

「大家一定要防著點她啊！千萬不能讓她坐在卡塔麗娜的床上，這個女人身上總是帶著邪惡的巫術……」洛洛塔老太太說道。然後，她讓身邊的阿妮卡通知若昂娜進來。

吉列爾米娜身上披著一件衣服坐在地上的蓆子上，她也說道：

「老媽說得非常在理啊！我們認識她的臉，但是，卻看不清她的心啊。她可以笑嘻嘻地來，也可以帶著蛇蠍心腸來。所以我們必須防著她！知道了嗎？看她到底搞什麼鬼！」

卡塔麗娜坐在床上，還沒有打扮。一對漂亮的雙胞胎安逸地躺在她的身邊，她感嘆地說：

「妳們別這麼做啊！妳們為什麼總是那麼看那個可憐的女人啊？」

巫術

「難道妳能看透她的心嗎？妳能了解她所做的一些事情嗎？妳啊，妳就是太笨了！」洛洛塔老太太低聲警告自己的女兒，然後，又衝著自己的大女兒吉列爾米娜笑了笑。

在菲娜姨媽的帶領下，若昂娜和自己的小徒弟走進了卡塔麗娜所在的房間。洛洛塔老太太和吉列爾米娜也笑盈盈地迎上去，熱情地接待若昂娜和她的小徒弟。

一陣寒暄過後，若昂娜走到卡塔麗娜的身邊，深情地握住她的雙手，用充滿祝福的口吻說：

「恭喜啊！」

在接過老太太手中的凳子之前，若昂娜指著盤子裡的禮物說：

「這些東西都是我為孩子們準備的。」

三個女人也都站起身感謝她的好意：「謝謝啦。妳怎麼這麼客氣啊！」大家心裡其實對若昂娜都沒有什麼好印象。

與此同時，吉列爾米娜從蓆子上站了起來，幫著若昂娜的小徒弟把盤子從她的頭上拿下來，然後，一起抬著盤子放到屋子門口。

卡塔麗娜已經安頓好了，這時卻突然感覺到有大風吹來，一些灰塵落在她的臉上——這是否意味著若昂娜心裡仍然對她抱著敵意？她敲著手指，想著應對辦法。

「嗨，這點東西沒有什麼，是我送給孩子們的一份薄禮。」若昂娜低聲回答說。

「哎！別這麼說啊！妳的心意我們收到了！我女兒也是這麼想的⋯⋯」洛洛塔老太太反駁說。然後，她對著若昂娜的小徒弟說：「孩子，妳過來，我介紹一個和妳同齡的朋友，以後，妳們可以在一起玩耍。」

「扇貝！賣新鮮的扇貝啦！誰要買新鮮的扇貝啊！」一個小販高聲叫賣著，從院外的路上經過。

　　趁著小徒弟和老太太出去的機會，按照當地的風俗，若昂娜向老太太索要一些蓆子灰和食用油，說是要為孩子們擦拭肚臍。

　　「嘿！我們早擦拭過了，雙胞胎孩子們的肚臍已經用蓆子燒成的灰燼擦過了。妳就別操心了，我早已給孩子弄過了！謝謝妳的關心啊！」洛洛塔老太太趕快解釋說。若昂娜停下跟隨她們的腳步，臉部表情還有些生硬，心還在一直跳。

　　「兩位好妹妹啊！」見若昂娜有些難過，吉列爾米娜面露神祕的微笑說，「以前的事情，就讓我們全部都忘記吧！我們應該往前看啊。」這時，小徒弟和老太太已經走出了屋子。若昂娜向老太太索要東西幫孩子擦肚臍不成，心裡有些失落。

　　她們幾個人正在屋子裡談論生孩子的事情時，洛洛塔老太太和小女孩已經到了院子裡。老太太小聲地對著身邊的菲娜姨媽說：

　　「嗨！她不想看到我們過好日子，給孩子們帶了那些東西！」她一邊說一邊噘著嘴給身邊的一個人敬酒，又低聲說，「她怎麼知道我們沒有錢買那些東西啊？」

　　「那個女人就不是好東西！」菲娜姨媽很不高興地說，不過她說話的聲音也很低。

　　洛洛塔老太太又吩咐阿妮卡，不允許她亂動若昂娜帶來的東西，說她帶來的都不是什麼好東西，肯定上面都被施了巫術。

　　「若昂娜送來的這些東西，我們自己用可以，千萬不能給妳師傅和兩個剛剛出生的孩子使用。聽到了嗎？一定要小心啊！」老太太千叮嚀萬囑

巫術

咐。接著，老太太又對著菲娜姨媽用嘲諷的語氣說：「妳剛剛沒有聽到嗎？她向我要蓆子灰和食用油，說是要給孩子們擦拭肚臍。我跟她說，我們已經擦拭過了，而且，這個任務也不能讓她做，這都是麗娜自己該做的事情。不勞煩那個壞女人擔心。」

菲娜姨媽翻著白眼說：「厄運製造者就是那個賤貨！」

洛洛塔老太太讓菲娜姨媽看著鍋裡的玉米糊糊粥，她去房間裡盯著，一定不能讓那個可惡的女人有機可乘，對自己的女兒產生不利。

「所有的東西我都放起來了。那塊肥皂菲娜姨媽已經拿去洗衣服……」阿妮卡走進房中高興地給屋子裡的人解釋說。然後，她蹲下身坐在吉列爾米娜的身邊，又繼續做手裡的縫紉工作。

一個小女孩嘴裡吹著口琴從院子外面經過。

若昂娜聽到阿妮卡的話心裡非常高興。此時，她正興奮地講一件她鄰居的趣事給在座的人聽。她的女鄰居身懷六甲，但是卻很可憐！在孩子出生的前六天裡，她一直說自己身體不舒服——她每天都疼得嗷嗷直叫。最後，她的丈夫終於想起來，是她在懷孕期間還和自己的前男友保持聯繫。這個女人實在太無恥了！在生產期間，還請了一位有名的助產士。生產時，她叫出了她幾任前男友的名字……

「我也不知道這件事是真還是假，不過，最後孩子還是順利降生了。」

老太太聽完若昂娜的話心裡很不高興，大聲反駁說：

「那樣的女人在我們這裡不可能存在！」

「是啊，我剛剛說的女人是安巴卡地區的人。」

幾個人在屋裡暢談著村子裡所發生的事情，有時候還會放聲大笑——簡直就像一個小議會。

由於幾個人聊天的聲音太大，睡在卡塔麗娜身邊的雙胞胎嗷嗷地哭了起來。

　　從屋子的一個土巢穴裡飛出一隻黑色的大馬蜂，牠嗡嗡地拍打著翅膀打斷了大家的聊天，慢慢地壓低翅膀飛行，然後，穿過小窗戶飛了出去。

　　若昂娜想抱起其中的一個小嬰兒在屋子裡走走；可是，洛洛塔老太太立即上前阻止說：

　　「若昂娜啊，妳現在別抱孩子。等等麗娜還要餵奶給他們。」說著她抱起兩個孩子送到卡塔麗娜的懷裡！接著，她臉上露出天真善良的笑容說：「麗娜，趕快餵奶給孩子吧，妳看看，孩子張著大嘴哇哇大哭表示抗議呢！」

　　頓時，若昂娜感覺自己心裡冰涼。毫無疑問，她的到訪讓這一家人產生了牴觸情緒。

　　「是啊，孩子剛剛出生沒多久，現在只會哭著要奶吃。」若昂娜強打笑容說，然後又坐了回去。

　　幾分鐘後，若昂娜和眾人告別。洛洛塔老太太陪著她來到院外。若昂娜有些不捨，她還說有時間一定再來拜訪。

　　老太太看若昂娜和她的小徒弟走遠後，便大聲叫起來：

　　「我不知道是誰讓妳來的！整天東遊西逛的，這裡走走那兒走走，妳看看自己的臉，就像豬都不吃的可可果核！」

　　若昂娜淋著毛毛細雨往家走。在仰望天空後，她低聲對著自己的小徒弟傾訴自己內心的苦悶。現在，她頭頂著裝禮物的空盤子往回走，心中充滿苦惱，都是因為那家人對她的不尊重！她的錢就這麼白白花掉了！而鄰居們也在到處議論她的過往。

巫術

二

我行走在夜晚，

我是大笨蛋嗎？

我行走在黑夜，

我是大笨蛋嗎？

我行走在深夜，

我是大笨蛋嗎？

一個巫師在外面一邊抖動著身體，一邊敲打手中的小鼓低聲私語。

卡塔麗娜聽到巫師的聲音，心中很害怕，身上起了很多雞皮疙瘩，還差點叫出聲來。巫師蹦蹦跳跳起來。突然，巫師從外面的大路上消失了，接著，出現在卡塔麗娜的屋子裡。為什麼他們會指使巫師出現在這裡呢？上帝啊！仁慈的神啊！卡塔麗娜不想死，她沒有犯下過滔天的罪行，她還有兩個剛剛出生的孩子需要養活。哎！真是太不幸了！但是，巫師殺了她，用巫術殺了她。接著，她被安葬，留下兩個沒有媽媽的孩子，她的家人也陷入無比的痛苦和悲哀中。

真是太可怕了！在那個月黑風高的晚上，巫師和他的同行來到卡塔麗娜的墳墓前。他們大喊大叫尋找著安放棺材的地方：「快快快！挖出屍體，挖出屍體！」接著，巫師們開始挖掘埋在墓穴裡的棺槨。沒多久，便把找到的卡塔麗娜的屍體放在一副擔架上。接著，巫師們生起一堆大火焚燒剛剛挖出來的屍體，他們邊唱邊跳，像是期待一頓美味的盛宴。一開始屍體發出劈里啪啦的響聲，隨後又散發出香味。

簡直是撒旦現身！巫師們吼叫著大笑起來。他們開始狼吞虎嚥地吃起人肉，一個巫師開始卸手臂，一個巫師開始卸大腿。但是，可怕的事情還沒有結束。他們腰間繫著腰帶，還戴著用樹枝製成的可怕的面具，恐怖的面具遮蓋著他們的整個臉部，他們好像是重生的魔鬼，非常的恐怖。

　　最後，他們還約定把死者的靈魂取走。他們摘掉全身的裝飾物回到各自的家中——為了避免民眾的追打，所有的巫師都分頭返回自己的家裡……

　　全身冒著冷汗，四肢抽筋，腦袋昏昏沉沉的卡塔麗娜被夢中剛剛的一幕驚醒——原來剛剛發生的一切只是一場夢，一場噩夢！

　　她整個人很頹廢，為什麼會做這樣的夢呢？剛剛的噩夢帶來的不適，隨著時間的推移慢慢地好轉很多。到天亮還有一段時間。

　　與此同時，在另一個房間裡，洛洛塔老太太、菲娜姨媽、吉列爾米娜和桑塔則在蓆子上睡得非常安穩，每個人都沉浸在自己的美夢中。棕櫚油油燈放在床邊的一個小凳子上面，它用它微弱的燈光闡述著自己的悲傷。

　　一切都無大礙，卡塔麗娜很快又睡著了。但是她入睡之後總是有很多的夢，她彷彿又聽見巫師們的叫聲，在幻覺中又看見了自己的死亡——她被身下燃燒的蓆子炙烤著。

　　這些預感都預示著什麼呢？是誰想要她死呢？到底是誰啊？是若昂娜嗎？不，不會是她。那個可憐的女人，已經不再惱恨她。經過眼鏡蛇咬人事件，若昂娜已經改變了對她的看法——是她親手為若昂娜清理了眼睛裡的蛇毒。儘管那天家人不是很喜歡她的拜訪，可是，她絕不會指使巫師來害人！到底是誰在陷害她呢？是誰呢？難道是安東尼奧・塞巴斯汀嗎？也不會啊！母親洛洛塔雖然恨他，但是，已經不像以前那麼討厭他了。他

巫術

雖然嘴裡愛說些壞話，可是，他的心並不壞啊。到底是誰在使用巫術害人呢？想來想去，她沒有找到有疑點的人。也許，這是一個普通的夢，沒有太多的含義；也許，做這樣的夢是因為一整天都在談論巫術的事情吧。

卡塔麗娜不斷地猜測著，直到她聽到外面的公雞啼叫。這一夜，她幾乎沒有好好休息，在床上輾轉反側到天亮。

「妳晚上休息得好嗎？沒有做夢吧？」洛洛塔老太太走進屋子推開房間的窗戶。

由於感覺非常的可怕，所以，卡塔麗娜把晚上所做的噩夢講給自己的母親聽。正在幫忙捲起床上蓆子的菲娜姨媽和吉列爾米娜兩個人都發出驚詫的感嘆聲。她們兩個人靠在小床上，懷著恐懼的心情聽完卡塔麗娜講述的噩夢。

「可惡的噩夢！一定是若昂娜那個可惡的賤人帶來的！」洛洛塔老太太深信不疑地說，她兩隻手又在腰上。

菲娜姨媽和吉列爾米娜也同意：「對！肯定是那個臉長得像可可果的若昂娜帶來了巫術。你看看她的 O 型腿，像瓦工的瓦刀一樣 —— 是她把巫術帶到我們家的。趕快把她昨天帶來的東西通通給扔出去。」每一個人心裡都充滿了恐懼。

沒多久，屋外有些動靜，原來是若阿金，他昨晚躺在另外一個房間裡睡覺，這時他向屋裡人問好，請求進入屋子裡。

透過家人的講解，看到大家悲傷的表情，若阿金產生了一個拯救卡塔麗娜的念頭。菲娜姨媽和吉列爾米娜兩個人走出家門，直接向一個巫醫的家裡走去，她們去請求那個名叫佩德羅的巫醫前來為卡塔麗娜診治。

時間慢慢過去了，兩個去請巫醫的人也回到了家裡。若阿金則前往他

的一個師傅家中請求他也前來為自己的妻子占卜。巫醫和他的小徒弟出現了──還是那頂椰子殼帽子和那根枴杖，小徒弟仍然頭戴大大的草帽，手拎一個小包裹。他們來到這裡是為了消除一場災禍。

巫醫揹著兩隻手走進院子，大聲問道：「發生什麼事了？」

「我的女兒卡塔麗娜生病了。」洛洛塔老太太急忙回答。

「聽說她前兩天剛剛生過孩子。」

「是啊，先生！前天，有一個長得像豬臉的女人，她總是搬弄是非，突然拿著一些讓人討厭的禮品來看望我的女兒。」

「妳們讓那個女人進門了嗎？」

「是啊，她進了我們家門。不過，她帶的那些禮物我們根本沒有拿進屋。她一個非常潑辣的女人，臉皮非常厚，總是想奪走我女兒一切的幸福。」

「難道我沒有和你們說過要好好照顧卡塔麗娜嗎？」巫醫重複地說，一會這裡看看，一會又那裡看看。

菲娜姨媽急忙點頭說：

「是啊，您說得對啊！這些孩子就是不聽大人的勸告啊……」

「妳也是一樣啊！你為什麼不按照大師的話去做？」巫醫的徒弟責備起菲娜姨媽來。

巫醫停住腳步：

「走，我們進房間看看！」說著佩德羅大師用竹竿敲打著地面。

他看著屋子裡的一切，吉列爾米娜在一旁陪護病人，她靠著小床站在地上。一對漂亮的雙胞胎躺在母親的身邊，卡塔麗娜全身發熱，昏昏

巫術

欲睡。

菲娜姨媽展開一張蓆子，然後，在蓆子上放上一把凳子。巫醫觀察著卡塔麗娜。

「讓我看看她的臉！」巫醫命令說。

洛洛塔老太太聽到巫醫的命令，立即將女兒的臉頰扭過來。

「哼！好，我已經看到了。」巫醫坐在凳子上面。

為了施展法術，佩德羅大師要求弄些炭灰粉來。收到命令的吉列爾米娜走進廚房，然後，捏了一小撮炭灰粉回到房間裡，並且把炭灰粉放在蓆子上。

巫醫拿著炭灰粉，在蓆子上畫出三道豎線，然後，又畫出很多道的橫線。畫線的時候，他非常小心謹慎地執行神祕的施法程式。隨後的十分鐘內，所有人必須保持沉默。

在另一張蓆子上，三個女人眼睛圓睜，專注地看著巫醫的施法過程。這個時候，卡塔麗娜躺在床上，臉上充滿痛苦難受的表情。

巫醫走到她的身邊慢慢地搖動她的頭，接著，又迅速激烈地搖晃她的頭。他憤怒地睜大雙眼看著卡塔麗娜。

「老傢伙，現身吧！我們大家已經看到你了。你快從她身體裡出來！」巫醫虔誠地大叫起來。

這時，巫醫全身晃動起來，逐漸地，他晃動的幅度越來越大。在他深吸一口氣後，晃動的幅度慢慢地小了很多。最後，他很溫柔地拍著巴掌說：

「我在這裡向你們問好啦！」

站在巫醫身邊的小徒弟，向大家解釋剛剛發生的一切。他用謙卑的姿勢雙膝跪在床前說：

「老先生，我現在接受您的回話！」

巫醫舉行儀式之後，他的嘴巴彷彿被一個老人的鬼魂借用了，他說：

「一個村婦來到這裡，她為孩子帶來一些禮物，是嗎？」

洛洛塔老太太聽到問話，整個人氣得失去理智。同時，在場的人也非常生氣，大家氣呼呼地說：

「是的，老人家！您說得對。」

「如果是這樣，那份禮物就是一個陰謀，是她的禮物把巫術的風吹到這裡……」

「是啊，老人家！」洛洛塔老太太非常贊同地說。

「現在黑色的巫術在她的體內，是那些木炭和那些骨頭引發了卡塔麗娜的疾病。」說完，巫醫再捏起一小撮炭灰朝著卡塔麗娜的方向吹了一口。

「混帳，那個女人實在是太壞了。請您告訴我：她是否要謀害我們剛剛出生的孩子啊？」

洛洛塔老太太用快要窒息的聲音，問出自己心頭最重要的問題。

「妳們的孩子被她抱過嗎？」

「沒有，老人家！」

因為很多人深信若昂娜是衝著孩子來的，但是她並沒有碰到孩子，所以並沒有成功，她才把所有怨恨轉移到卡塔麗娜的身上。巫醫斷定了原因，小徒弟把原因逐一向大家解釋了一遍。

巫術

接著，巫醫又拿起一小撮炭灰衝著病人的床榻輕輕地吹了一口氣。在場的人圍在巫醫的身邊，恭恭敬敬地跪在地上。為了使巫術之氣不在這家裡擴散，他們每個人在自己的胸口和手背上塗上炭灰，以免遭受那個女人巫術的侵害。

「你們現在可以得到安寧了，我要離開了。」

所有人都異口同聲地說：

「老人家，走好！」

在人們大叫的時候，巫醫瞬間跳了起來，用力地抬起自己的手臂，大聲痛苦地呻吟著。

施法過後，巫醫又重新坐回自己的凳子上，詢問剛剛發生了什麼事情。他好像已經不記得發生了什麼。

在小床上，卡塔麗娜看到一個無法描述的畫面。畫面裡一個個病人從她的眼前經過。也許，這個畫面就是在預示她現在身體的狀況。在死亡面前，她的靈魂也在不停地顫抖。她感覺自己的身體非常脆弱，還彷彿看到自己躺進一口棺材裡，旁邊有很多的人在哭泣，並陪伴著她一起來到墓地。在墓穴裡，她快要窒息了，她想大口呼吸可是卻做不到。她感覺到悶熱和缺氧。思念親人的淚水流了下來，對生活的思念、對孩子的思念、對家人的思念，無數的思念讓她的心不住地流淚。剛剛出生的兩個孩子躺在另外的房間裡，他們用高聲哭喊抱怨人生的悲傷，卡塔麗娜的心被孩子的哭聲撕碎了。可憐的孩子們，這麼小的年紀已經偷走了母親的心。

為了弄到做法需要的工具，洛洛塔老太太整個人變得瘋狂，她讓吉列爾米娜去市場上購買所需要的所有工具。阿妮卡也跑到小酒館裡為巫醫買紅酒，小桑塔則到山澗裡去弄一些蓖麻葉子。

「大姐，我的肚子在咕咕叫，我從出門到現在一粒米都沒有吃過。妳難道不應該弄點炸魚給我們吃嗎？」巫醫拍著自己的肚子，然後開始打哈欠。

這個時候的洛洛塔老太太心裡安穩多了，為了不讓巫醫餓肚子，她讓菲娜姨媽照顧著自己的小外孫們，便獨自去了廚房。沒多久，她烹飪好了兩條大大的乾魚。經過湯水一燉煮，肥厚的魚肉立刻散發出誘人的香味，老太太在魚鍋裡放了些碎辣椒鹽，然後將之裝進兩個盤子端到房間裡。師傅和徒弟看見熱騰騰的魚湯飯說：「嗯！這個好啊！俗話說：多勞多得嘛！妳們家就是好啊，不像我們去的其他人家，就是讓我們喝西北風。」說完，兩個人便接過盤子坐在蓆子上徒手大口吃起來。隨後，巫醫開始找紅酒喝，說要殺殺胃裡的饞蟲，巫醫的酒量非常好。

這時，吉列爾米娜回到了家裡。

巫醫開始用石灰在一個盆子裡畫出一個圖騰；又在盆子裡滴下九滴玉米發酵酒，滴酒的時候必須一邊滴一邊念出數字；然後，再倒進去一些紅酒。他在病人的腿上綁上一些蓖麻葉子並用頭巾包起來。蓖麻葉子要綁在腿上一個半小時左右。最後，再往病人腿上放上一小塊木塊。

巫醫的小徒弟身穿一件藍白相間的上衣，在袖子的邊緣處可以看到被手指磨破的地方露出一小撮棉花。小徒弟手裡捧著罐子，他的年紀還很年輕。他朝著罐子裡滴下九滴玉米發酵酒，又往罐子裡倒入很多的紅酒。最後，他向卡塔麗娜的家人索取了一些乳酪、木薯、甘蔗、香蕉、棕櫚果、花生、玉米和一枚五塊錢面額的硬幣。

「神靈在這裡，他會保佑你們，特別是那個可憐的卡塔麗娜。」巫醫揚起雙手衝著在場的女人高聲喊叫。

巫術

女人們用自己的餘光看著眼前的巫醫指引的方向，但是，她們什麼都沒看到，眼前一無所有。只有巫醫擁有「天眼」，所以，只有他才能看到「神靈顯現」。

「神靈啊，聽到我的召喚了嗎？這裡擺放著豐盛的美味，這些是我承諾給你的食物。」巫醫把食物分別放在三塊石頭上面，然後高聲數出九個數字。

場面慢慢變得溫和了很多，巫醫正在剷除害人的東西。

「混帳！瘟神竟然在這裡，祂還想逃跑啊……」巫醫緊緊地抓住自己的徒弟說。

卡塔麗娜感到很大的壓力，她發燒和頭痛的病情更加嚴重了，她在不住地痛苦呻吟。

「小小的瘟神，還想從我的手掌中溜走？我現在就抓住祢！」接著，巫醫對身邊的人說，「你們大家都快閉上眼睛，不然，瘟神會跑到你們身體裡！」

沒多久，巫醫說他抓住了瘟神並把祂放進了盤子裡，巫醫自己則坐回蓆子上。

「哎呀，今天還算幸運啊，幸虧不是女鬼！」巫醫佩德羅大師大喘著氣興奮地說。

一旁坐在蓆子上的小徒弟驚奇地問：「師傅，你為什麼這麼說啊？」

「女鬼更可怕啊！你難道不知道在巫術中，女鬼的巫術要比男鬼強百倍嗎？」小徒弟不再詢問，而是又坐下來說，「你們幾個人千萬不要看這邊啊，聽見了嗎？」

三個女人心中充滿恐懼，並答應不看那裡，她們知道那個地方非常危險。

為了不讓卡塔麗娜看到鬼怪的樣子，巫醫用自己的大拇指和無名指在盤子裡蘸了一些水，並把水抹在她的眼睛上；然後，也給其他女人按照剛才的樣子塗抹雙眼。巫醫結束施法的時候，喝了一大口紅酒，然後把酒噴在那個裝著瘟神的盤子上。他拿起放在盤子上的蓖麻葉子用力搖晃。總之，施展巫術的場面十分詭異！盤子掉在地上時人們聽見叮鈴鈴的響聲！

　　「你們看，瘟神逃走了！」巫醫用手指指著一個方向，臉上充滿殺氣。

　　在場的人聽到巫師的話都開始緊張不安，你一言我一語地說：「哎喲喲！你們看看，這些東西都在人身體裡了，你說瘟神厲鬼在人身體裡，一個女人能承受得了嗎？媽的！就是那一小塊木炭造的孽啊。還有，那些小小的雞骨頭……你看看在木炭上面扎著的四根鐵針。她真是太凶殘了！」

　　「如果不把隱藏在卡塔麗娜身體裡的厲鬼驅趕出來，她必死無疑啊！」巫醫重複地說著這句話。

　　接著，他一隻手拿著一根無花果樹枝，另一隻手拿著一個盤子，他要求主人帶他回到施法現場的第一個床榻前。走進房間後，他說：

　　「神靈保佑吧！厲鬼瘟神已經消失，現在請您保護她的身體！」他把自己手中的食物扔出窗外，繼續說，「如果祢曾經是受過屈辱的靈魂，或者是親人的靈魂，或者是朋友的靈魂，或者曾經走在這條路上死亡的靈魂，請你們停下來享受我這名巫醫提供給你們的美食！」

　　巫醫又從一張舊蓆子上抽出一根蘆葦，讓小徒弟把蘆葦打九個結，然後綁在卡塔麗娜的手腕上。在綁蘆葦桿之前必須念九次法咒。綁完蘆葦桿之後，他大聲叫起來：

　　「神啊，我已經把您綁在病人的身上！您要保佑這個女人的身體，我已經向您供奉了美味的食物。」

巫術

　　天色已近黃昏，人們也開始收拾東西了。一些人收拾盤子，盤子裡有一些剩下的食物。不過，病人的血液循環還不是很暢通，所以巫醫建議她經常起來走走，長時間臥床會使病情加重。家人非常客氣地款待這對師徒，可是，他們仍然有些不知足，特別是沒有紅酒的時候，師傅就會大聲抱怨。

　　兩天過去了，卡塔麗娜的病反而更嚴重了。她的胸口腫脹得非常厲害，家人想起另外一個人的話：為了尋求旺盛的火焰和新的希望，應該請不同的巫醫前來診治。所以，家人又請其他巫醫前來給卡塔麗娜診病。

　　聽了家人的講述之後，新來的巫醫開始施用他自己獨特的剷除瘟神的方法。他先在家裡鋪設了一條施過法術的小道，讓卡塔麗娜每天在小道上行走。這個方法和以前的方式一樣，也是為了剷除她身體內的鬼魅。

三

　　不管巫醫們的醫術多麼高深莫測，卡塔麗娜還是在她生完孩子的第八天早上去世了。死亡的原因是，產後感染。

　　哎呀！妳的命怎麼這麼苦啊！我的心死了！卡塔麗娜，妳在哪裡啊？以前，妳的音容笑貌像是一首首夢幻的詩歌！妳甜蜜幸福的微笑再也不會出現在我的面前，只有金絲雀依舊在自己的巢穴裡甜蜜地鳴叫。妳怎麼不說話啊！我們再也感受不到妳胸懷的溫度！妳這樣走了，獨自留下了妳的丈夫，妳怎麼能狠心拋下自己可憐的孩子！

　　妳快回來吧，回到妳深愛的家人身邊！可惡的壞人為什麼要害妳？妳

聽到我們為妳舉辦的葬禮嗎？卡塔麗娜，妳快回來啊！我想再聽妳叫我一聲媽媽！

死亡，死亡！妳現在選擇躺在擺滿菊花的聖殿，卻狠心留下兩個剛剛出生的孩子！妳怎麼如此狠心！妳漫長痛苦的日子過去了，妳卻留下了更多的可憐的人：老人和孩子，好人和壞人，父親和兒子。所有的一切模糊不清！可惡的魔鬼！

上午，天已經大亮，卡塔麗娜的家裡坐滿了人，所有的人都唏噓感嘆著。

「哎呀，麗娜啊，我的好女兒，妳再也回不來了！拋下妳可憐的孩子，拋棄妳的母親，拋棄我們所有愛妳的人！哎，我心中最愛的孩子啊，妳這樣不幸地離開我們！我的孩子啊，今天的我像是一隻被烤乾的小鳥，我的心都碎了！」

「麗娜，我的好妹妹啊，妳還記得我嗎？妳聽到妳孩子的哭泣聲了嗎？妳快起來啊，我可憐的妹妹啊。妳快起來給妳的孩子餵奶啊！我以後再也不能像以前那樣和妳聊天啦！」

「麗娜，請妳原諒我曾經罵過妳！妳對待所有的人總是那麼的寬容，即使我曾經是妳的情敵！透過毒蛇事件後，我再也沒有忘記過妳，我的好朋友！可是，殘忍的上帝卻把妳帶到另外一個世界。哎，麗娜，請妳接受我真摯的道歉啊！我對不起妳！對不起啊！」

根據當地的殯葬風俗，村子裡的女人開始悲痛地哭泣：

「哦，我可憐的朋友，如果妳的心裡充滿煩惱，我會把妳帶到山澗裡。」接著，這個女人拉著麗娜所穿壽衣的一角說，「妳們看看那個女人的臉啊！好像被門擠過一樣……」

巫術

「哎，我愛說愛笑的好妹妹啊！妳讓我流了多少的眼淚啊！到底是誰這麼狠心要害妳啊？現在他們得逞啦！」

人們一邊唱歌一邊晃動著身體。他們來到廚房，奪過盤子大聲地唱：「你們在經受當地殯葬風俗的洗禮，如果你們願意拿走一切，請盡情拿走所有的東西吧！」

客廳裡，一幫人坐在那裡。若阿金悲傷地抽著旱菸。儘管他的朋友們一直在和他交流溝通，但是，他卻一直想著自己與卡塔麗娜的生活的點點滴滴。蠟燭發出昏暗的光芒，在座的人一會聊天，一會又沉默不語。窗外的狂風呼嘯著，若阿金總能回憶起和自己妻子的畫面：心臟所有的顫動都意味著傷痛。無言意味沉默，幸福卻是短暫。狂風吹來，吹來無情的死亡。

與此同時，合唱團開始晃動身體，高歌屬於他們自己的小調：

她要離去，

我們回憶著和她每時每刻幸福的時光。

我們向她致敬，

所有的記憶都融合在一起。

可憐的卡塔麗娜！

上帝會與妳同在！

院子裡，洛洛塔老太太用橄欖油把棉花浸溼，接著，用手絹把手包裹起來去清洗卡塔麗娜身體的每一個關節。

清洗關節部位的時候動作必須十分靈活。在清洗身體的時候，人們必須大聲地哭泣，臉部的表情必須非常的虔誠。

時間慢慢地走著。公雞們開始鳴叫，小鳥也開始嘰嘰喳喳地，牠們像

鬧鐘一樣提醒人們葬禮的計畫。無論是內心還是外在，家人和朋友們都在思念著卡塔麗娜，大家彷彿聽到和她聊天時的聲音，彷彿看到她美麗的容貌。很多次，人們在懷疑卡塔麗娜是否真的死亡。但是，她現在卻一動不動地躺在這張床上。現實是如此殘酷。

下午，雙胞胎唱詩班的歌聲打破了葬禮的寧靜：

天才的母親，

行過魚水之歡！

天才的母親，

得到男女情愛！

他們一邊唱，一邊用腳狠狠地跺著地面，每個人的手中拿著屬於自己的植物。

晚上，蒂塔老奶奶對聚在卡塔麗娜家的人們說：「各位女士們，妳們晚上一定要有耐心啊！」她要求在座的人騰空停放卡塔麗娜屍體的房間。女人們開始動起來，大家幫忙把屋子裡的蓆子和凳子搬到院子裡，接著，阿妮卡手裡拿著一個小掃把走進來。塔塔莎老奶奶拿著一個裝滿熱水的煤油瓶，迷迭香散發出濃重的香味：

「若阿金先生，請你進屋吧。」蒂塔老奶奶請他進屋，說話的聲音非常小。

鰥夫走進停放卡塔麗娜屍體的房間，關上門後，蒂塔老奶奶讓他朗誦創世紀福音，並讓他再最後一次看看自己妻子的遺容。若阿金走出房間後，家人和兩位老奶奶走進房間瞻仰遺容。

儀式結束後，蒂塔老奶奶用一塊手絹繫在頭上，塔塔莎老奶奶則端來一盆清水，她們兩個的任務是再次清洗卡塔麗娜的身體。菲娜姨媽和吉列

巫術

爾米娜在一旁幫忙。她們手中捧著一件用白色薄紗包著的長袍，她們還將為卡塔麗娜穿上一雙漂亮的拖鞋，戴上一頂漂亮的帽子。不過，在穿戴之前，塔塔莎老奶奶先幫麗娜清洗和修剪所有的手指甲和腳指甲。同樣，還要剪掉一些美麗的頭髮，然後，把頭髮交給洛洛塔老太太。她可以把自己女兒身上唯一留下的東西儲存起來。

最後，她們進行業地農村的封帶儀式。舉行封帶儀式是為了不讓靈魂逃離身體。菲娜姨媽端來一盆清水幫卡塔麗娜清洗面部；然後，她把這盆清水放在床榻下面；接著，她把小掃帚拿出屋子，開始清掃裝卡塔麗娜的棺木。

「先生們，你們可以把棺槨抬走了。」蒂塔老奶奶走到客廳裡對在座的男人們說。

在嘈雜聲中，四個男人站起來，他們分別是若昂大叔、安東尼奧·塞巴斯汀、馬努埃爾和貝爾納多。四個人抬著一張桌子走進屋子，然後，他們把卡塔麗娜的身體放在兩個墊子上面。接著，家人們走進來在卡塔麗娜的嘴裡放入很多美麗的珍珠，最後，把她的嘴唇合上。卡塔麗娜雙手搭在一起，好像她是在安靜的夢中祈禱上帝保佑所有的人。

人們的喊叫聲又開始了。一幫女人們帶著自己的小凳子回到房間裡，加入了哀悼卡塔麗娜的葬禮中。合唱隊的人們開始吟唱，在這個只屬於卡塔麗娜的夜晚。

天空飄起了小雨。人們的哭泣聲喚醒了神祕的神靈。

「哎，可憐的人啊，人們在為她悲哀的生活哭泣。」圖圖里老奶奶神祕地說。

「嗚嗚嗚！是啊，我們在為她流淚！」若昂娜抽泣著說。

深夜，一些人進入夢鄉。屋子裡的地面上放著大大的蓆子，蓆子上睡滿了人，那裡已經成了大家的床。在客廳裡，若阿金依舊沉浸在失去妻子的悲傷中，一旁的好朋友們坐在凳子上玩撲克牌。

夜晚的天非常黑暗。洛洛塔老太太安靜地坐在凳子上，她沒有辦法讓自己入睡。她的心情像一座崩潰的大壩一發不可收拾，一團火焰彷彿衝進了她的腦海：

「哎呀，麗娜啊，我的好女兒，妳怎麼死得那麼早啊！為什麼上帝不把我這個糟老婆子帶走啊？哎，我的好女兒，我的好女兒啊，我想和妳在一起啊！我的寶貝女兒，我們辛苦建設幸福的家，今天就這麼破碎了！嗚嗚嗚！」

漆黑的夜晚，天空開始下起大雨，天空中的雷聲像是人們的哭泣聲。洛洛塔老太太越想越難過，想到自己女兒曾經的音容笑貌，她哭得更加傷心了。

第二天早上，天空泛起藍色，人們的歌聲飄到很遠的地方。在家裡，人們在心中一次次哀嘆他們遭受了失去至親的折磨。上午時分，一個巫醫出現在家裡。在院子裡，人們架起火爐燒好熱水沐浴，一旁火爐上的玉米糊糊粥也已經開鍋。

快到送葬的時間了，男女老少們穿上了喪服組成送葬的隊伍。人們的哭聲震耳欲聾，護送葬禮隊伍的教會歌曲也一直在吟唱。

「祝福妳，卡塔麗娜女士！這裡有吃的有喝的，吃穿都不煩惱啊！」馬本達夫人邊走邊高聲喊叫，兩個人一起攙扶著她。

「吃的食物在這裡啊！」大家立即回答。

「祝福妳，卡塔麗娜女士！妳能得到所有的好東西！」穆西瑪大姐也

279

巫術

大聲喊叫著。同樣，也有兩個人攙扶著她。

「好東西也都在這裡啊！」人們又開始重複喊叫。

棺木已經從裡屋搬到客廳裡面，人們把棺木擺放在客廳的桌子上，用一條黑色的紗巾覆蓋在整個棺槨上。四根大蠟燭分別被插在四個蠟臺上，放在棺木的四個角上。微弱的燭光來回晃動，映照在若阿金的臉上。黃昏時分，人們用一根黑色帶子將棺木抬到門外，此時女人們開始高聲哭喊。

一位寡婦和巫醫基圖西老太太煮出一碗玉米粥，巫醫拿著這碗玉米木薯糊糊粥，走到若阿金的身邊，用最真摯的語調說：

「孩子，讓我們再送你的妻子一程吧，你聽到了嗎？」

若阿金整個人呆若木雞地站在原地一動不動。突然，他站起身撲到棺木的旁邊，從桌子下面鑽過去。

「第一勺木薯粥……」巫醫一邊高聲唸誦，一邊把玉米木薯糊糊粥往若阿金的嘴裡送。

若阿金也跟著重複唸誦九次，同時也吃了九勺木薯粥。儀式結束之後，若阿金低著頭感謝巫醫幫助施法，讓卡塔麗娜能夠得到重生。

「好，儀式已經結束！」

若阿金抓著卡塔麗娜冰冷的雙手痛哭不已。家人當中第一個和卡塔麗娜訣別的人是母親洛洛塔，然後，所有人再一次和卡塔麗娜告別。

「沒有人願意再一次痛苦地和她告別？」若昂大叔在前面走著，眼神散亂。

「是啊，沒有人願意和她說告別啊！」吉列爾米娜回答說。

若昂大叔，這個平常精神奕奕的老頭子，今天卻萎靡不振。他全身都

在發抖，眼淚汪汪地看著卡塔麗娜的遺體。她急匆匆離開人世，在全家人最幸福的時候撒手人寰，留下了她心愛的親人。她扔下自己親愛的家人，到另外一個世界⋯⋯

「孩子，這裡有妳最愛吃的玉米木薯粥⋯⋯」蒂塔老奶奶從碗裡舀起一勺玉米糊糊粥放在棺木裡。

「哎，我的女兒啊，我可憐的女兒啊！妳怎麼離開了我，我可憐的女兒，妳那麼狠心留下我啊！再見了，我的好女兒！等妳到了另外一個世界，幫我向你父親捎個口信，跟他說說我們艱難的生活，跟他說趕快把我也帶走吧！」

卡塔麗娜，這個傳遞口信的「信使」，被人運送到了卡爾莫大教堂。在那裡，大家為她舉行了隆重的哀悼儀式。

在葬禮隊伍前往墓地的時候，一些人跟丟了，所以，只有一部分男人跟隨著隊伍來到墳場。前往墓地的道路十分崎嶇，有很多茂密的灌木叢。在木塞各村子的對面，座落著一處非常有名氣的墓地，它的名字是高十字架公墓。卡塔麗娜的棺槨最後就埋葬在那裡。

在家裡，除了若阿金，所有的家人都在遵守當地風俗——在盆子裡面潤溼自己的雙手，然後再清洗自己的臉、手臂和雙腿。母親洛洛塔按照當地風俗完成清洗儀式，然後，穿著同樣的衣服坐在卡塔麗娜曾經躺臥的地方。

參加葬禮的人們陸續返回家裡，菲娜姨媽為他們每個人盛上一碗玉米糊糊粥。他們帶回來葬禮上的一些訊息：已經把逝者的靈魂安全地安放在墓地。

現在，天晴了一點點，人們隨意地聊著天。晚上，那些沒有聽到墓地

巫術

訊息的人們也都聚在一起討論葬禮的事情,並努力忘記葬禮上的痛苦。

到了晚上,還有一些男人們坐在客廳裡笑著打撲克牌。菲發阿姨留在洛洛塔老太太的房間裡,意味深長地向在座的女人們講了一個小故事。她坐在矮凳上講道:

有一天,牛先生邀請猴子先生陪他到一個村子裡。因為,他想到自己女朋友家裡提親。猴子先生欣然接受邀請。但是,在路上發生很多狀況:每當吃東西的時候,猴子先生都要求自己必須吃得比牛先生好。當經過一片甘蔗地的時候,他們立即走進甘蔗地,可是,猴子先生建議牛先生吃甘蔗梢。

「哎呀,猴子老弟。這些甘蔗梢實在是太普通了!」牛先生感嘆說。

「牛老兄,你要有耐心啊!我這甘蔗根比你的甘蔗梢更難吃啊!你看看我這根甘蔗多細小啊。而且,你手中的甘蔗梢很脆啊。我現在吃的甘蔗根像堅果一樣堅硬,所以味道很差。我現在吃這棵甘蔗根是為了懲罰我的牙齒。」

牛先生看著自己的朋友不停地啃咬著甘蔗根,不解地問:

「猴老弟,你的甘蔗根那麼難吃,怎麼吃得那麼快啊……」

「是啊,我在舔甘蔗,你看看我的嘴唇都被該死的甘蔗磨腫了。」

猴子先生走在前面,他們繼續趕路。一路慢悠悠地趕到牛先生女朋友的家裡。他們進門後和女朋友的家人逐個問好。牛先生也介紹了自己的猴子朋友。他們和女朋友的家人談天說地,歡笑聲充滿整個屋子。牛先生請求女朋友的家人同意他們的婚事。

在吃晚飯的時候,猴子先生卻不知去向。在猴子先生的餐盤旁邊擺放了很多的碎骨頭、尖刺和果殼。女方家長們知道那是不乾淨的東西,可

是,他們沒有提醒牛先生。

吃完飯,他們各自回房休息。深夜時分,猴子先生在牛先生安睡的床上肆意破壞,他在床上上下翻滾,毀壞床上的物品,還故意把血水留在床上。第二天,看到凌亂的被破壞的房間,可憐的牛先生被女朋友的家人一頓毆打,女朋友自然也分手了。最後,誰得到了牛先生的女朋友?便是那個混帳猴子……

講著講著,菲發阿姨竟睡著了。

「妳怎麼睡著了?」巴薩納女士對身邊的菲發阿姨說,「等等妳可要受罰啊!」

接著,菲發阿姨被罰站在床邊不准活動。

……

就這樣,八天的時間過去了。空閒的時候,人們會清掃屋子裡的灰塵。這天,待公雞啼叫第一聲後,菲娜媽媽拿著小掃把打掃了屋內的地面,前幾天的葬禮使得地面上留下很多的汙點。院子的角落處也堆滿了很多的垃圾。為了不讓灰塵蕩起來,她們清掃屋子地面之前先灑上一些清水。清理完畢之後,她們把所有的垃圾都倒在糞堆上。

在第十五天後的黃昏,家裡又進行了一次徹底的大掃除,清掃的步驟與前一次一樣,她們把清掃出的垃圾堆成幾堆進行焚燒。隨後,她們開始祭祀神靈。祭神儀式之前,塔塔莎老奶奶為了讓卡塔麗娜的靈魂能夠安息,準備了各式各樣的酒水。按照祭神程序,老奶奶在地上畫出一個十字架形狀的圖騰。晚飯的時候,大家都吃得很飽,餐桌上的氣氛也非常熱烈,搞笑的笑話逗得大家哈哈大笑。

特特大姐眼睛有些想睡,她開始搖手中的鈴鐺。婭婭大嬸睏得實在不

巫術

行了，便開始敲打一個罐子。參加祭祀儀式的人乘機在這裡辦起搞笑的音樂會。

「你們一定要注意照看祭神的物品，我們可承諾過死者家屬。」若若老太太開玩笑地說，隨後，她回到客廳。

所有人扭動身體高興地跳起舞來。

「大火燃燒吧！」

大家又都停止了跳舞，開始一起歡快地拍手：啪啪啪！

「讓我們留住現在，忘記過去吧！」

男人和女人們開始唱歌跳舞：生活是一個幻覺！

四

儘管巫醫解釋了卡塔麗娜死亡的真正原因，可是，洛洛塔老太太依然憎恨安巴卡人。現在，安巴卡人還經常到她的家裡來，她心裡的仇恨一天天在慢慢地增加。愛情守護神聖・安東尼奧沒有聽到她的訴求，甚至還讓她失去了自己最心愛的女兒。她到底怎麼樣才能懲罰那個可惡的安巴卡人呢？在教堂的訴求沒有得到應驗，所以，她決定使用巫術。

「妳如果想讓我殺了那個安巴卡人，妳必須和一個巫師睡覺。只有這樣，巫師的法術才能更加高強。」巫師用誘惑的口吻說。

洛洛塔老太太拒絕了巫師的要求，她又去尋找其他巫師的幫助。最終，一個巫師答應了她的要求。

一天下午，天氣晴好。安東尼奧・塞巴斯汀高興地在若阿金家裡和他一起吃晚飯。兩人坐在客廳裡聊天，洛洛塔在廚房裡忙著做飯。廚房裡只有她一個人，突然，她的腦中產生一個念頭，她想用毒藥毒死那個可惡的安巴卡人。她不讓自己的女兒吉列爾米娜進廚房，並暗想：自己為什麼不可以這麼做呢？

　　她心中產生了這樣的念頭，便偷偷走到廚房門口檢視有沒有其他人。她沒有看到任何人，院牆外，幾個小孩子在地上玩耍。

　　很快，她從自己的衣服口袋裡掏出一個小小的布袋子。她心裡有些緊張，又探頭往窗外看看，再次確認附近沒有其他人。

　　「我下毒藥還是不下呢？」一個念頭像一起閃電從她的腦中劃過。

　　一時之間她難以下決定，她不知道自己該怎麼辦。但是，沒多久，怨恨又在她的心裡重生：

　　「我要下毒藥，必須下毒，是他殺死了我的女兒！」

　　一陣緊張過後，她把毒藥粉末倒在安巴卡人的食物裡，然後，又把食物攪拌均勻。她看著湯鍋中橙黃色的湯，為自己的卑劣的行為感到瞠目結舌。食物沒有大的變化，依然充滿了香味。

　　「上帝啊，請你原諒我吧！古人說：如果孩子索要一把小刀，人們便會給他一把大刀，當他舉起刀子的時候，可以把他殺死在大地上。安巴卡人就像可惡的魔鬼，現在，他竟然還在哈哈大笑。這一切是他咎由自取啊。」老太太默默叨唸著。她抬頭望著天空，然後，慢慢地低下頭。

　　她端著盤子的雙手一直在顫抖，彷彿自己產生了幻覺。她開始施行自己的計畫，但是，當她打開關閉著的大門時，她的雙腿不由自主地停下來：安東尼奧・塞巴斯汀，頭戴椰子殼帽子的樣子十分滑稽可笑，他喜歡

巫術

把洛洛塔的小外孫們放在自己的駝背上在屋子裡走來走去；而且，他還經常幫小外孫們講睡前小故事。那一幕幕畫面已刻進老太太的心裡。現在，精神抖擻的安東尼奧·塞巴斯汀卻面臨著死亡！這時，一份寬宏的博愛像一絲光芒照進洛洛塔的靈魂裡，使她對安巴卡人的仇恨慢慢地消失了。她好像看到了月全食，她的內心世界非常的平靜，寬容的力量再次侵占她的靈魂。最後，她沒有把摻雜著毒藥的食物端給安巴卡人！這個可憐的安巴卡人，得到了老太太真正的原諒！

「哎呀！飯碗裡落下了一隻蒼蠅！」老太太洛洛塔說道。

安巴卡人則不以為然地說：

「老媽，沒有關係，我吃這一碗飯。再說了，蒼蠅也是可以吃的好東西。」

但是，洛洛塔沒有聽他的話，把那碗摻雜毒藥的飯菜倒在院子的地上。她不想毒害安巴卡人了。她現在想到了什麼，誰能知道呢？也許，只有她自己的女兒卡塔麗娜的在天之靈能知道此時此刻她的感受。在生活中她原諒了那個安巴卡人，她真的想以後安安靜靜地生活下去。

她把盤子清洗乾淨之後，重新為安巴卡人盛上一碗飯菜。所有的困擾都在此時此刻煙消雲散。一瞬間，她也覺得自己全身輕鬆了。

「我的好女兒麗娜，這都是妳的愛改變了我。我已經淨化了自己的心靈，我要重新做一次媽媽，養育好兩個可愛的小外孫。請妳相信我：從今天開始，我會忘記一切的仇恨，我會讓我的心靈像以前那樣純淨，所有的一切仇恨都會離我遠去。」她在給安巴卡人盛飯的時候，內心的靈魂也在懺悔。

第二天上午，當老太太打開大門的時候：我的上帝啊！一隻狗四肢僵

硬地躺在院子裡。牠的尾巴和四肢伸展，雙目圓睜，身上落滿蒼蠅！可是，到底發生什麼事了呢？啊！原來狗吃掉了她倒在地上的有毒飯菜了！因為她當時心裡十分的緊張，竟忘記用土把毒飯菜掩蓋起來，導致了狗的死亡。

當她想到如果被毒死是安巴卡人安東尼奧・塞巴斯汀時，恐懼立刻讓她的身體不停地抽搐起來。她又陷入長時間的懺悔中。她拍了一下手，不停地搖頭，然後，深吸一口氣說：

「啊啊啊！巫術太可怕啦！謝謝妳，我的女兒，是妳讓我避免了流淚到生命的盡頭。」

一封家書：
道盡複雜人性的美善與醜惡，牽連出平凡的幸福與戲劇化的悲淒

作　　　者：	[安哥拉] 奧斯卡‧里巴斯（Óscar Ribas）著
翻　　　譯：	尚金格
發　行　人：	黃振庭
出　版　者：	複刻文化事業有限公司
發　行　者：	複刻文化事業有限公司
E - m a i l：	sonbookservice@gmail.com
粉　絲　頁：	https://www.facebook.com/sonbookss/
網　　　址：	https://sonbook.net/
地　　　址：	台北市中正區重慶南路一段 61 號 8 樓

8F., No.61, Sec. 1, Chongqing S. Rd., Zhongzheng Dist., Taipei City 100, Taiwan

電　　　話：	(02)2370-3310
傳　　　真：	(02)2388-1990
印　　　刷：	京峯數位服務有限公司
律師顧問：	廣華律師事務所 張珮琦律師

-版權聲明—————

本書版權為北嶽文藝所有授權崧博出版事業有限公司獨家發行電子書及繁體書繁體字版。若有其他相關權利及授權需求請與本公司連繫。

未經書面許可，不得複製、發行。

定　　　價： 375 元
發行日期： 2024 年 08 月第一版
◎本書以 POD 印製
Design Assets from Freepik.com

國家圖書館出版品預行編目資料

一封家書：道盡複雜人性的美善與醜惡，牽連出平凡的幸福與戲劇化的悲淒 / [安哥拉] 奧斯卡‧里巴斯（Óscar Ribas）著，尚金格 譯 . -- 第一版 . -- 臺北市：複刻文化事業有限公司 , 2024.08
面；　公分
POD 版
譯自：A letter from home
ISBN 978-626-7514-31-3(平裝)
886.8657　　　　113011670

電子書購買

爽讀 APP　　　臉書